천사혈성

장담 新무협 장편 소설
FANTASTIC ORIENTAL HEROES

천사혈성 B

장담 新무협 판타지 소설

초판 1쇄 찍은 날 § 2008년 1월 15일
초판 1쇄 펴낸 날 § 2008년 1월 25일

지은이 § 장담
펴낸이 § 서경석

편집장 § 문혜영
편집책임 § 서지현
편집 § 유혜림

펴낸곳 § 도서출판 청어람
등록번호 § 제1081-1-89호
등록일자 § 1999. 5. 31
어람번호 § 제2-1398호

주소 § 경기도 부천시 원미구 심곡1동 350-1 남성B/D 3F (우) 420-011
전화 § 032-656-4452 팩스 § 032-656-4453
http://www.chungeoram.com
E-mail § eoram99@chollian.net

ISBN 978-89-251-1139-1 04810
ISBN 978-89-251-0862-9 (세트)

天死血星

8

혈운만장(血雲萬丈)

천사혈성

장담 新무협 판타지 소설

FANTASTIC ORIENTAL HEROES

도서출판 청어람

目次

第一章
우연(偶然)

1

점창의 장로인 오경인이 죽었다.

신창 양환이 힘도 못써보고 무너졌다.

정천무맹의 정예무사들이 단 일수를 받아내지 못한 채 추풍낙엽이 되어버렸다.

그 모든 일이 한순간에 벌어졌다.

"모두 저자를 막으시오!"

뒤늦게 정신을 차린 정천무맹의 장로들이 일제히 전무심을 에워쌌다.

그들은 마치 꿈을 꾸는 것만 같았다.

언제 이런 경우를 당해본 적이 있었던가.

견딜 수 없는지 화산의 명오자가 발악하듯 소리치며 검을 뻗었다.

"참으로 대단하구나! 하나 그대가 아무리 강하다 해도 우리 모두를 상대할 수는 없을 터! 순순히 검을 내려라!"

전무심은 무심한 눈을 돌려 제갈경을 쳐다보았다.

"제갈 군사! 이곳에 있는 자들이 모두 죽어도 나를 원망하지 마시오!"

쏴아아아아!

그의 전신에서 가공할 기운이 쏟아져 나왔다.

거역할 수 없는 하늘의 기세!

전무심을 둘러싼 여덟 장로의 얼굴이 하얗게 질려간다.

직접 대면하기 전에는 상상조차 할 수 없었던 하늘의 힘이다.

맙소사! 이게 정말 인간의 기세란 말인가!

신음을 뱉어내며 주춤거리는 자, 입술을 어찌나 세게 깨물었는지 몇몇의 입가에는 핏줄기마저 보인다.

그때 전무심이 천천히 무정을 들어 올렸다.

고오오오!

순간 전무심을 중심으로 무형의 기운이 천천히 소용돌이치기 시작했다.

"마, 막아!"

한 소리 외친 명오자가 덜덜 이를 악물고 검을 치켜들었다. 다른 장로들도 마지막 자존심을 지키기 위해 혼신의 공력을 끌어올렸다.

"그대들의 힘으로는 나를 막을 수 없다!"

동시에 전무심을 중심으로 휘돌던 기운이 폭발하듯이 퍼져 나갔다.

콰아아아!

그때다. 전무심이 앞으로 한 발을 내딛었다 싶은 순간, 칠라산산이 펼쳐지며 전면의 장로 세 명을 쓸어갔다.

콰르르릉!

"커윽!"

"허어억!"

비명과 억눌린 신음이 뒤섞여 흘러나왔다. 일제히 뒤로 팅겨지며 나뒹구는 세 명의 장로다.

순간이었다. 단 일검에 세 명의 장로를 팅겨낸 전무심은 그 반탄력을 이용해 뒤쪽으로 돌아서며 무정을 흔들었다.

찰나! 무정의 검끝에 맺힌 검강이 일시에 터져 나가고, 암천묵류성이 후면에 있던 세 명의 장로 전면을 덮어버렸다.

눈앞을 까맣게 메우고 날아드는 검강의 유성우다.

해쓱하니 질린 세 명의 장로가 혼신의 공력을 끌어올린 채묵빛 유성우와 맞섰다.

콰과과광!

"어헉!"

"크으윽!"

또다시 만 근 무게의 신음이 장내를 짓눌렀다.

주저앉을 듯이 비틀거리며 물러서는 세 명의 장로. 그들의 입가로, 찢겨진 옷자락 사이로 붉은 핏물이 서서히 흘러나온다.

연속된 공격의 여파에 밀려 물러선 좌우 두 명의 장로 역시 중심을 잡고도 차마 덤비지 못하고 전무심만 노려본다.

그러나 이미 전의를 상실한 눈빛, 허탈감마저 보이는 표정이다.

바로 그때였다.

전무심이 소용돌이처럼 휘도는 먼지구름 한가운데 오연히 서서 무정을 허공으로 들어 올렸다.

"막을 수 있으면 막아보아라!"

나직한 일갈!

콰아아아!

광룡이 되어 하늘을 향해 쭉 뻗어나가는 검붉은 검강!

정천무맹의 모든 고수들이 이를 악물고 눈을 부릅떴다. 양환도, 여덟 명의 장로도, 칠십여 정천무맹의 무사 모두가.

'안 돼! 더 싸우면 정말로 모두 죽는다!'

금방이라도 눈앞에 시산혈해가 펼쳐질 것만 같은 상황. 눈앞이 캄캄해진 제갈경은 안간힘을 다해 입을 열었다.

"멈추시오, 전 공자! 할 말이 있소!"

"나는 더 할 말이 없소!"

"이대로 돌아가겠소. 그리고 오늘의 일에 대해선 정식으로 사과하겠소."

전무심의 무심한 눈에서 싸늘한 빛이 흘러나왔다.

"군사에게 이들을 대표할 자격이 있기는 있소?!"

이를 악물고는 있지만, 단 두 번의 공격에 전의를 상실한 장로들이다. 제갈경은 그런 장로들을 훑어보고 턱을 치켜들었다.

"내가 바로 정천무맹의 군사요! 누가 감히 본 군사의 말을 무시한단 말이오?"

의외로 강하게 나오는 제갈경의 목소리에 장로들은 슬그머니 고개를 돌렸다. 차라리 다행이라는 표정은 감춘 채.

제갈경은 처음부터 강하게 나가지 못한 자신이 한스럽기만 했다.

처음부터 이렇게 했으면 좋았을걸, 그랬으면 이런 상황이 되지도 않았을 것을.

다행이라면 그나마 죽은 사람이 한 사람으로 그쳤다는 것, 전무심이 자신의 말을 들어줄 것 같다는 것이다. 물론 그만한 대가를 지불해야 할 테지만.

'분명 적지 않은 대가를 내놓으라 하겠지. 하지만 당장 할 수 있는 방법이 없으니……'

어쩌면 그래서였을 것이다. 장로들을 향한 그의 목소리가 더욱 날카롭게 갈라졌다.

"누구든, 본 군사의 말을 따르지 않는 사람은 맹규대로 처리할 것이오! 아시겠소!"

그런 제갈경의 가슴을 척우진이 박박 긁었다.

"젠장! 진즉부터 그렇게 했으면 이런 일도 없었을 것

을……."

그러고는 그때까지도 정신을 차리지 못하고 있는 양환을 향해 손을 번쩍 들어 올리고, 천천히 손가락 세 개를 폈다.

"삼 초. 다행히 손가락을 부러뜨리지 않아도 될 것 같구려."

양환의 표정이 땡감을 베어 문 것처럼 처참하게 일그러졌다.

하지만 척우진은 차가운 표정으로 그를 바라보고는 몸을 돌렸다.

"오늘 일은 당신이 모두 책임져야 할 것이외다."

그때다. 무정을 내린 전무심이 한 발을 내딛었다.

쿵! 쏴아아!

순간 전무심의 전면을 막고 있던 장로들이 천라혈왕기에 밀려 쫙 갈라졌다.

"분명히 말하지만, 아직 끝난 것이 아니오."

그 말에 제갈경의 얼굴이 와락 일그러졌다.

'제기랄, 대체 뭘 요구하려고…….'

*　　　*　　　*

혈곡 무사들 중 죽은 자는 모두 여덟 명이었다. 게다가 거승과 홍곽열도 중상을 입어 서 있다는 것이 신기하게 느껴질 정도였다.

"빌어먹을, 나은 지 얼마나 되었다고……."

툴툴거리며 말하는 거승의 얼굴에는 희미한 웃음이 떠올라 있었다. 죽을 뻔했는데도 그리 기분이 나쁘지 않은 듯했다.

자신이 사람을 잘못 보지 않았다는 것.

누군가가 자신을 믿어주고 천하와 대적할 작정까지 했다는 것.

괜히 가슴이 뭉클거리는 그였다.

홍곽열도 그답지 않게 구시렁댔다.

"제길, 이제 완전히 천가장의 사람이 되어버렸군. 천하의 홍곽열이 천가장의 보표나 해야 하다니⋯⋯."

척우진이 그런 두 사람을 보고 고개를 갸웃거렸다.

"거 형은 덩치라도 있어서 문지기를 하면 딱인데, 홍 형은 어따 써야 할지 모르겠군."

홍곽열이 와락 인상을 구기며 말했다.

"제기랄, 그럼 빗자루질이라도 해야지 뭐."

두 사람은 척우진이 양환과 말다툼하던 소리를 다 들은 터였다. 하기에 놀리는 것을 알면서도 그저 고맙기만 했다. 만일 그가 아니었다면 전무심이 오기 전에 죽었을 게 분명했으니까. 아니면 무공이 폐지된 채 고문을 받고 있든지.

그렇다고 당하고만 있기는 뭐했다. 거승이 말했다.

"그럼 척 형은 부엌에서 고기나 다듬으면 제격이겠군. 칼질을 나보다 잘하니 말이오."

하지만 척우진이 한 수 위였다.

"호호호. 내가 부엌에서 숙수를 하면, 거 형은 뼈다귀만 빨아먹어야 할 거요. 거 형의 그릇에는 절대 고기를 넣어주지 않을 테니까."

"빌어먹을, 그 말을 들으니까 아픈 데가 더 아파지는 것 같네."

그 시각, 전무심은 제갈경과 마주 앉았다.

"전 공자가 이해해 주시오. 화산과 종남까지, 사형제들을 이백 명 가까이 잃은 사람들이오. 그런 사람들이 혈곡의 무사들을 보고 가만있을 거라고는 전 공자도 생각하지 않았을 것이오만."

사실이 그랬다. 그 때문에 먼저 달려온 것이기도 했다.

그러나 아무리 그렇다 해도, 단지 혈곡에 몸담았었다는 이유만으로 죄없는 사람이 여덟 명이나 죽은 것은 그냥 넘어갈 수가 없는 일이었다.

"여덟 명이 죽었소. 그리고 큰 부상을 입은 자가 다섯이나 되오. 만일 내가 오지 않았다면, 대부분이 죽거나 다쳤을 것이오. 하거늘 이해해 달라는 한마디로 끝날 상황이라 생각하시오?"

"내 말은 그들의 마음을 이해해 달라는 것이오. 후우, 어쨌든 잘못된 결과에 대해선 본 군사도 책임을 통감하고 있소. 해서 이렇게 전 공자와 이야기를 나눠보자는 것이기도 하고."

"말씀해 보시오. 무슨 말씀을 하고 싶으신지 몰라도, 일단은 들어보겠소."

"오늘의 일을 여기에서 마무리 짓는다면, 내 책임을 지고 거승과 홍곽열에게 그만한 대가를 지불하도록 하겠소."

"어떻게 말이오?"

"현재의 혈곡이 무너지고, 거승과 홍곽열이 지지하는 자가 그곳을 지배하게 된다면, 큰 잘못이 없는 한 십 년간 혈곡을 치지 않겠다는 약조를 하겠소."

십 년간의 불가침.

별것도 아닌 걸 가지고 단순히 생색을 내려는 말일 수도 있었다.

그러나 전무심은 그렇게 생각하지 않았다.

그때가 되면 혈곡의 세력 역시 크게 약화되어 있을 것은 불 보듯 뻔한 상황. 정천무맹에선 어떤 식으로든 응징하려 할 것이고, 혈곡은 결코 정천무맹의 집중 공격을 막아낼 수 없게 될 것이다.

한데 불가침의 약조를 받아내면 십 년의 유예기간이 주어진다는 말이었다. 그것은 결코 작은 것이 아니었다.

더구나 제갈경이 대군사의 지위로 약조한 것인 만큼 지키지 않을 수도 없을 터. 여덟 사람의 목숨 값으로는 충분하고도 넘쳤다.

"그걸로는 부족하오."

하지만 전무심은 더 생각할 것도 없다는 듯 고개를 저었다.

제갈경의 눈매가 마주 앉고 나서 처음으로 꿈틀거렸다. 그러나 상대는 전무심이었다.

"끄응, 무엇을 더 원하는 것이오? 점창의 장로를 죽인 거에

대해선 내가 무마하겠다 하지 않았소? 그 정도로 부족하단 말이오?'

"피해를 본 것은 그들만이 아니오. 군사를 구해준 대가를 검으로 받았으니 그에 대해서도 뭔가가 있어야 하지 않겠소?"

그에 대해선 할 말이 없는 제갈경이었다.

"말해보시오. 원하는 게 뭔지."

결국 힘없이 눈을 내린 제갈경을 향해 전무심이 말했다.

"나중에, 천왕교를 천왕곡으로 몰아넣은 다음에 제갈 군사에게 한 가지 부탁을 할 거요. 그때 가서 내 부탁을 들어주겠다는 약조를 해주시오."

제갈경의 눈이 다시 치켜 올라갔다.

어떤 부탁을 하려는지 알 수 없는 일. 절대 불가한 일이었다.

"그건……."

그러나 전무심이 제갈경의 뜻을 단칼에 꺾었다.

"무조건 해야 하오."

"전 공자."

"정천무맹에도 결코 손해나지 않는 일이오."

손해가 나지 않는다고?

전무심의 말이다. 제갈경이 아는 한 허튼소리를 할 전무심이 아니었다. 그렇다 해도 고개를 끄덕이기가 쉽지 않았다.

"그럼 일단 그 부탁이 무엇인지라도……."

"만일 약조를 하지 않겠다면, 나는 천왕교와 정천무맹 사이의 일에 대해서만큼은 절대 상관하지 않을 것이오."

기가 차지도 않을 위협이다. 전이었다면 그렇게 생각했을 것이다.

하지만 제갈경은 절대 그렇게 생각하지 않았다.

눈앞의 전무심이 정천무맹과 천왕교와의 싸움에 관여하지 않는다면 수백, 아니, 수천의 무사들이 더 피를 흘려야 한다는 말과도 같았다. 적어도 그는 그렇게 생각했다.

'이거였나? 진짜 목적이? 젠장, 정 안되면 내 목숨을 내놓으면 되겠지.'

"좋… 소. 나 제갈경이 약조하겠소."

"정천무맹 군사의 이름으로 해주시오."

끝내 제갈경의 입술이 터져 버렸다.

정천무맹 군사의 이름으로 약조를 하면 지키지 않을 수 없다.

자신이 죽는다 해도. 그렇지 않고서야 어찌 명분을 중시하는 정파인이라 할 수 있겠는가.

"꼭 그렇게까지……."

제갈경이 머뭇거리며 대답을 미뤘다.

전무심이 무심한 눈으로 그를 직시했다.

"제갈 군사의 죽음으로 약조를 무마하려 한다면 내가 분노할 것이고, 천왕교 내에 있는 천왕의 반대파들이 분노할 것이오. 그럼 지금과는 비교할 수 없이 더 많은 피가 흐를 것이오."

제갈경의 어깨가 부르르 떨렸다. 그는 자신의 속을 낱낱이 들여다보는 전무심에게 진정한 두려움이 느껴졌다.

어떤 식으로든 대답할 수 없는 상황.

위안이라면, 정천무맹에 손해나지 않는다는 말이 유일한 위안이었다.

"그렇게…… 하겠소."

전무심은 제갈경과의 협상이 끝나자마자 일행들을 이끌고 상주를 떠나 천가장으로 발길을 옮겼다.

그곳에 더 있을 이유가 없었다.

정천무맹이 어떻게 나올지 그것은 이제 제갈경의 입에 달려 있는 일. 설령 그들이 자신을 배제하고 천왕교와 싸운다 해도 어쩔 수 없었다. 그들은 그들대로, 자신은 자신대로 싸우면 될 일이었다.

한데 기이한 것은, 무거워야 할 발걸음이 왠지 모르게 가볍게 느껴진다는 것이었다.

마치 오랫동안 집을 떠났다 가족들 품으로 돌아가는 기분이었다.

조부는 더 나아졌을까?

천소령은 잘 지내고 있겠지? 설마 걱정 때문에 살이 빠지거나 병이 나지는 않았겠지?

혹시 유 노인이 모든 사실을 다 말하지는 않았을까?

문득 옆이 조용했다.

고개를 돌려보니 진성자가 보이지 않았다. 종남의 제자들을 따라 정천무맹으로 간다고 했는데, 여유가 생기자 이제야 그의 빈자리가 느껴진 것이다. 꼭 차곡차곡 쌓아 올린 돌담에서 돌 하나가 쏙 빠진 것 같았다.

'다음에 만나면 한 단계 뛰어오른 모습을 볼지도 모르겠군.'

그때 예종과 함께 구릉에 올라선 상유상이 고개를 돌리고 소리쳤다.

"대형! 장안이 보입니다!"

2

상주를 떠나 천가장으로 돌아온 지 사흘.

전무심이 창밖을 바라보며 이런저런 상념에 잠겨 있는데 누군가가 방으로 다가왔다.

가벼운 잰 발걸음, 가느다란 숨소리, 천소령이었다. 한데 혼자가 아닌 듯하다.

"전 공자, 들어가도 돼요?"

왠지 들뜬 천소령의 목소리였다.

"들어오시오."

전무심이 대답하자 문이 열리고 천소령이 들어왔다. 전무심의 눈은 그녀를 지나 밖으로 향했다.

그때 그가 들어왔다. 천수경, 그가.

"어서 오십시오. 몸도 불편하신데 어쩐 일이십니까?"

"허허허, 이제 이 정도 걷는 것은 크게 불편하지 않다네."

"하실 말씀이 있으면 차라리 부르지 그러셨습니까?"

"내 어찌 바쁜 자네를 오라 가라 할 수 있겠는가?"

천수경이 가볍게 고개를 저으며 의자에 앉았다.

그제야 의자에 앉은 전무심은 천소령이 앉기를 기다려 물었다.

"무슨 일이십니까?"

"내 들으니 마존궁과 거래를 텄다고 들었네."

"예. 일단 그렇게 하기로 하기는 했습니다만, 결정은 장주께서 내리십시오. 장주께서 하지 않으시겠다면 언제라도 없던 걸로 할 수 있는 일입니다."

"아니야, 아니야. 그게 아니라네. 내 비록 늙고 병들었지만, 굴러 들어온 호박을 깰 만큼 노망이 들지는 않았다네. 허허허 허……."

"하오면, 무슨 다른 문제라도?"

"글쎄, 문제라 하기는 그렇고……. 다른 게 아니라, 이번 거래로 인해 얻은 이익을 본 장이 다 챙길 수 없다는 것이 내 생각이라네. 해서 이득금 중 삼 할을 자네에게 줄까 하네."

"저는 그리 많은 돈이 필요없습니다."

"자네는 필요없을지 몰라도, 자네가 거느리고 있는 사람들은 필요할 거네. 물론 이곳에 있는 사람들이야 명목상으로 본장에서 몇 푼씩 주기는 하네만, 자네에겐 이곳에 있는 사람들 말고도 적지 않은 사람이 있지 않은가?"

그건 그랬다. 화운곡이 이끄는 무화단도 있고, 앞으로는 백명에 달하는 천왕곡의 무사들도 지휘해야 할 판이다.

다행히 무화단은 영운촌의 도방에서 나오는 돈과 마존궁에게 위임받은 안강의 객잔 수입으로 어느 정도 운영이 가능했다. 하지만 천왕곡의 무사들을 이끌 확실한 재원이 없었다. 은천비원이 은밀히 지원을 해준다 해도, 천왕과 백리군악의 눈을 피해 계속 대주지는 못할 것이기 때문이었다.

전무심이 잠시 머뭇거리자 천소령이 조용히 입을 열었다.

"사실 지금만 해도 전 공자 덕분에 엄청난 이익을 올리고 있어요. 이대로 가면 서너 달 만에 비천산장의 빚을 다 갚을 수 있을 정도예요. 그러니 부담 가지실 이유가 전혀 없어요."

돈의 많고 적음이 부담되지는 않았다. 굳이 부담감을 따진다면, 천가장과의 인연이 더 큰 부담이었다.

"알겠소. 정 그리하시겠다면 받도록 하겠소."

전무심이 허락하자 천소령의 얼굴이 환해졌다.

"훗, 누구에게 돈을 주기로 하면서 이렇게 기분 좋기는 처음인 것 같아요."

"허허허허. 돈을 더럽다고 하는 사람도 있지만, 사람을 움직이는 데는 절대적으로 필요한 것이 또한 돈이라네. 어떻게 쓰느냐가 중요하지 돈 자체를 미워할 필요는 없다네."

"할아버지는. 그걸 전 공자가 모를 것 같아요?"

"어이구, 이제 늙은 나보다 전 공자가 더 좋은가 보구나. 이 할아비를 책망하게."

천소령의 얼굴이 벌게졌다.

"아이, 할아버지도……."

두 조손의 다정한 모습에 전무심은 자신도 모르게 슬며시 웃음이 떠올랐다. 그러다 문득 든 생각에 표정이 굳어졌다.

'이대로…… 인정을 해야만 하는가?'

아버지를 생각하면 가슴이 아팠다. 그리고 조부가 원망스러웠다.

그렇다고 손자인 자신이 조부를 죄인 취급 할 수도 없는 일.

'내 가슴에 검을 꽂은 여인도 용서했거늘, 용서 못할 것은 또 뭐란 말인가?

하지만 당장 모든 것을 없던 일로 하기는 싫었다. 아직은 마음이 완전히 정리가 되지 않은 것이다.

전무심은 심란한 마음을 털어내기 위해 화제를 돌렸다.

"곧 강호에 한바탕 커다란 혈풍이 불 거요. 그때는 최대한 웅크린 채 내실을 다지는 것에만 주력하시오."

"예, 전 공자."

"그건 그렇고, 비천산장은 조용하오?"

"예, 조용해요. 장주 부인인 초부인이 모든 것을 주도하고 있는 것 같아요."

"초부인?"

"그분은 여인인 제가 봐도 질투가 날 정도로 참 대단한 분이에요. 아마 그분이 처음부터 나섰다면, 굳이 우리와 이렇게 되지도 않았을 거예요."

"흠, 정말 대단한 여인인가 보구려. 장안제일의 여장부인 천낭자가 그리도 칭찬하다니."

전무심의 말에 천소령의 얼굴이 또다시 붉어졌다. 하지만 절대! 싫지 않은 표정이었다.

그때 천수경이 말했다.

"연안 사람으로 알고 있네. 몰락한 집안의 여인이긴 하네만, 그녀의 행동거지를 보면 몰락하기 전에는 대단한 집안이었던 것 같더군."

초부인. 연안(延安).

문득 전무심의 눈에 기광이 번쩍였다. 그러나 워낙 빨리 사라져서 천수경과 천소령은 알아보지 못했다.

"언제 몰락했는지, 혹시 알고 있는 게 있으십니까?"

"글쎄, 이청한과 혼인 한 것이 이십오 년 정도 되니, 그 이전이라고 보면 될 거네."

천수경과 천소령은 이후로 이런저런 이야기를 나누다 반 시진이 넘어서 방을 나섰다.

천소령은 일어나는 것이 아쉬운 표정이었지만, 천수경의 건강을 생각해서 일어나지 않을 수가 없었다.

두 사람이 나가자 전무심도 자리에서 일어났다.

'한번 알아봐야겠군.'

*　　　*　　　*

비천산장의 수문위사는 전처럼 둘이었다. 그러나 그들은 전처럼 위세를 떨지 못했다.

위세는커녕 전무심을 알아본 수문위사는 학질 걸린 사람처럼 떨며 대답했다.

"장주 부인께선…… 안에… 계십니다요."

"좀 뵙고자 한다고 전해주시오."

"무, 무슨… 일로?"

"별일은 아니오. 한 가지 물어볼 게 있어서 그럴 뿐이오."

수문위사는 더 묻지 못하고 쏜살같이 안으로 뛰어들어 갔다. 그러자 남은 한 사람의 수문위사만 불쌍하게 손발을 떨었다.

'씨, 씨발, 내가 먼저 들어가는 건데…….'

다행히 얼마 지나지 않아 총관인 구종경이 헐레벌떡 뛰어나왔다. 그는 전무심을 보더니 백 년 전에 죽은 조상이 살아 돌아오기라도 한 듯 허리를 부러져라 숙였다.

"저, 전 공자, 부인께서 기다리십니다. 따라오시지요."

한데 구종경을 따라 전각으로 통하는 회랑에 접어들었을 때다. 술에 취해 고주망태가 된 이수인이 겁도 없이 앞을 가로막았다.

깜짝 놀란 구종경이 급히 소리쳤다.

"이 공자!"

"비키게! 내 저자에게 따져 볼 게 있네! 끄윽!"

"고, 공자! 이러지 마시고…….'

구종경이 말려도 소용이 없었다. 이수인은 이성을 잃은 듯 충혈된 눈으로 전무심을 노려보며 소리를 질렀다.

"왜 여길 온 거냐? 뭘 또 빼앗아가려는 거지?! 그만큼 빼앗았으면 됐지 뭐가 또 부족한 거냐?!"

전무심은 아무 말도 하지 않고 이수인의 복부를 걷어차 버렸다.

뼈다귀 잃고 지나가는 사람에게 짖어대는 똥개를 걷어차듯이.

퍽!

"이 개……."

빡!

"죽여……."

우당탕!

"으흐흑……."

결국 이수인은 바닥에 널브러진 채 울음을 터뜨렸다.

"네 아비가 만들어놓은 것으로 호의호식하다 못하게 되니 화가 나는가? 본래 네 것이 아니었는데도, 손에 쥔 떡을 빼앗길까 봐 두려운가? 나는 여섯 살 때부터 거지로 살았지. 그래서 너 같은 사람을 이해 못한다. 아니, 싫다! 세상을 혼자 살 자신이 없거든 그냥 죽어라. 그게 차라리 다른 사람에게 해를 끼치지 않는 일일 테니까."

전무심은 바닥을 기며 울고 있는 이수인에게 냉랭히 말하고 걸음을 옮겼다.

이수인의 울음소리가 잦아들고 있었다.

그때 전각의 문이 열리고 차분한 여인의 목소리가 들려왔다.

"고마워요. 제 못난 자식에게 가르침을 내려줘서."

그녀는 이청한의 부인, 초부인이었다.

차분한 표정. 조금도 감정이 상하지 않은 목소리다.

전무심도 당연히 할 일을 한 듯 무심한 표정으로 대답했다.

"별말씀을."

마치 자신이 무슨 일을 했는지 모른다는 말투. 초부인은 울고 있는 이수인을 바라보고는, 다시 고개를 들었다.

"한데 어쩐 일로 찾아오셨나요?"

"일단 들어가서 이야기했으면 합니다만."

"아! 제가 실례를 했군요. 들어오세요. 구 총관은 연아를 시켜서 차를 좀 내오도록 하세요."

"예, 부인."

초부인의 얼굴에는 젊을 적의 흔적이 고스란히 남아 있었다.

중후한 아름다움이라 할까? 눈가의 주름만 아니라면 삼십대 초반이라 해도 믿을 수 있을 정도였다. 게다가 자신에 대해 알면서도 흔들리지 않는 침착함은, 그녀가 결코 예사 여인이 아님을 단적으로 보여주었다.

'조부님이 칭찬할 만하군.'

전무심이 잠시 초부인에 대해 판단하고 있을 때다.

"이제 말씀해 보세요. 무슨 일로 오셨나요?"

초부인이 차분하게 용건을 물었다.

전무심이 단도직입적으로 물었다.

"연안 분이라 들었습니다만, 맞습니까?"

초부인의 눈에 이채가 떠올랐다.

그녀가 웃으며 대답했다.

"맞아요. 장주님께서 알려주시던가요?"

천소령과 천수경의 말대로 현명한 여인이었다.

"그분께서는 초부인께서 연안 출신이고 몰락한 집안의 여인이라 하시더군요."

"비웃음거리나 되지 않았나 모르겠군요."

초부인의 입가로 씁쓸한 웃음이 떠올랐다 곧 사라졌다.

"한데 그것을 물어보러 오셨나요?"

"그렇습니다."

전무심이 곧이곧대로 대답하자 초부인의 눈매가 살짝 치켜올라갔다.

"천하에서 제일 바쁘신 분이라 들었는데, 시간이 많이 남아도시나 보군요."

약간 비꼬는 뜻이 담긴 말이었다.

그런데도 그리 기분이 나쁘지 않았다. 비꼬는 말을 상대의 기분이 상하지 않게 하는 묘한 재주가 있는 여인이었다.

전무심은 그녀를 똑바로 쳐다보고 곧바로 본론을 꺼냈다.

"몰락한 가문이 혹시 철기검문이 아닙니까?"

침착하던 초부인의 얼굴이 딱딱하게 굳어졌다.

"어떻게……?"

"그럼 장초량이라는 분도 아시겠군요?"

연이은 전무심의 말에 초부인의 낯빛이 창백하게 변했다.

그런 그녀를 향해 전무심이 말을 이었다.

"초중암이라는 사람도 물론 잘 아실 테고요."

"그, 그······."

그토록 침착하던 초부인의 입이 반쯤 벌어진 채 굳어버렸다.

"장초량이라는 분이 저와 함께 계십니다. 그리고····· 초중암이라는 사람과 철기검문의 사람들도."

전무심의 무표정한 얼굴에서 미미한 웃음이 스며 나왔다.

"언제라도 오십시오. 오시기 불편하시다면, 제가 데려오도록 하지요."

아직 차도 나오지 않았는데, 전무심은 그 말만 남기고 할 말 다했다는 듯 자리에서 일어섰다.

격정에 찬 초부인은 일어날 생각도 못하고 있었다. 격정을 가라앉히려면 적지 않은 시간이 걸릴 듯했다.

"이만 가보겠습니다. 부인 말대로 바쁜 몸이라서. 아, 일어나지 마십시오."

전무심의 의도를 안 초부인은 고개만 가볍게 숙였다.

"죄송합니다."

전무심은 그녀를 그대로 놔둔 채 방을 나왔다.

'기분이 그리 나쁘지는 않군.'

아니, 솔직히 아주 좋았다.

초중암과 장초량의 놀랄 모습을 생각하니 술 생각이 절로 날 정도였다.

그날 오후, 초부인이 천가장을 찾아왔다.

이수인보다 조금 더 나이 들어 보이는 또 다른 청년을 대동한 채. 아마도 그가 이청한의 큰아들인 이수정인 듯했다.

뜻밖의 방문에 천소령이 그녀를 맞이했다.

그리고 일각도 되지 않아 전무심이 장초량과 초중암을 데리고 천소령의 방을 찾아갔다. 초부인에 대해선 입도 뻥긋하지 않고서.

장초량은 한눈에 초부인을 알아보았다.

"허허허, 이게 누구신가?"

"장 노사 어른을 뵙습니다."

"살다 보니 만나게 되는구먼."

"모두 장 노사 어른 덕분이지요."

초부인, 초선화는 장초량을 지나 초중암에게 눈을 고정시켰다.

"나를 알아보겠느냐?"

초중암은 석상처럼 굳어 있었다.

들어오면서 그녀를 보고 벼락이 머리 위에 떨어진 기분이었다.

흐릿한 기억 속에 떠오르는 얼굴들…… 그중 하나…….

초중암은 자신이 잘못 보지 않았나, 혹시 다른 사람에게 실수하는 것이 아닌가 하면서도 묻고 싶어 참을 수가 없었다.

한데 그녀가 묻는다. 자신을 알아보겠냐고.

대답하고 싶었다. 알아본다고. 내가 왜 못 알아보냐고!

그런데 덜덜 떨리기만 할 뿐 입이 떨어지지 않았다.

"호, 혹시… 큰… 누나?"

초선화가 천천히 일어나며 고개를 끄덕였다.

그토록 침착하던 그녀의 눈에는 그렁그렁 눈물이 맺혀 있었다.

"그래, 내가 바로 선화 누나다. 막내를 때렸다고 네 엉덩이를 때리며 혼내주던…… 큰 누나……."

"어…… 어……."

초중암은 말이 이어지지 않는지 더듬더듬 어어거리더니, 갑자기 털썩 주저앉아 울음을 터뜨렸다.

"어헝! 누나야!"

초중암의 격한 반응에 전무심과 장초량은 어정쩡한 표정을 지었다. 그러자 천소령이 슬그머니 일어나 장초량과 전무심에게 눈짓을 하고는 소매를 잡고 밖으로 끌어냈다.

방문이 닫힐 때까지도 초중암의 대성통곡은 멈추지 않았다. 간간이 초선화의 울음소리도 섞여 들려왔다.

세 사람은 방에서 조금 더 멀리 떨어졌다.

"휴우, 하마터면 눈물이 나올 뻔해서 혼났어요."

초부인으로부터 미리 이야기를 들은 그녀다. 그때 얼마나 놀랐는지 그러잖아도 커다란 눈이 반쯤 튀어나올 것만 같았다.

하지만 막상 두 사람이 대면하는 것을 보니 눈이 튀어나오는 대신 눈물이 쏟아질 것 같아 참을 수가 없었다.

천소령이 눈가를 손가락으로 찍으며 말하자 장초량이 측은한 표정으로 방을 바라보았다.

"이십 년을 생이별했으니 그 마음이 오죽할까?"

"그러게요. 아무리 그래도 그렇지, 초부인이 설마 초 공자의 큰누님이었다니……."

전무심은 말없이 정원 구석에서 고개를 내민 파란 새싹을 응시했다.

'이십오 년을 생이별한 사람들도 있지요.'

그 생각을 하니 눈이 시큰했다.

그때 천소령이 물었다.

"그런데 전 공자는 어떻게 알았어요?"

전무심은 눈에 힘을 주고 정원 구석의 새싹을 노려보았다.

"아침에 초부인에 대해 들었지 않소? 초부인이 연안의 몰락한 가문 태생이라고 말이오."

조금 쌀쌀맞은 말투인데도, 천소령은 아무것도 느끼지 못한 듯 환하게 웃으며 말했다.

"그랬군요. 좌우간 굉장한 일이에요. 이십 년 만에 이렇게 우연히 친남매가 만나다니."

전무심은 묵묵히 고개를 끄덕이기만 했다.

한데 그렇게 세 사람이 방 안의 분위기가 진정되기만을 기다리고 있을 때다. 저만치서 한 사람이 지나가다 전무심을 보고는 머뭇거리는 몸짓으로 다가왔다. 후원의 유종원이었다.

천소령이 그를 보더니 의아한 표정으로 물었다.

"어머? 유 할아버지가 웬일이세요?"

유종원은 천소령을 향해 허리를 숙이고는 전무심을 바라보았다.

"전 공자님을 뵐 일이 있어서 왔습니다, 아가씨."

자신을 만나러 왔다는 말에 전무심이 물었다.

"무슨 일입니까?"

"드릴 말씀이 있어서⋯⋯. 잠시만⋯⋯."

가볍지 않은 이야기인 듯했다.

그런데 전무심이 대답하기도 전에 천소령이 속삭이듯 말했다.

"유 할아버지, 지금 저 안에서 무슨 일이 벌어진지 아세요?"

미처 전무심이 말릴 틈도 없이 천소령이 소곤거렸다.

"이십 년 만에 남매가 만났는데 말이죠. 세상에, 본 장에 계시는 초 공자와 비천산장의 초부인께서 친남매라지 뭐예요?"

유종원의 눈초리가 거세게 떨렸다.

그는 전무심을 올려다보고는 이를 악물었다.

'왜! 왜 말씀을 안 하시는 겁니까? 아직도 마음이 풀어지지 않으셨습니까? 정 그러시면 제가 말할 겁니다.'

그런 유종원의 귓속으로 전무심의 전음이 파고들었다.

"행여 나에 대해 말할 생각이라면, 절대 말하지 마시오. 내가 천가장의 친핏줄임이 알려지면, 내가 없을 때 천왕교가 절대 이곳을 그냥 두지 않을 거요. 나중에⋯⋯ 나중에 모든 일이 끝나면, 그때 내가 말할 거요."

유종원의 표정이 격정으로 거세게 흔들렸다.

그래서였던가? 자신 때문에 천가장이 피로 뒤덮일까 봐 걱정이 되어서 밝히지 않았던 건가?

진심이든, 평계든 상관없었다. 전무심이 언제든 사실을 밝히겠다는 말은 이미 마음이 어느 정도 풀어졌다는 말이었다. 유종원은 그것만으로도 일단 안심이 되었다.

　'그러서야지요. 꼭 그러서야지요.'

　유종원이 마음의 격정을 삭이고 전무심을 바라볼 때. 마침 방 안의 분위기를 살피던 천소령이 장초량에게 말했다.

　"이제 안에 계신 분들도 마음이 가라앉은 것 같네요. 두 분이 할 말이 있나 본데, 어르신은 저와 함께 방으로 들어가요."

　두 사람이 안으로 들어가자 전무심이 걸음을 옮겼다.

　담장을 끼고 도는데 유종원이 입을 열었다.

　"내일이 마님의 제삿날입니다."

　어머니의 제사. 유종원의 말에 걸음을 멈춘 전무심은 가슴이 진탕되었다.

　"모든 준비는 저와 마누라가 할 테니, 공자님께선 자시에 오시면 됩니다. 그 말씀을 드리려고 찾았습니다."

　"알겠소. 꼭… 가겠소."

　다른 무슨 말을 할까. 슬퍼하고 그리워할 줄만 알지 제삿날도 모르는 아들이.

　유종원이 할 말을 마쳤다는 듯 돌아서자 전무심은 하늘을 올려다봤다.

　'잘하면 오늘은 어머니 꿈을 꿀지도 모르겠군. 어쩌면 아버지도 함께……'

기이할 정도로 고요했다.

너무 고요해서, 오히려 폭풍전야의 긴장이 사람들의 어깨를 짓눌렀다.

그렇게 한 달.

고요가 깨지고, 서서히 폭풍이 불기 시작했다.

그 시작은 영안촌의 무화단 지부인 도방에서 시작되었다.

천왕곡에서 또다시 일단의 무사들이 나왔습니다. 숫자는 일천 정도. 행선지는 공손세가와 혈곡으로 보여집니다만 아직 확실하지는 않습니다. 계속 주시하겠습니다.

이어서 개방의 삼족개가 직접 한 장의 서신을 들고 득달같이 천가장을 찾아왔다.

사 개 조로 나누어진 이천 명의 무사가 정천무맹을 떠나 서쪽으로 향했음. 맹주인 허경 진인이 각 문파에 이차 지원을 요구했는데, 각 문파의 대표들은 각기 일백 명 정도의 제자들을 지원하겠다고 밝혔음.

삼족개가 잔뜩 인상을 쓴 채 입을 열었다.

"워낙 대규모의 무사들이 움직이다 보니 관에서도 잔뜩 신경을 쓰고 있는 상황이네. 아마 황궁에까지 보고가 올라가 있을 것이네."

나직이 입을 여는 척우진의 얼굴에도 그늘이 졌다.

"자칫하면 엉뚱한 일이 벌어질지도 모르겠군."

삼족개가 척우진의 말뜻을 알아듣고 고개를 끄덕였다.

"그럴지도 모르지. 아무리 관과 무림이 서로를 간섭하지 않는다지만, 실질적으로는 알게 모르게 관여된 것이 적지 않으니까. 아마 양민들의 대규모 피해가 발생하기라도 한다면, 황궁도 움직이지 않을 수 없을 거네."

"관과 무림이 충돌하기라도 하면 그 피해는 상상도 할 수 없을 거야. 아마 전쟁에 버금가는 피해가 발생할걸?"

"지미럴, 그래서 문제라니까. 마도 놈들과 달리 정파는 관의 눈치를 볼 수밖에 없단 말일세."

전무심으로선 미처 생각지 못했던 문제였다.

황궁과 관의 미묘한 관계를 잘 모르는 그로선 어쩌면 당연한 일일지도 몰랐다.

그러나 조금이라도 알게 된 이상 그 일에 대해 신경을 쓰지 않을 수가 없었다.

"좀 더 사태를 지켜보면서 우리가 움직일 적절한 때를 찾아보기로 하지요. 어차피 싸움이 시작하면 당분간 멈출 수 없을 겁니다. 더구나 상대적으로 힘이 약한 만큼, 우리에겐 시작이 중요합니다."

준비는 철저히, 싸움이 시작되면 폭풍처럼.

힘이 약한 처지로선 그것이 최선이었다. 하기에 시작이 중요할 수밖에 없는 것이다.

　"그동안 각자의 실력을 끌어올릴 수 있는 데까지 끌어올려야 할 겁니다."

　굳이 전무심이 말할 것도 없었다.

　살아남기 위해서는 그래야만 했다. 아니면 천왕교와의 싸움에서 살아남을 수 없을 테니까.

　"음, 그러고 보니 옛 친구들에게 연락이나 넣어봐야겠군."

　장초량의 묵직한 저음에 척우진이 이마를 탁 치며 말했다.

　"이런, 이런! 저도 함께할 만한 놈들이 어디 있는지, 그것부터 알아봐야겠습니다."

　장초량과 척우진의 친구들이라면 큰 힘이 될 터였다.

　지금처럼 상대에 비해 힘이 약할 때는 더욱 절실했다.

　'영호 전주와 사도무연 노선배만 제대로 해준다면…….'

　전무심의 무심한 눈빛이 조금은 밝아졌다.

　그리고 며칠이 지났을 때다.

　마침내 고여 있던 힘들이 흐르기 시작했다.

第二章
강호로 나가는 사람들

死星天血

1

　완연한 봄이다. 삼월 중순의 햇살은 봉오리가 터지기 시작
하는 꽃들에 생기를 불어넣어 주었다.

　천가장에서 죽어라 수련에 열중하는 사람들도 흘린 땀방울
만큼이나 결실을 맺고 봉오리를 터뜨리기 시작했다.

　혼자서 수련할 때와 척우진과 장초량 같은 뛰어난 고수들의
지도를 받으며 수련하는 것과는 천양지차였다.

　절정의 문턱에 있던 자들이나, 절정에 도달하고도 뭔가 벽
에 막혀 있던 자들에게는 가뭄에 단비와도 같았다.

　더구나 한두 달 사이, 몇 번이나 죽음 직전에 이르도록 싸워
본 적이 있는 사람들이 아니던가. 그들은 다시는 그런 경우를
당하지 않기 위해 자신을 극한으로 몰아붙였다.

한 달이 조금 넘는 기간. 짧다면 짧은 시간이었다.

상승의 무공을 익히는 사람에게는 촌각에 불과할 수도 있었다.

그러나 깨달음의 시간은 순간적으로 찾아오는 법. 결코 짧지 않은 시간이기도 했다.

마침내 전무심의 강호출(江湖出)을 알리는 일성이 터져 나왔을 때, 천가장의 별원에 모인 사람들의 행동과 눈빛은 한 달 전과 비교가 되지 않았다.

"제기랄, 내가 뭘 했는지 모르겠군. 아무래도 괴물들을 만들어놓은 것 같아."

척우진이 툴툴거리며, 자신과 장초량의 합작품이라 할 수 있는 서른세 명을 보고 넌더리를 칠 정도였다.

하지만 그렇게 말하는 척우진도 지난 한 달간 많이 달라졌다.

지금이라면 양환을 삼십 초 이내에 물리칠 수 있을 듯했다.

한 달 전에만 해도 비등한 실력이었던 걸 생각하면, 그때에 비해 적어도 한 계단은 올라섰다는 말이었다. 절대지경의 초입에 이른 고수에게 그것은 엄청난 차이였다.

대신 그만큼, 그는 전무심에 대한 경외감을 느끼지 않을 수 없었다.

한 계단을 올라서고 나서야, 전에 미처 보지 못했던 전무심의 거대함이 어렴풋이 보이기 시작한 것이다.

그것은 대천도 척우진으로서도 충격이었다.

'조금 따라잡지 않았나 싶었는데……. 바위 하나 올라가서 태산을 올려다보는 꼴이군. 휴우, 제기랄!'

커다란 탁자에 둘러앉은 사람은 모두 열 명.

전무심은 그들이 모두 자리에 앉자 간단히 말했다.

"그들이 움직이기 시작했소."

그러고는 곡초운을 바라보았다.

자리에서 일어선 곡초운이 무화단과 개방과 마존궁, 그리고 은천비원에서 전해온 지난 한 달간의 정보를 정리해 입을 열었다.

공손세가의 움직임, 혈곡의 움직임, 정천무맹의 상황, 심지어 천왕교의 상황까지 총망라된 이야기였다.

그의 이야기가 거듭될수록 사람들의 안색도 굳어졌다.

그중에서도 가장 중요한 것은, 역시 정천무맹과 천왕교의 돌아가는 상황이었다.

"정천무맹에 사천의 무사들이 집결했다고는 하나, 천왕교 역시 이전의 일천 무사에 이어 또다시 일천 무사가 암암리에 공손세가와 혈곡에 둥지를 틀었습니다."

그게 끝이 아니라는 것이 문제였다. 벌집에서 벌들이 계속 날아오르듯 천왕곡에서도 천왕교의 무사들이 끊임없이 나오고 있었던 것이다.

묘한 것은 일촉즉발의 상황에서도 아직 대규모 접전이 없다는 것이었다.

천왕곡의 형제들 중 생각이 제일 깊은 고후명이 지나가듯이 물었다.

"그런데, 천왕교의 본격적인 강호 진출이 시작된 이상 싸움이 벌어지면 무당파가 당하지 않겠습니까?"

곡초운이 대답했다.

"내 생각은 조금 다르네. 그들이 무당파를 치려 했다면, 섬서로 사람들을 보낼 필요도 없이 무당파를 먼저 무너뜨렸을 거네."

"그럼 그들이 무당파를 공격하지 않을 거라는 말입니까?"

"당분간은."

"음, 이해할 수가 없군요. 왜 그들이 코앞의 적을 놔둔 건지. 어떻게 보면 다행이긴 한데……."

의문은 의문이었다. 아마 많은 사람들이 고후명처럼 의문을 느끼고 있을 터였다. 상유상이 답답하다는 듯 가슴을 두드렸다.

"어이구, 속 시원하게 말 좀 해주슈."

곡초운은 차로 입술을 축이고 자신의 생각을 말했다.

"무당을 치면 다른 곳도 위협을 느끼게 될 거네. 그럼 두 가지 반응이 나오겠지. 자기들도 당한다는 생각에 모든 힘을 기울이거나, 눈치나 보면서 쉽게 자파의 고수들을 정천무맹으로 보내지 않거나."

분명 그럴 것이다. 문제는 둘 중 어떤 선택을 할 것이냐, 하는 것이었다.

사람들이 모두 쳐다만 보자 곡초운이 말을 이었다.

"천왕교가 섬서에 진출한 이상, 무당이 무너지면 먼저 화산과 종남이 모든 힘을 기울일 것이네. 빗장을 걸어 잠갔다고 해서 안전하지 않다는 것을 그때쯤이면 확실하게 알 테니까. 그리고 이어서 다른 문파들도 동참하게 될 거네. 무당파가 당하고, 화산과 종남의 모든 힘을 기울이는데 나 몰라라 할 수 있는 곳이 몇 곳이나 된다고 생각하나?"

아마 사천무련에 속한 곳을 제외하고는, 전력은 아니어도 반 이상의 힘이 투입될 것이다. 그리되면 천왕교가 아무리 강하다 해도 고전할 수밖에 없을 게 분명했다.

설령 이긴다 해도 상처뿐인 승리가 될 터. 천왕교도 그것은 바라지 않을 것이었다.

더구나 정천무맹이 천하의 전부가 아닌 이상, 또 다른 도전을 받아야 하는데, 과연 그럴 만한 힘이 남아 있을지 그것도 의문이었다.

모두가 어느 정도 이해했다는 듯 고개를 끄덕일 때다.

전무심이 단호하게 말했다.

"하지만 계속 놔두지도 않을 거요. 뭔가 변화를 꾀해야 할 때가 올 테니까."

이미 강호의 경험이 많은 몇 사람과 이런저런 의견을 나누던 중에 나온 이야기였다. 그리고 비슷한 결론이 맺어졌었다.

천왕교가 무당을 치되 바로 치지는 않을 거라는 것.

전무심의 말이 떨어지자 좌중의 분위기가 무겁게 가라앉았다. 단순한 몇 마디 말만으로도 짙은 혈향이 풍겨 나오는 것만 같았다.

이마에 깊은 주름을 만든 채 고개를 반쯤 숙이고 있던 사진옥이 중얼거리듯 말했다.

"그러니까, 이러나저러나 결국 무당파는 당할 수밖에 없다는 거군요."

"그렇게 되지 않도록 상황을 몰아가야겠지."

전무심의 간단한 답변에 척우진이 조심스럽게 물었다.

"방법은 있는 건가?"

"분산 후 속전속결. 적들을 잘게 나누어지게 한 후 정신을 차릴 틈을 주지 않고 몰아붙이는 수밖에 없습니다."

문제는 정천무맹의 움직임이었다. 그들이 과연 자신의 뜻대로 따라줄지 그것이 관건이었다.

정파의 움직이는 방식에 대해 잘 알고 있는 장초량과 척우진은 그것을 염려했다.

더구나 상주의 일로 서로간의 감정이 살짝 틀어진 상태가 아니던가.

과연 제갈경이 얼마나 상황을 조절할 수 있을지, 그것은 아무도 모르는 일이었다.

하지만 분명한 것도 있었다. 그들의 아집으로 인해 벌어지는 일은, 결국 그들이 감당해야 할 일이라는 것이다.

"다행히 개방과 무화단과 마존궁의 정보망이 끊임없이 적들을 추적하고 있는 상황입니다. 일단 마존궁의 움직임에 보조를 맞추면서 상황을 파악해 보도록 하지요."

마존궁이 전면 공격을 하면, 분명 공손세가에 있는 천왕교의 무사들이 나올 것이다. 비록 전부는 아닐 테지만, 제법 많은 수가.

전무심은 우선적으로 그들을 노릴 생각이었다.

개를 때리면 주인이 나오게 되어 있는 법이니까.

그날 저녁, 뜻하지 않은 일이 전무심의 발목을 잡았다.

사위가 어둠에 잠긴 술시 무렵, 백의장의 황경에게서 급히 와달라는 서신이 전해진 것이다. 조금의 시간이라도 아끼기 위해 백의장과 천가장 사이를 오가도록 훈련시킨 전서구를 통해서.

전무심은 만사를 제쳐 놓고 즉시 백의장으로 출발했다.

그가 자신을 밤중에 급히 찾는 일이 뭐가 있을까.

환락단과 관계된 일이 아니라면 전서구까지 날려서 찾지 않았을 터였다.

한데 경공을 펼쳐 한 시진 만에 도착한 백의장은 어둠에 잠긴 채 너무나 조용했다.

전무심은 불길한 느낌이 들었다.

안에서 아무런 생기도 느껴지지 않는 것이다. 살아 있는 사람이 없다는 말.

아니나 다를까, 안으로 들어가자 의각 앞에 널브러진 시신이 하나 보였다. 붉은 피를 주단처럼 깔고 어둠 속에 누워 있는 시신은 백의장에 있는 세 명의 의원 중 한 사람인 장이였다.

그뿐이 아니었다. 의각 안에는 두 구의 시신이 더 있었다. 그들은 백의장의 의원 중 한 사람인 승유안과 하인인 노삼이었다.

전무심은 침착하게 내전으로 들어가 보았다.

어두컴컴한 내전에는 황경이 약재를 끌어안고 꼬꾸라져 있었다. 그는 등에 깊은 자상(刺傷)이 있었는데, 이미 숨이 끊어진 듯 아무런 움직임도 없었다.

몸이 식지 않은 걸로 봐서 당한 지 그리 오래되지는 않은 듯했지만, 일각만 되었어도 범인은 이미 멀리 달아나 있을 게 분명한 일, 범인이 누군지도 모르니 쫓을 수도 없었다.

'대체 무슨 일이 벌어진 것이지?'

전무심은 방을 나와 장원의 곳곳을 둘러보았다.

백의장의 식구들만도 열 명이 넘었는데, 살아 있는 사람은 한 사람도 없었다.

하지만 백의장을 샅샅이 뒤진 전무심은 당연히 있을 거라 생각했던 두 사람의 시신을 찾을 수가 없었다.

한 사람은 세 명의 의원 중 한 사람인 범추수였고, 다른 한 사람은 연구를 위해 융중산에서 데려온 한충문이었다.

의당에서 한충문을 찾지 못한 전무심은 의문을 품지 않을 수 없었다.

한충문이 기거했던 의당이 너무 깨끗했던 것이다.

심지어 단약을 달이는 연단실도 흐트러짐이 없었다. 다만 조금 전까지 뭔가를 달였던 듯 강한 약향만이 진동할 뿐이었다.

만일 죽거나 납치당했다면 조금이라도 어질러져 있어야 정상이었다. 그러나 그 어디에도 누군가와 다툰 흔적은 일절 보이지 않았다.

전무심은 일단 한충문의 의당을 세밀히 조사해 봤다. 비밀리에 만들어놓은 방이나, 뭔가를 숨기기 위해 만든 격리 장소가 없는지 직접 벽까지 두들겨 가면서.

그러다 격리된 공간을 찾긴 했지만, 그곳에는 종이 한 장 들어 있지 않았다. 마치 누군가가 깨끗이 치우기라도 한 것처럼.

그것이 더 이상했다.

환락단을 평범한 곳에 두지는 않았을 터, 둘 만한 곳은 그곳밖에 없었던 것이다.

더구나 한충문의 방에는 환락단과 관계된 그 어떤 것도 발견되지 않았다. 분명 환락단을 연구하며 적어놓은 일지가 있었을 텐데, 그것마저도 없었다.

전무심은 더 이상 살펴볼 만한 것이 없자, 한충문의 의당을 통해 다시 황경이 쓰러져 있는 내전으로 갔다.

그리고 일단은 황경의 시신을 최대한 건드리지 않고 내전의 구석구석을 자세히 살펴보았다.

한충문의 방과는 다르게 그곳은 온갖 물건이 사방으로 흩어져 있었다.

다툼이 있었거나 심한 저항이 있었다는 말이다. 하지만 그것뿐, 의심을 하고 조사해 볼 만한 것이 없었다.

한데 그때, 문득 이상한 점이 하나 눈에 뜨였다.

황경이 끌어안고 쓰러진 피 묻은 약재 봉지, 거기에 뜻을 알아보기 힘든 글자가 피로 쓰여 있었던 것이다.

우(雨), 충(虫), 내(內).

겨우 알아본 글자는 세 개의 봉지에 적힌 세 개의 글자였다. 그러나 그것만으로는 황경이 뭘 말하려는지 알 수가 없었다.

'비, 벌레, 안……. 무슨 뜻이지?'

미간을 찌푸린 전무심은 몸을 일으켰다. 그때다.

"응?"

그의 눈이 황경의 피 묻은 손가락에서 멈췄다.

황경의 손가락이 전면으로 뻗어 있었는데, 죽어가는 사람이 취할 만한 자세가 아니었다. 꼭 뭔가를 가리키는 듯한 자세. 죽기 전에 안간힘을 다해 글을 쓰고 마지막으로 손가락을 뻗은 듯했다.

전무심은 자연스럽게 손가락을 따라 시선을 돌렸다.

손가락이 뻗은 벽면에는 별다른 것이 보이지 않았다. 그저 몇 개의 약봉지만 매달려 있을 뿐.

아니, 꼭 약봉지만 매달려 있는 것은 아니었다.

천장에 매달린 커다란 말벌의 벌집 하나.

그걸 바라보는 전무심의 눈이 번뜩였다.

'노봉방(露蜂房)?'

말벌의 벌집을 말함이다.

갑자기 뇌리를 스치는 생각에, 전무심은 약재 봉지에 쓰인 글과 천장에 매달린 커다란 벌집을 번갈아 봤다.

죽기 전의 황경이 떨리는 손으로 많은 획수의 글을 다 쓴다는 것은 거의 불가능했을 것이었다.

우(雨) 자와 충(虫) 자는 노(露) 자와 봉(蜂) 자의 부수.

그리고 손가락은 노봉방이 있는 곳을 가리키고 있다.

더 생각할 것도 없었다. 확인해 보면 알 일.

전무심의 손이 천장을 향해 뻗었다. 순간 커다란 말벌집이 천장에서 뚝 떨어지더니 빨리듯이 전무심의 손 안으로 딸려왔다.

노봉방에는 말벌들이 드나드는 구멍이 있었는데, 전무심은 지체없이 그 구멍 속으로 손가락 두 개를 집어넣어 보았다.

손가락 끝에 뭔가가 걸렸다. 그리고 곧이어 두 손가락 사이에 둘둘 말린 종이 몇 장이 딸려 나왔다.

한쪽 면이 뜯긴 것처럼 보이는 그것은 황경의 일지였다.

최근 들어 한충문의 행동이 이상해지고 있다. 진중하던 자가 갑자기 화를 내고 불안한 표정을 짓기도 한다. 이제 얼마 남지 않았는데 아무래도 불안하다. 전 공자에게 알려야 할지…….

이제 사흘이면 결과 나올 것이다. 한충문은 결과를 보기 전까지 나오지 않겠다고 한다. 추수가 단약에 관심이 많아 그의 수발을 들게 했는데, 그게 마음에 걸린다. 추수도 그를 닮아가는 것 같다. 그냥 기다리는 게 나을지…….

한충문이 나조차 자신의 연단실에 들어오지 못하게 한다. 대기의 흐름이 바뀌면 연단이 실패할지 모른다면서. 아무래도 최악의 경우를 준비해야 할 것 같다.

빠르게 다음 장을 읽어가던 전무심의 눈이 한곳에 멎었다.

이제야 그가 왜 그렇게 변했는지 알게 되었다. 환락단! 젠장, 연구에 쓰고 남았어야 할 환락단이 없다. 적어도 열 알은 남아야 정상인데. 설마 추수도……? 곧 연단이 끝난다. 더 늦기 전에 전 공자에게 연락을…….

마지막 문장은 끊어져 있었다.
흐트러진 글, 번진 먹물, 구겨진 종이.
쓰다 말고 급히 숨긴 것 같았다. 그리고 그 직후 얼마 지나지 않아 죽은 듯했다.
'일이 벌어진 지 한 시진이 넘지는 않은 것 같군.'
전무심은 황경이 남긴 일지를 접어 품속에 넣었다.
갑자기 한숨이 나왔다.
"후우, 한충문이 환락단의 유혹을 견디지 못한 건가?"
그는 알지 못했다. 한충문이 자신의 몸을 시험 대상으로 삼 있다는 것을. 그리고 나중에는 범추수까지 끌어들였다는 것을.

어쨌든 문제는 그것이 아니었다.

황경의 말대로라면 연단이 끝났다는 말이었다. 환락단을 중화시킬 수 있는 단약이 만들어졌다는 말이었다. 그것만은 무슨 수를 써서라도 회수해야만 했다.

'환락단에 중독되었다면, 그가 할 수 있는 일은 두 가지뿐이다. 하나는 환락단을 스스로 제조하는 것. 또 다른 하나는…… 환락단을 구하러 가는 것.'

제조하려면 재료가 있어야 했다. 당연히 구하기 쉽지 않은 재료일 터였다.

'아직 멀리 가지는 못했을 거다.'

전무심은 장안으로 돌아오자마자 급히 삼족개를 찾아갔다.

꿈속에서 귀부인과 사랑을 속삭이던 삼족개는 끝까지 버티며 일어나지 않았다. 그러다 전무심이 팔걸을 직접 잠들게 만들어놓고서야 벌겋게 충혈된 눈으로 전무심을 맞이했다.

"대체 무슨 일인데 오랜만의 만남을 방해하는 건가?"

하지만 전무심은 삼족개가 누굴 만났는지 신경도 쓰지 않았다.

"급히 사람을 동원해서 알아봐 줘야 할 일이 있소."

"이 밤중에? 내일 아침에 하면 안 되겠나?"

"그 시간이면, 내가 찾고자 하는 사람은 이미 수백 리 밖으로 도망간 다음일 거요."

"대체 누굴 찾으려고 그러는 건가?"

"한충문."

"한충문? 백의장에 있다는 그 한충문?"

그제야 심상치 않음을 안 삼족개가 자세를 바로 했다.

그도 백의장의 일에 대해 아는 극소수의 사람 중 하나였다.

"그렇소. 그가 황경과 백의장 사람들을 모두 죽이고, 백의장의 의원 하나와 함께 그곳을 떠났소."

"그, 그게 무슨 소린가? 그가 왜?"

"남아 있던 환락단에 중독된 듯하오."

"이런 빌어먹을! 내 그놈을⋯⋯!"

"찾아도 절대 죽여서는 안 되오."

말도 안 되는 소리 한다는 듯 삼족개가 눈을 치켜떴다.

"절대 죽이지 말라고? 그 빌어먹을 놈을?"

"아무래도 중화제가 완성된 것 같소. 그에게서 그걸 찾기 전에는 절대 죽여서는 안 되오."

전무심은 다시 한 번 강조하고 몸을 일으켰다.

"놈을 잡으려면 지금 바로 움직여야 할 거요."

"젠장! 그녀를 다시 만나기는 다 틀렸군."

마지못한 듯 삼족개도 자리에서 일어났다.

끝내 궁금함을 참지 못한 전무심이 의아한 표정으로 물었다.

"무슨 말이오?"

"있어! 그런 일이! 한충문, 이 개 씨발 놈!"

꼭 속으로는 자신을 탓하는 것처럼 들렸다.

하지만 전무심은 삼족개가 발광을 하든 말든 자리에서 일어나 천가장으로 향했다.

삼족개의 개꿈을 박살 내고 천가장으로 돌아온 전무심은 급히 백의장으로 사람을 보내 그곳의 일을 수습하게 했다.

그리고 자신은 서신을 써서 마존궁의 모용창과 연락을 담당하는 전서구에 매달았다.

한충문이 환락단을 구하러 바로 사천으로 가려 할지도 몰랐다. 그렇다면 마존궁의 영역을 지나가지 않을 수 없을 게 분명했다. 남쪽으로 돌아가면 시간이 배는 더 걸릴 테니 마음이 급한 그로선 편안한 지름길을 놔두고 돌아갈 이유가 없는 것이다.

'환락단과 중화제에 대한 비밀이 밝혀지더라도 현재로썬 하는 수 없다. 우선은 그를 잡는 것이 먼저다.'

다음날 아침. 전무심은 모두가 모인 자리에서 백의장의 일을 알렸다. 늦은 밤에 벌어진 일인지라, 아는 사람도 몇 있었지만 대부분이 모르고 있는 일이었다.

본격적인 싸움이 시작되기도 전에 전해진 좋지 않은 소식은 모두의 마음을 가라앉히기에 충분했다.

"환락단과 중화제를 함께 팔면 욕도 먹지 않고 엄청난 부를 챙길 수 있을 테니 욕심을 부릴 만도 하네."

척우진의 말대로 사실이 그랬다. 누가 억만금의 황금을 눈앞에 두고 욕심이 나지 않을까.

그러나 거기에는 수많은 목숨이 달려 있었다.

천왕곡을 빠져나올 때 보았던 광인들도 그렇지만, 혹시라도 각대문파의 고수들 중 환락단에 당해 이지를 조종당하는 사람이라도 생긴다면 그 피해는 상상도 되지 않았다.

"좀 더 신경을 썼어야 했는데 제가 너무 안일했습니다. 행여나 천왕교에서 관심을 가질까 봐 경비를 보내지 않은 게 실수였던 것 같습니다."

"아니네. 지금까지 그들이 모르고 있었던 것만 해도 자네의 생각은 잘못된 것이 아니었어."

그때 곡초운이 의아하다는 듯 물었다.

"한충문은 강호인이라 할 수 없는 자입니다. 한데 열 명이 넘는 사람을 소리 소문 없이 그렇게 빨리 죽였다는 게 이상하군요. 백의장에는 체격이 건장한 하인들도 있었지 않습니까?"

전무심의 얼굴이 굳어졌다.

죽은 사람들의 몸에 난 상처는 강호의 고수가 한 짓이 아니었다. 그러나 그것은 그가 볼 때의 관점이었을 뿐이다.

"곡 도장이 가서 자세히 조사해 줘야겠소. 정리했다고는 해도 아직 살펴볼 만한 것이 많을 것이오."

"알겠습니다, 전 도우."

곡초운이 대답하고 몸을 일으키자, 손호방도 삐걱거리며 비명을 지르는 의자를 붙잡고 비대한 몸을 세웠다.

"나도 가지. 내 이래 봬도 그런 조사는 누구 못지않다네."

분명 그럴 것이었다. 어쩌면 그런 방면에선 이곳의 누구보다도 고수인 사람이 손호방일 터였다.

"그렇게 하십시오. 그리고 다른 분들은 언제라도 움직일 수 있게 준비를 해두고 기다리시기 바랍니다."

그날 오시가 다 지나갈 무렵, 개방으로부터 연락이 왔다.

남서쪽으로 삼백 리 떨어진 곳에서 범추수로 보이는 사람을 찾아냈다는 것이었다. 짐승에게 물어뜯긴 채 반밖에 남지 않은 몸뚱이를.

삼족개의 말에 의하면, 덕분에 시신을 수습하느라 손이 더러워져서 오랜만에 손을 씻었다고 했다.

그러나 개방의 제자를 삼백이나 풀었는데도 한충문의 흔적은 발견되지 않았다.

그리고 개방의 연락이 온 지 한 시진가량이 지나서 곡초운과 손호방이 돌아왔다.

"일류고수의 솜씨였네. 그들을 죽인 자는 철저히 사혈만 골라 찔렀어. 아마 죽은 사람들은 끽소리도 못하고 죽었을 거네."

손호방의 말에 전무심이 물었다.

"황경은 당하고도 움직였던 것 같았습니다만?"

"그를 죽인 사람만 다른 사람이네. 서투른 솜씨더군. 등을 찔렀는데, 속에서 두어 번 비틀었어. 확신이 없었다는 말이지."

손을 휘휘 젓는 손호방이 오랜만에 재미를 본 표정을 지었다.

그러더니 고개를 갸웃거렸다.

"근데 조금 의외의 흔적을 발견했네."

전무심이 바라보자 그가 말을 이었다.

"내실에서 죽었다는 여인은 정기가 갈취당했더군."

전무심도 보았었다. 그러나 옷이 찢겨진 여인의 시신을 자세히 살필 여유가 없어 그냥 지나쳤었다.

"내가 보기에는 갈음마(渴淫魔) 민대귀에게 당한 것 같아. 놈의 표식인 붉은 앵두 세 개가 여인의 배꼽에 남아 있었거든."

"갈음마 민대귀라면, 십여 년 전에 자취를 감춘 음마 아니오?"

척우진의 말에 손호방이 고개를 끄덕였다.

"그래서 의외라는 거네. 십여 년 만에 나타난 민대귀가 왜 하필 백의장에 나타났냐는 말이지. 아무도 모르는 일이 진행되고, 그 일이 끝나는 날 말이야. 갑자기 물건에 이상이 생겨서 치료를 받으러 온 것도 아닐 텐데."

그가 그곳에 나타나서 안 될 이유는 없었다. 길을 가다가 머리통만 한 우박에 맞아 죽는 일만큼이나 우연한 일이긴 했지만.

"일단 그의 행방을 알아보도록 해야겠습니다."

망설일 이유가 없었다.

전무심은 삼족개와 모용창에게 서신을 보내 민대귀에 대한 것도 함께 조사해 줄 것을 부탁했다.

그날 저녁. 마존궁으로부터 전서구가 한 마리 도착했다. 낙우릉이 직접 보낸 것이었다.

사월 초하루, 안강지약에 따라 일을 시작할 것이네.

2

백의장의 살인 사건에 대한 조사를 시작한 지 사흘, 한충문에 대한 소식은 어디에서도 없었다.

천하제일의 소식통이라는 개방조차 그가 지나간 흔적 하나 발견하지 못했다.

게다가 민대귀에 대한 것도 완벽히 오리무중 속으로 빠져들었다.

그러나 언제까지 그들에 대한 소식이 오기만 기다리고 있을 수는 없는 일. 아쉽고 안타깝지만, 전무심은 결심을 굳히고 천가장을 떠나기로 했다.

"내일까지만 기다려 봅시다. 만약 내일도 그들에 대한 연락이 없으면 그 일에 대해선 개방과 마존궁에 맡기고, 우리는 안강으로 내려갑시다."

안강은 천왕곡과 공손세가와 혈곡의 중간 삼각지대. 그들의 움직임을 살피면서, 무슨 일이 있을 경우 신속히 대응하기에는 그보다 좋은 곳이 없었다.

게다가 은천비원의 사람들을 만나기로 한 곳도 안강 근처였다.

다음날 정오.

전무심은 더 이상의 소식이 없자 장초량과 손호방에게 천가장을 맡겨놓고 삼족개를 길잡이로 삼아 장안을 떠났다. 그의 허리에 항상 매달려 있던 무정을 천가장에 남겨놓은 채.

천소령은 전무심의 보습이 보이지 않자, 천수경의 품에 안겨 소리없이 울었다.

막을 수 없다는 것을 알기에 웃으면서 전무심을 떠나보냈다.

하지만 가슴이 미어지는 것만은 어쩔 수 없었다.

"걱정 말아라. 검을 수리해 달라고 놓고 갔으니 곧 돌아올 것이다. 그때는 이 할아비가 모든 것을 걸고 붙잡으마."

무사가 자신의 애검을 놓고 갔다는 것은 다시 돌아오겠다는 뜻. 천수경은 흐느끼는 천소령의 어깨를 두드려 주며, 다음에는 무슨 일이 있어도 놓치지 않겠다는 각오를 다졌다.

하지만 두 사람은 꿈에도 몰랐다. 전날 저녁, 전무심이 후원에 들러 아버지와 어머니의 초상에 대고 뭘 다짐했는지.

은천비원의 사람들은 십여 명씩 나누어서 천왕곡을 빠져나온 후, 밤을 낮 삼아 달려 안강에 도착했다. 그리고 무화단의 안내로 안강에서 사십여 리 떨어진 봉화곡에 운집했다.

구절양장 깊은 봉화곡 안쪽에는 제법 넓은 분지가 있었는데, 그곳에는 커다란 장원이 지어져 있었다.

얼마 전만 해도 안강 일대에서 제법 이름이 알려진 봉화문(封火門)이라는 문파의 장원이었다. 지금은 공손세가와 야합하기 싫다며 봉문하다시피 한 상태였지만.

한데 화운곡이 어떻게 그들을 설득시켰는지 몰라도, 그들은 한 달간에 걸쳐 낡은 장원을 개보수하고 손님을 맞이했다.

은천비원의 무사들이 봉화문에 도착한 지 사흘이 지날 즈음이었다.

장안을 출발한 전무심 일행이 안강을 오십여 리 남겨놓았을 때, 화운곡이 조심스럽게 전무심을 찾아왔다.

"모두 모였습니다, 공자."

"장원 사람들에 대한 입단속은 철저히 했소?"

"물론입니다. 장주인 고이현이 대쪽같은 사람이라 그런지 그 밑에 있는 사람들도 모두 입이 무겁습니다."

봉문을 하면서도 공손세가 밑으로 들어가지 않았다는 것만 봐도, 고이현의 성격을 조금은 알 수 있었다.

전무심이 화운곡에게 봉화문에 대한 이야기를 듣고 일을 추진하라 한 것도, 고이현의 성격에 대한 것을 감안했기 때문이었다.

"어떻게 하시겠습니까?"

굳이 깊게 생각할 것도 없었다.

"갑시다."

모두 몰려가는 것은 언제 어떻게 적의 눈에 잡힐지도 몰랐다. 전무심은 일행들을 그대로 안강으로 향하게 하고, 척우진만 대동한 채 봉화곡으로 향했다.

혼자 가지 않고 척우진을 대동한 데는 나름대로의 이유가 있었다.

'중원이 결코 만만치 않음을 알게 해주는 것도 좋겠지.'

그런 역할에는 일행 중 척우진이 제격이었다. 척우진이야 뭣도 모르고 기분 좋게 따라나섰지만.

봉화문의 사람들은 삼십여 명이라 했다.

밤이 늦어서인지 전무심과 척우진이 화운곡을 따라 장원에 들어섰을 때 보이는 자는 없었다.

전무심은 일단 봉화문의 문주인 고이현을 만났다.

"전무심이라 합니다."

전무심의 인사에 고이현은 허리를 꼿꼿이 세운 채 정중히 포권을 취했다.

"고이현이오."

단 반년 사이, 폭풍이 되어 섬서를 뒤집어놓은 사나이.

고이현도 귀가 따갑게 들은 전무심의 이름을 모르지 않았다. 한데도 처음에만 놀란 표정을 지었을 뿐 한 점 흔들림이 없었다.

그 모습을 본 척우진의 눈에 이채가 떠올랐다.

"척우진이라 하오."

척우진이 이름을 밝히자 고이현의 눈이 조금 전보다 더 커졌다.

최근 들어 섬서를 뒤집어놓은 전무심의 이름보다는, 십여 년간 강호를 뒤흔든 척우진의 이름이 그에게 더 크게 다가간 듯했다.

"대천도 척우진 대협이 본 장에 찾아오다니, 영광이오."

척우진이 기분 좋은 미소를 지으며 전무심을 힐끔 쳐다보았다.

'봤지? 내가 이렇게 대단한 사람이라고' 하는 표정으로.

그러나 전무심은 눈썹 하나 흔들리지 않고 고이현을 향해 말했다.

"허락해 주셔서 감사합니다."

"강호의 안녕을 위한 일이라 들었소. 강호가 혼란한데도 힘이 없어 나서지 못한다는 자괴감이 앞섰는데, 조그만 도움이라도 드릴 수 있다니 도리어 우리가 고마울 뿐이오."

아마도 화운곡이 잔뜩 기름칠을 한 듯했다.

어쨌든 나쁘지는 않은 일이었다. 본의는 아니지만, 따져 보면 사실이 그랬으니까.

"약속은 지킬 겁니다."

"너무 마음 쓰지 마시오. 덕분에 장원을 고쳤으니 그것만으로도 충분하오."

"자칫하면 가족들과 제자들이 다칠지도 모릅니다. 그에 대한 대가라 생각하십시오."

고이현이 조용히 고개를 저었다.

"무인이라면 당연한 운명이오. 설령 이번 일로 인해 죽는다 해도, 본 장의 사람들 중 귀하를 탓할 사람은 없을 것이오."

전무심은 고이현이 생각보다 더 마음에 들었다. 하나를 주기로 약속했다 해도, 두 개, 세 개를 주고 싶은 사람이었다.

'언제 시간 내서 더 깊은 이야기를 나눠봐야겠군.'

어쨌든 그건 나중 일이었다.

"그럼 그건 나중에 이야기하지요. 일단 저를 찾아온 사람들을 먼저 만나봐야겠습니다."

전무심의 무반응에 떨떠름한 표정을 짓고 있던 척우진도 어깨만 으쓱 치켜올리고 일어섰다.

'무뚝뚝하기는 둘 다 똑같군.'

그들은 본 장원의 뒤쪽에 따로 떨어져 있는 작은 별원에 머물고 있었다. 그곳은 두어 달 전만 해도 이백여 명의 제자가 기거하던 곳이었다. 하기에 백 명이 머물기에는 부족하지 않았다.

화운곡은 그들의 수장이 어디에 머물고 있는지 아는 듯 전무심과 척우진을 전면의 제일 큰 방으로 안내했다.

방 안에 있던 세 명의 중년인은 전무심과 척우진과 화운곡이 들어서자 자리에서 일어섰다.

이미 전무심이 왔다는 것을 아는 듯 조금도 어색하지 않은 몸짓이었다.

전무심이 일 장 거리까지 다가오자 가운데 있던 중년인이 입을 열었다. 건성으로 슬쩍 두 손을 맞잡으면서.

"설야수라 하오."

덩치가 상유상과 비견될 만큼 커 보였다.

보는 것만으로도 상대를 압도할 정도로 강한 기운을 풍기는 자.

한데 뭐가 그리 못마땅한지 싸늘한 표정이다.

전무심도 무심한 표정으로 답했다.

"내가 전무심이오."

무심하다 못해 오만하게 느껴질 정도의 말투로.

설야수의 눈빛이 싸늘하게 번쩍였다.

그때 좌우에 있던 두 명의 중년인이 자신들의 이름을 밝혔다.

"노중환이라 하오."

"우벽승이라 하오."

세 사람 다 절정의 경지를 한 단계 넘어선 자들이었다. 비록 절대지경과는 거리가 있었지만, 그것만으로도 강호에서 보기 힘든 고수들임에는 분명했다.

뒤에 서 있던 척우진은 그들의 무위를 알아보고 눈매가 살짝 일그러졌다.

'저런 고수들이 천왕과 제군의 눈치나 보고 있는 은천비원의 무사들이란 말이지?'

구파오가의 주인들이 과연 눈앞에 있는 자들보다 강할까?

자신할 수가 없다.

그것이 척우진을 질리게 했다.

'대체 얼마나 더 많은 고수들이 있는 거야?'

이미 천외비각의 절대고수들을 만나본 그다. 하기에 가슴이 답답했다.

그때 전무심이 말했다.

"앞으로 내 말에 무조건 따라야 할 거요. 그럴 자신이 없다면 지금 이 자리에서 말하시오."

설야수의 눈매가 꿈틀거렸다.

"이미 윗선에서 결정난 사항이오. 결정난 이상 따를 것이오. 굳이 더 말할 필요가 없을 것 같소만?"

어쩔 수 없이 따른다는 뜻이 다분히 담긴 말투였다.

그런데도 전무심은 여전히 무심한 표정으로 말했다.

"은천비원과의 약조를 말하는 것이 아니오. 나는 그대들이 무사의 자존심을 걸고 약조하길 바라는 거요."

세 사람이 싸늘하게 굳은 눈빛으로 전무심을 응시했다.

하지만 전무심 단 한 점의 동요도 없이 세 사람의 눈빛을 받아냈다.

"나는 동료라 생각했던 사람들에게 뒤통수를 맞고 싶지 않소."

설야수의 눈빛이 새파랗게 번뜩였다.

"지금 우리를 의심하는 거요?"

"한 번 당했는데 두 번 당하란 법은 없지."

무심한 표정, 고저가 없는 말투.

이를 앙다문 설야수의 목에 불끈 힘줄이 솟았다.

그러나 그가 서리가 낀 눈으로 쳐다보든, 앙다문 이가 다 부서지도록 분노를 하든 전무심은 아무런 상관이 없었다. 그가 바라는 것은 오직 세 사람의 맹서였다.

"하겠소?"

끝내 설야수가 잇새로 짓씹듯이 한마디를 내뱉었다.

"좋…… 소."

그때 척우진이 혼잣말처럼 중얼거렸다.

"꼴에 자존심은 있나 보군."

물론 방 안의 사람들에겐 천둥소리보다 더 크게 들렸다.

설야수의 얼어붙은 눈이 척우진에게로 향했다.

"지금 뭐라 했지?"

"어차피 약조를 하고 왔으면 순순히 대답하지, 뭘 그렇게 꾸물거리나?"

꼴같잖은 놈들이 위세 떠는 모습에 짜증이 나던 터. 척우진도 지지 않고 턱을 치켜들며 말했다.

설야수는 전무심을 바라보고는, 전무심이 별다른 말을 하지 않자 다시 척우진을 향해 천천히 고개를 돌렸다.

"제법 한 수 하는 모양인데, 죽고 싶지 않으면 그 입을 좀 조심해야겠어."

척우진이 두어 걸음 나서며 씩 웃었다.

가슴이 답답했는데 잘되었다는 표정이었다.

"글쎄, 조심해야 할 사람은 내가 아닌 것 같은데?"

후우우웅!

순간 갑자기 두 사람 사이에서 바람이 일었다.

그러더니 뿌연 기운이 두 사람 사이에 기막을 형성했다.

전무심도, 노중환과 우벽승도 뒤로 서너 걸음 물러서서 그 모습을 쳐다보기만 했다.

'훗, 생각대로군.'

전무심은 내심 만족하며 상황을 지켜보았다.

그가 척우진과 함께 온 것에는 그만한 이유가 있었다.

척우진은 절대지경의 초입에 달한 고수. 은천비원에서 누가 나왔더라도 상대할 수 있을 거라 생각했다. 더구나 척우진의 성격이라면 상황을 지켜보고 있지만은 않을 터. 약간의 소란이 일 것은 분명한 일이었다.

은천비원의 사람들에게 강호가 결코 만만치 않다는 것을 알리기에는 척우진만 한 사람이 없다는 것. 그것이 척우진을 대동한 이유였다.

잠깐 시간이 흐르는 사이, 척우진과 설야수 사이의 기막이 점점 부풀어 올랐다. 바늘만 갔다 대도 뻥 터져 버릴 것 같았다.

그러더니 조금 더 시간이 지나자 두 사람의 얼굴이 술이라도 마신 듯 붉게 달아올랐다.

언뜻 보면 대등한 모습이었다. 그러나 자세히 보면 차이가 있었다.

설야수는 목에 핏줄이 돋은 반면, 척우진은 별다른 변화가 보이지 않는 것이다.

그 광경에 노중환과 우벽승이 당황한 표정을 지으며 전무심을 바라보았다.

"잘못하면 건물이 무너질지도 모르오, 전 공자. 말려야 하지 않겠소?"

내심은 그것이 아닐 터였다. 그러나 어차피 나서려던 참이었다.

전무심이 두 사람을 향해 다가서며 나직이, 목소리에 내력을 담아 말했다.

"그만 하시오! 더는 내가 용납하지 않겠소."

그러면서 우수를 들어 올려 종으로 내리그었다.

시퍼런 빛이 번쩍였다 싶은 순간!

쩍!

예리한 칼날에 종잇장이 찢어지듯 척우진과 설야수 사이의 기막이 쪼개졌다.

"위험……."

노중환과 우벽승은 대경해 소리치려다 말고 멍한 표정을 지었다.

고수들의 내공 대결은 누구라도 쉽게 끼어들지 못한다는 게 일반적인 생각이었다. 대결을 펼치는 자나, 끼어든 자나 자칫 심한 내상을 입기 때문이었다.

그런데…… 변화라고 해봐야 기막이 갈라지며 뿌연 기운이 허공중에 스러진 것. 그게 전부였다.

"제법 자존심을 내세울 만하군."

척우진이 피식 웃으며 물러섰다.

그러나 설야수는 눈을 부릅뜬 채 움직이지를 못했다. 오히려 눈앞에서 벌어진 일을 당연하다는 듯 생각하는 척우진이 제정신이 아닌 것처럼 생각되기만 했다.

"내일이라도 이동할지 모르니 편히 쉬고 있으시오."

전무심이 한마디 하고 돌아설 때까지도 세 사람은 정신을 차리지 못했다.

그러던 어느 순간이었다.

"헉!"

설야수가 헛바람을 집어삼켰다.

전무심이 서 있었던 곳의 단단한 바닥이 완전히 가루로 변해 내려앉고 있었던 것이다. 직경 석 자 넓이로 완벽한 원을 그린 채.

"극성에 이른 이화접목(移花接木)……."

"엄청나군. 초절정에 달한 두 고수의 기운을 완벽히 통제하다니."

노중환과 우벽승의 입에서 절로 탄성이 터져 나왔다.

설야수가 이를 악물고 두 사람에게 말했다.

"아무래도 계획을 수정해야 할 것 같군."

그제야 상황의 심각함을 깨달은 두 사람도 일그러진 얼굴로 설야수의 생각에 동조했다.

"이건 예상보다 더 강한 것 같네."

"천외비각의 괴물들이 전무심의 손에 죽었다더니 헛소문이 아니었어. 제기랄, 맹서까지 한 마당에 물러설 수도 없고……. 환장하겠군."

천천히 걸음을 옮겨 가루로 변한 바닥을 발로 쓸어본 설야수가 한마디 한마디 짓씹으며 말했다.

"일단은 따를 생각이네. 결정적인 순간이 올 때까지는. 자네들은 어떻게 하겠나?"

"끄응, 별수없지."

"우선은 그렇게 하기로 하고 원주께 상황이나 알리도록 하세."

다음날 아침, 봉화곡에서 하룻밤을 지낸 전무심은 안강으로 돌아가 일행들에게 봉화곡에 대한 이야기를 전했다.

그들이 온다는 걸 아는 사람도 있었고, 미처 모르고 있던 사람들도 있었다.

그러나 반응은 매한가지였다.

자신들만이 전부가 아니라는 것. 함께할 고수가 백 명이나 있다는 것. 그 사실은 모두의 가슴을 불타오르게 하고도 남았던 것이다.

"음하하하! 좋아! 이제 제대로 붙어볼 만하겠는데?!"

상유상이 제일 좋아했다. 하지만 사진옥은 또 다른 걱정을 했다.

"믿을 수 있는 자들입니까?"

전무심이 조용히 고개를 끄덕였다.

"무사의 자존심을 걸고 맹서를 하라 했다."

천왕교의 사람들에게 그것은, 곧 모든 것을 걸겠다는 말과도 같았다. 지키지 못하면 누구도 그를 무사 취급하지 않을 테니까.

사진옥의 입가에 희미한 냉소가 떠올랐다.

"그럼 제 뒤를 맡겨도 되겠군요."

그때 전무심이 모두를 둘러보며 말했다.

"그들이 합쳐지면 우리의 숫자도 백오십여 명에 이른다. 게다가 내 생각대로라면 더 많아질 것이 확실하다. 무턱대고 움직이기에는 지나치게 많은 숫자야. 해서… 임시로 사용할 우리들의 이름을 지을까 한다."

쿵!

사람들의 눈이 반짝반짝 빛났다.

마침내 하나의 단체가 형성되는 것이다. 비록 임시라 하지만, 그것이 임시가 될지, 아니면 영원히 계속될지는 아무도 모르는 일.

사람들은 떨리는 눈으로 전무심의 입을 주시했다.

"말해봐라. 어떤 이름이 좋을지."

상유상이 어깨를 떡 펴고 말했다.

"혈사자당이 어떻겠습니까?"

예종이 한심한 눈으로 흘겨봤다.

"혈사자라는 이름을 숨기려 하고 있는 판인데……. 쯔쯔쯔. 아예 방문을 붙이지 그래?"

고심하던 사진옥이 스윽 주위를 둘러보며 말했다.

"천무단은 어떻습니까?"

하지만 척우진이 고개를 저었다.

"그건 너무 유치하잖아."

그때 곡초운이 벌떡 일어서서 말했다.

"천사단(天死團)이 좋겠습니다."

너무 자신만만한 말에 모두가 곡초운을 바라보았다.

그러자 곡초운이 작심했다는 듯 말했다. 전무심이 말릴 틈도 없었다.

"아실지들 모르겠지만, 전 도우께선 하늘을 죽일 천사지안의 운명을 타고나신 분입니다. 천왕교의 천왕을 상대하려 한다면, 적어도 그 정도 이름은 되어야 하지 않겠습니까?"

"천사단?"

"하늘을 죽인다? 천왕을 죽인다?"

"흠, 천사단이라……."

모두가 한번씩 되뇌어보더니 전무심을 바라보았다.

"그게 좋겠습니다, 대형!"

"나도 마음에 드는군."

사진옥과 척우진이 동시에 한마디씩 했다.

사실 그 이름을 듣는 순간 전무심도 가슴이 뛰던 차였다.

모두가 찬동하자 더 생각할 것도 없었다.

"좋아! 그럼 천왕교의 일이 끝날 때까지, 우리의 이름은 천사단이다!"

천사단(天死團)!

마침내 천하를 뒤흔들 신화가 이름없는 장원의 구석방에서 첫걸음을 시작했다.

격정은 한참을 갔다. 모두가 마치 갈망하던 소원을 이룬 표정들이었다.

그중에서도 한쪽 구석에 앉아 있던 화운곡은 속으로 좋아 죽을 지경이었다.

'흐흐흐. 전 단주, 화 단주. 캬! 주군과 내가 같은 단주라, 이거잖아?'

아마 누구도 자신의 마음을 모를 터였다. 그래서 더 기분이 좋은 화운곡이었다.

그렇게 얼마나 지났을까, 조용히 있던 고후명이 전무심을 바라보았다.

"차라리 봉화곡을 천사단의 임시 거처로 하는 것이 낫지 않겠습니까?"

전무심이 고개를 저었다.

"우리가 사라지면 백리군악이 봉화곡에 대해 알게 될 것이다. 오래가지는 못할 테지만 그때까지라도 드러나지 않는 게 나아. 비수는 안 보이는 곳에 있어야 제 역할을 하는 법이니까."

그때 사진옥이 잔뜩 궁금해하는 표정으로 척우진에게 물었다.

"저… 그들의 무위가 어느 정도였습니까?"

"왜 그걸 내게 묻는 거냐?"

"아무 일 없었습니까?"

당연히 무슨 일이 벌어졌어야 옳다는 표정이다.

척우진이 떨떠름한 표정으로 대답했다.

"약간 다툼이 있긴 했었지. 뭐, 말 그대로 인상만 쓰다 끝났지만. 그런데 어떻게 알았지?"

"척 형님의 성질에 그냥 넘어가지 않았을 것 같아서 말입니다."

척우진의 얼굴에 서서히 붉은 기가 돌았다.

그걸 본 소미하란이 궁사한의 귀에 대고 물었다.

"전 공자도 그걸 알고 함께 간 것 아닐까?"

척우진의 눈동자가 휙 소리를 내며 전무심을 향해 돌아갔다.

그러자 전무심이 태연히 말했다. 급한 성질을 이용하려 했다는 말은 싹 뺀 채.

"여기 있는 사람들 중 그들을 시험할 실력이 있는 사람이 척형 말고 또 누가 있겠소?"

한마디로 실력이 있어서 함께 갔다는 말. 척우진의 붉어진 얼굴이 흐뭇한 표정으로 바뀌는 것은 순식간이었다.

상유상이 아쉬운지 척우진의 웃는 모습을 힐끔거렸다.

"나도 데려가지……."

거의 쌍벽을 이루는 두 사람의 단순함에 사람들은 슬며시 고개를 돌렸다.

바로 그때, 삼족개가 헐레벌떡 안으로 뛰어들어 왔다.

얼마나 급했는지, 항상 들고 다니던 철바가지도 보이지 않았다.

"헉, 헉! 공손세가에서 천왕교의 무사들로 보이는 자들이 무려 삼백여 명이나 나왔다고 하네, 전 공자!"

그가 숨도 고르지 않고 빠르게 뱉어낸 말에 사람들의 안색이 일변했다.

삼백여 명이라면 어지간한 문파 정도는 하룻밤 사이에 쓸어버릴 수 있는 전력이다. 조용히 있던 그들이 갑자기 대규모 무사들을 움직였다는 것은 그만한 일이 벌어졌다는 말.

"어느 쪽으로 움직였습니까?"

"마존궁이 서향을 쳤다고 하는데, 아무래도 그곳으로 가지 않았나 싶네."

서향(西鄕).

마존궁 최대의 지부가 있는 한중에서 이백여 리 떨어진 곳이며, 또한 공손세가의 서쪽 마지막 지부가 있는 곳이었다. 그곳을 쳤다는 말은 본격적인 전쟁의 서막이 올랐다는 말과도 같았다.

그런데… 처음 듣는 이야기였다.

"이런 빌어먹을 친구 같으니라고! 마존궁이 서향을 쳤다는 걸 왜 이제야 이야기하는 건가?!"

척우진이 벌떡 일어나 소리쳤다.

그럴 만도 했다. 미미한 변화에도 신경을 곤두세우고 있는 판에 그토록 엄청난 이야기를 이제야 하다니.

하지만 삼족개도 할 말은 있었다.

"나도 조금 전에야 들었단 말이야, 이놈아! 가랑이에서 딸랑딸랑 방울 소리가 나도록 달려왔더니, 뭐? 어째?"

"그럼 그 이야기를 먼저 했어야지."

척우진이 멋쩍은 듯 얼버무리자, 삼족개가 뱁새눈으로 척우진을 흘겨보고는 전무심에게 말했다.

"정천무맹도 상남 쪽에서 혈곡의 무리와 한바탕 붙은 모양이던데, 어떻게 할 건가?"

동쪽과 서쪽에서 동시에 싸움이 붙었다. 그것도 국지전이 아니라 전면전에 가까운 대규모 전투로.

한쪽은 칠대마세 중 하나이나, 자신들과 원활한 정보를 교환하며 대응책을 강구하고 있는 곳. 한쪽은 별다른 협조는 없는 곳이나, 정파의 연합체이다.

깊게 생각할 것도 없었다.

비록 정천무맹에 속한 개방이 정보를 건네주고는 있지만, 그것은 전무심이 정천무맹과 상관없이 맺은 협정에 의한 것일 뿐이었다.

"서향의 결과는 어떻게 되었소?"

"일단은 마존궁의 일방적인 승리로 끝난 것 같네만, 공손세가에 있는 천왕교의 무사들이 그곳으로 간 이상 상황이 달라질 것이네."

척우진이 조금 전의 미안함을 만회하려는 듯 삼족개의 말에 동조했다.

"아무래도 그렇겠지. 이거 이대로 있으면 안 되겠는데?"

당연히 바라만 보고 있을 수는 없었다. 삼백이면 적은 수가 아니었다. 더구나 그들은 천왕교의 정예무사들이 아니던가.

"점심 먹고 나면 곧장 한음(漢陰) 쪽으로 이동할 것이니, 상남의 싸움에 대한 소식이 오면 바로 알려주시오. 그 싸움의 결과에 따라 우리의 움직임도 달라질지 모르니까 말이오."

"알겠네. 엊저녁에 연락 받았으니 곧 결과에 대한 소식도 들어올 것이네."

그 말에 자리에서 일어서려던 척우진이 삼족개를 바라보았다.

"그러니까, 정천무맹과 혈곡이 싸운다는 걸 어제 알았단 말이지?"

"저녁 먹는데 상남 분타주한테서 전서가 왔지 뭔가."

"음, 자네는 밥 먹느라 소식을 전하지 못했겠군. 깜박 잊고 말이지."

분위기가 이상함을 느꼈는지 삼족개가 눈알을 떼구르르 굴렸다.

척우진이 천천히 고개를 돌리는데, 조금 전 버럭 소리칠 때에 비해 두 배는 더 싸늘하게 굳어 있었다.

"아차!"

그때 삼족개가 갑자기 벌떡 일어서며 소리쳤다.

"이런! 늦었을지 모르겠군!"

느닷없는 말에 입을 반쯤 벌린 척우진이 멈칫했다.

순간 횡, 삼족개의 몸이 쏘아진 살보다 더 빠르게 밖으로 날아갔다.

"다 익었겠네. 오랜만에 잡은 황군데……."

"저, 저놈이……!"

척우진도 번개같이 몸을 날렸다.

당장 잡아서 두들겨 패야 속이 시원하겠다는 표정을 지은 채.

"훗, 삼족개 선배가 척 형님에게 혼나겠는데요?"

사진옥이 고개를 절레절레 저으며 못 말리겠다는 듯 말했다.

"꿀꺽!"

그때 침 넘어가는 소리가 크게 들렸다.

사람들이 눈이 전부 자신을 향하자, 상유상이 머쓱한 얼굴로 예종을 바라보며 중얼거렸다.

"우리도 따라가 볼까?"

예종이 도끼눈을 뜨고 상유상의 옆구리를 세차게 꼬집었다.

"흐악!"

"으이그, 내가 못살아. 이 먹보야, 내가 네 살점 떼서 구워 줄게. 많이 먹어, 응? 거지한테 잡혀 먹히는 강아지가 불쌍하지도 않냐?"

두 사람의 다툼에 사람들이 피식거릴 때다.

전무심은 삼족개와 척우진이 사라진 장원 밖을 바라보며 입술을 말아 올렸다.

'훗, 척 형의 침 넘어가는 소리도 유상보다 작지 않았는데……'

아무래도 염불보다 잿밥에 더 관심이 있어 쫓아간 듯했다.

그때 곡초운이 물었다.

"봉화곡에 있다는 은천비원의 사람들을 어찌할 것입니까, 공… 단주."

전무심의 눈이 화운곡을 향했다.

"그들을 이곳으로 데려오시오."

화운곡이 약간 불안한 눈빛을 한 채 물었다.

"언제까지 말입니까?"

당연하다는 듯 전무심이 말했다.

"우리가 출발하기 전까지 오면 되오."

그러니까 점심을 다 먹을 때까지 오면 된다는 말.

"예, 단주."

대답하며 고개를 숙인 화운곡의 얼굴이 살짝 이지러졌다.

'끄응, 죽어라고 뛰어갔다 와야겠군.'

4

억만근의 고요함에 바람 소리조차 숨죽이며 지나가는 천기선원의 심처.

고요를 깨며 공오가 조용히 입을 열었다.

"천왕이 천왕가를 정리하기 시작했습니다."

"위협을 느꼈나 보군."

"사도무연이 너무 급하게 서두른 거 같습니다."

"서두르지 않을 수도 없었겠지. 천왕교가 통째로 밖으로 옮겨지게 생겼으니 말이야."

"그런데 사도무연이 저희가 생각하고 있던 것보다 더 많은 힘을 모았나 봅니다. 그가 천왕정에서 버티고 있는데도 쉽게 끌어내지 못하고 있습니다."

"그럴지도……. 누가 뭐래도 한때 본 교의 부교주였던 사람이 아니던가? 더구나 전면전을 하기에는 때가 좋지 않고 말일세."

"어떻게 하시겠습니까, 주군? 그냥 놔두시겠습니까?"

"변죽 정도는 울려줄 생각이네. 우리가 천왕의 편이라는 것 정도는 보여줘야 하지 않겠나?"

백리군악은 간단하게 자신의 생각을 말하고 공오에게 물었다.

"그래, 강호의 현재 상황은 어떤가?"

"적절히 조절해서 비등한 싸움이 이어지도록 하라 했습니다. 두 군데서 동시에 싸움이 벌어지는 만큼 모든 눈이 그곳으로 몰려 있을 겁니다."

"천왕이 나가면 본격적인 싸움이 시작될 거네. 그때까지는 누구도 일방적으로 몰려서는 안 되네."

"명심하고 있습니다."

일방적인 싸움이 되면, 이기면 이기는 대로, 지면 지는 대로 천왕이 움직이지 않을지 몰랐다. 힘있는 자들은 싸움이 비등할 때 더 나서고 싶은 욕망이 숨어 있는 존재인 것이다.

"건곤일척의 승부는 웅크리고 있던 강자들이 모조리 나왔을 때 해야 제 맛이 나는 법이지. 안 그런가?"

담담한 말투다. 그러나 그 속에 깃든 처절함을 아는 공오이기에 대답하는 목소리가 떨려 나왔다.

"주군의 뜻대로 될 것입니다."

그때 백리군악이 물었다.

"그가 어떤 선택을 할 거라 생각하나?"

뜬금없는 물음이었지만, 공오는 백리군악이 말하는 '그'가 누군지 너무나 잘 알고 있었다.

"그는 자신을 믿어주는 자를 따라 움직일 겁니다."

"하긴 그렇겠지. 한번 된통 혼났으니 말이야. 후후후후……."

공허한 웃음이었다. 하지만 그 웃음마저도 곧 그의 입가에서 지워졌다.

"자네가 생각할 때, 넷 중 누가 최후의 승자가 될 거라 생각하나?"

공오의 몸이 부르르 떨렸다.

"주군께서 이기실 겁니다."

백리군악의 입술 끝이 길게 늘어졌다.

"훗, 자네가 억지 소리를 할 때도 있군."

"주군."

백리군악은 공오가 고개를 숙이자 천천히 고개를 돌려 햇살이 쏟아지는 창밖을 바라보았다.

"공오, 이제 시작이야. 마음 굳게 먹어야 할 거야. 천하를 좌지우지하는 것이 어디 쉬운 일이던가?"

"너무 굳어서 이대로 쇠처럼 단단해질까 두렵습니다."

"그래? 그건 좀 그렇군. 나중에 좋은 여인을 만나서 후손을 얻어야 할 텐데, 너무 굳으면 여인이 좋아하지 않아."

"저는……."

"나더러 여자까지 알아봐 달라고는 하지 말게."

"주군……."

난데없는 농담에 공오의 이마를 타고 땀이 흘러내렸다.

백리군악이 그런 공오를 바라보며 나직이 말했다.

"그건 그렇고…… 나도 움직일 준비를 해야겠군."

공오가 번쩍 고개를 쳐들었다.

동시에 백리군악이 말을 이었다.

"천왕만 나가게 할 수는 없지 않은가? 더구나 외숙부도 곧 움직일 텐데, 나만 늦을 수는 없지."

"알… 겠습니다, 주군."

공오의 목소리가 떨려 나왔다. 그럴 수밖에 없었다.

마침내…… 태풍의 눈이 세상 밖으로 나가고자 결심한 것이다.

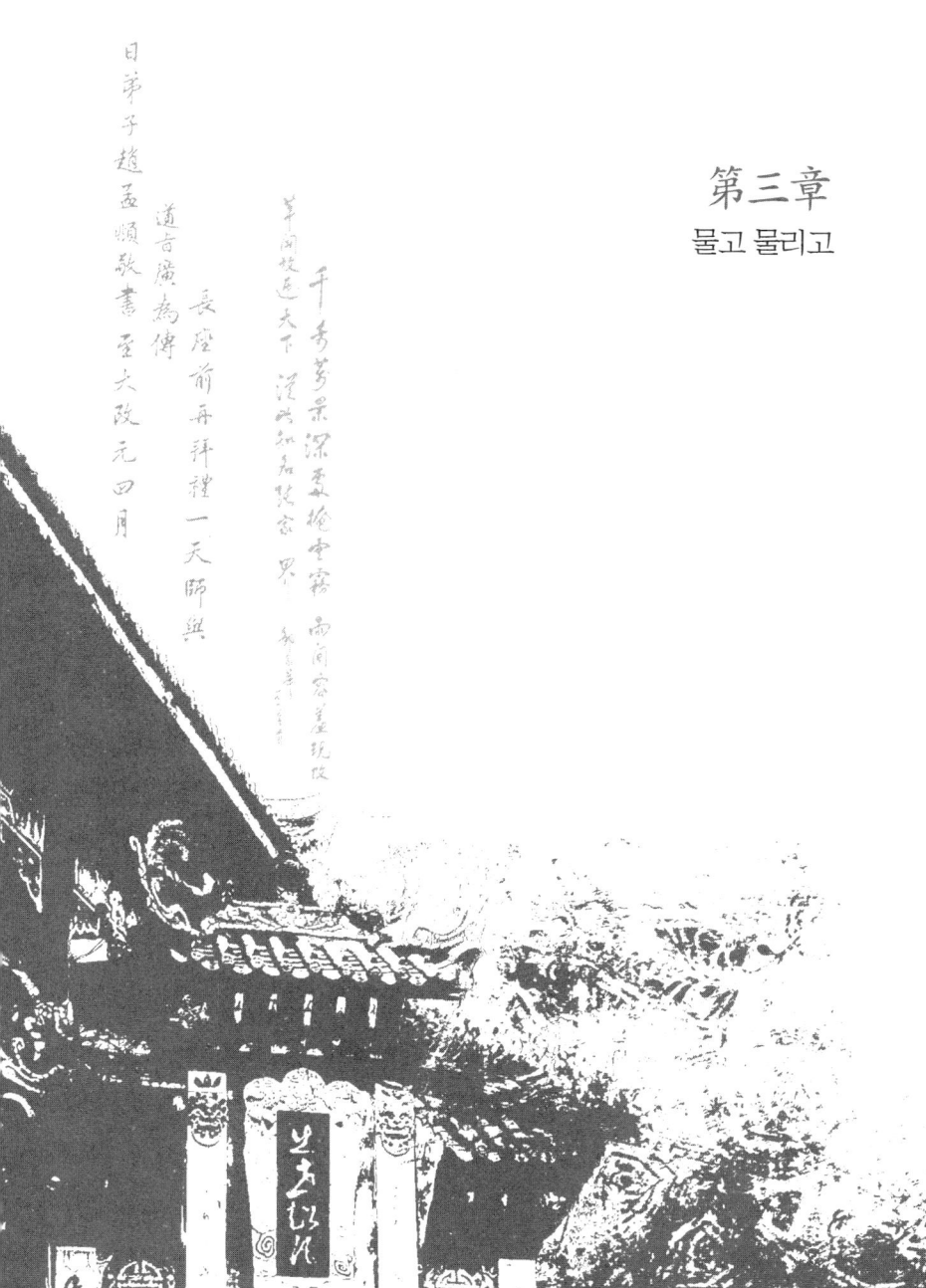

第三章
물고 물리고

死星
天血

1

　안강에서 한음현까지는 이백오십여 리.

　전무심 일행, 천사단이 그곳에 도착했을 때는 석양이 마지
막 몸살을 하며 붉게 타 들어가고 있을 때였다.

　은천비원의 무사들까지 백오십여 명. 전무심은 한음에 들어
서기 전 일행을 다섯으로 나누었다. 그러고는 한음에 들어가
자 다섯 개의 객잔에 사람들을 분산시켰다.

　공손세가가 있는 석천까지는 백이십여 리, 조심하지 않을
수 없었다.

　다행히 최근 들어 무사들의 유동이 유난히 많아서인지, 주
민들은 별다르게 생각하지 않는 눈치였다.

　그렇게 어둠이 짙어질 무렵, 삼십대의 장한 하나가 전무심

이 머무는 객잔을 찾아 들어왔다. 마존궁의 정보를 담당하는 마접당의 석천책임자라는 자였다.

"마접당의 제삼향주 유곡이라 합니다. 전 공자를 뵙게 되어 영광이옵니다."

그는 잔뜩 긴장한 표정으로 허리를 직각으로 숙였다. 그는 아는 것이다. 궁주와 함께 갔던 호등평이, 전무심의 단 한 수에 머리가 바닥에 박힌 채 정신을 잃었다는 걸.

여전히 허리를 숙이고 있는 유곡에게 전무심이 물었다.

"천왕교의 무사들이 서향으로 갔다 들었소만?"

유곡이 허리를 반쯤 들고 즉각 대답했다.

"그들이 도착하기 전에 본 궁의 무사들은 서향에서 모두 철수했습니다."

의외의 말이었다. 천왕교만큼이나 패를 추구하는 마존궁이 싸워보지도 않고 철수하다니.

척우진이 눈살을 찌푸리고 중얼거렸다.

"겁이 나서 물러선 것은 아닐 테고, 무슨 생각으로 물러난 거지?"

유곡이 힐끔 척우진을 바라보았다.

'저자가 칠절 중 한 사람, 대천도 척우진이군.'

자신에게 물어본 것은 아니지만 그것도 상대 나름. 그는 조심스럽게 대답했다.

"서향이야 언제든 얻을 수 있는 일, 굳이 무리한 싸움을 벌일 이유가 없어 물러난 것입니다."

그때 전무심의 입에서 무심한 목소리가 흘러나왔다.

"그럼 지금 서향에는 천왕교의 무사들만 머물러 있겠구려."

등골이 서늘해지는 기분에 유곡이 곧바로 입을 열었다.

"그렇습니다, 전 공자."

"사 궁주는 내가 움직여 주기를 바라고 있을 테고. 안 그렇소?"

"그, 그게……."

"물론 시험하겠다는 뜻도 있었을 거요. 사 궁주는 싸움이 양쪽에서 동시에 벌어졌을 때, 내가 과연 정천무맹과 마존궁 중 어디를 택할 건지 그게 궁금했을 테니까."

유곡이 전무심을 찾아온 목적은 둘이었다.

하나는 정보를 전달하는 것. 또 다른 하나는 전무심의 뜻을 파악하고 최대한 빨리 그들의 싸움에 끌어들이는 것.

한데 마치 모든 것을 알고 있다는 듯 말하는 전무심이다.

그는 지난 십수 년 마접당의 말단을 지내며 보고들은 경험으로 알고 있었다. 이런 사람을 상대할 때는 모든 것을 다 보여줘야 한다는 것을.

"맞습니다, 전 공자. 궁주께선 전 공자께서 움직여 주시기를 바라고 계십니다. 하나 꼭 시험하겠다는 것이 아니오라……."

"그 양반, 그날 일을 벌써 잊었나 보군. 날 또 시험하려 하다니."

유곡은 전무심의 한마디 한마디에 심장이 벌렁거렸다.

대마존궁의 지존을 그 양반 운운하는 사람이 강호에 몇이나 있을까. 더구나 여차하면 가만두지 않겠다는 듯한 말투가 아닌가 말이다.

그때 전무심이 말했다.

"그대의 궁주에게 전하시오. 우리가 서향으로 간다고. 그리고 조금 전에 들은 말까지, 전부."

흠칫한 유곡은 즉시 허리를 숙이고 대답했다.

"예? 예, 공자. 한마디도 빼놓지 않고 그대로 전하겠습니다."

그러고는 살았다는 듯 재빨리 방을 나갔다.

그제야 곡초운이 입을 열었다.

"마존궁이 어부지리를 노릴지도 모르는데, 너무 위험하지 않겠습니까?"

"바라보고 있지만은 못할 거요. 그래 봐야 이득 볼 게 없다는 것 정도는 알고 있을 테니까."

전무심이 아무 걱정 없다는 듯 말하자 척우진이 당장이라도 출발할 것처럼 물었다.

"언제 갈 건가?"

"날이 밝기 전에 출발하지요. 내일 점심은 서향에서 먹을 생각입니다."

2

뇌정객(雷霆客) 진무악은 칠절 중 권절(拳絶)로 불리는 자였다.

그는 척우진과 일곱 번에 걸쳐 싸우고도 승부를 내지 못하자, 척우진을 꺾을 무공을 익히기 전까지 강호에 나오지 않겠다고 다짐하고 종남의 서남쪽 끝자락에 있는 정방산에 처박혔다.

그렇게 이 년이 지난 어느 날, 적어도 사흘은 굶은 것처럼 보이는 거지가 찾아와 서신 줄게 밥 달라며 때가 잔뜩 묻은 서신 하나를 내밀었다.

그는 그 거지가 하도 불쌍해 보여서, 밥 대신 쇠솥에 끓여놓은 고기죽을 주고 서신을 받았다.

그리고 반의 반 각, 서신을 펼쳐 본 그는 분연히 일어나 산을 내려왔다. 여전히 배고파하는 거지에게 쇠솥을 통째로 넘겨주고서.

"뭐? 나를 오초에 꺾을 수 있는 사람이 있다고? 이 미친 새끼가 사람을 어떻게 보고?!"

그뿐이 아니었다. 서신의 말미에는 조잡한 글씨로, '그에게 오초를 건디면 내가 너를 형님이라고 부르마. 대신 지면 네가 나를 형님이라고 불러라' 라는 말이 적혀 있었다.

천하에 누가 감히 자신을 오초에 꺾을 수 있을까?

아마 삼성 오존이 전성기 때의 실력을 발휘한다고 해도 불가능한 일일 터였다.

하기에 그는 자신이 있었다.

"오냐, 내 이 건방진 놈을 꼭 동생으로 삼고 말겠다! 음하하하!"

산을 내려온 그는 즉시 영섬(寧陝)의 거지대장을 찾아가 닦달했다.

개방의 제자가 서신을 전했으니 당연히 개방이 그가 있는 곳을 알 거라 생각한 것이다.

하지만 영섬의 개방분타주는 척우진이 안강에 있다는 것만 알고 있을 뿐이었다.

"그분은 안강에 계십니다요, 진 대협."

한데 진무악이 그 말을 듣고 개방의 영섬분타를 막 나설 즈음, 안강으로부터 한 가지 소식이 전해졌다. 전무심 일행이 안강을 떠나 한음으로 향했으니 석천 일대의 움직임을 철저히 살펴보라는 내용이었다.

영섬의 개방분타주는 정신없이 진무악을 쫓아가 그 사실을 알렸다.

그가 진무악을 특별히 생각해서가 아니었다. 척우진을 찾지 못한 진무악에게 안강의 죄없는 거지들만 고생할 게 뻔해 보였기 때문이었다.

뇌정객 진무악. 그가 한 번 성질내면 대낮에도 벼락이 떨어진다는 걸 모를 강호인이 누가 있으랴.

"흠, 안강에서 한음으로 갔다고?"

"예, 대협."

"안 되겠어. 그놈이 다른 곳으로 가기 전에 서둘러야겠군."

영섬에서 한음까지는 삼백 리가 넘었다. 족히 하루는 꼬박 걸어야만 하는 거리였다.

그러나 척우진을 동생으로 삼겠다는 불같은 의지가, 그로 하여금 세 시진 만에 삼백 리 산길을 달리게 했다.

한 번도 쉬지 않고, 밥도 굶고, 죽어라 달린 진무악이 먼지를 잔뜩 뒤집어쓴 채 한음에 도착했을 때는 캄캄한 밤이었다.

개방의 거지를 붙잡아 물어보려 해도 이미 영업이 끝난 거지들은 모두 꿈나라로 여행을 떠난 뒤였다.

결국 진무악은 이를 뿌드득 갈고서 객잔을 하나하나 뒤지기로 작정했다.

그렇게 반 시진, 진무악의 표정이 잔뜩 굳어졌다.

"뭐야? 무슨 고수들이 이렇게 많아?"

그가 뒤진 객잔은 모두 여섯 개. 거의 모든 객잔에 상당수의 무사들이 투숙해 있었다.

문제는 그중 세 개의 객잔이었다. 그곳에는 각기 이십여 명의 무사가 서너 개의 방에 투숙해 있었는데, 그들의 무위가 자신에 비해 크게 떨어지는 수준이 아니었던 것이다.

당금 강호의 최강자, 칠절 중 한 사람인 자신에 비해서.

일곱 번째 객잔을 향하는 그의 입에서 투덜거림이 절로 새어 나왔다.

"지미, 객잔이 무슨 무림문파야, 뭐야?"

그런 와중에도 이마의 주름은 퍼지지를 않았다.

'씨발, 분명 서너 놈은 나와 별 차이가 없어 보였어.'

분명 처음 보는 자들이었다. 자신이 아는 한, 강호에 그 정도의 고수들은 한 성(城)에 몇 명 되지 않았다. 그런데 성도 아니고, 일개 객잔에 그런 고수들이 길가의 돌멩이처럼 널려 있다니.

'대체 여기서 무슨 일이 벌어지는 거야?'

한데 그때였다. 진무악은 자신의 다음 목표인 일곱 번째 객잔을 바라보다 와락 인상을 구겼다.

한 사람이 객잔 지붕 위에 서 있는데, 문제는 그가 너무나 멋지게 보인다는 것이었다.

먼지를 잔뜩 뒤집어쓴 채 객잔이나 뒤지고 있는 자신과 비교할 때, 그는 황궁의 왕자고 자신은 새끼거지 같았다.

천하의 뇌정객이 말이다!

"저 새끼는 또 뭐야?!"

지붕 위에 올라선 지 일각째.

전무심은 수억 마리 반딧불처럼 몰려가는 오색 별빛을 바라보니 답답함이 조금 가시는 기분이었다.

'천하를 집어삼킬 거대한 소용돌이가 돌기 시작했다.'

한 번 휘말리면 천하의 그 누구라도 빠져나오기가 쉽지 않을 터였다.

얼마나 많은 사람이 죽을지 아무도 모르는 일. 거대한 소용돌이는 수천의 죽음을 삼키고 나서야 멈출 것이 분명했다.

하늘을 핏빛으로 시뻘겋게 물들이고서!

자신은 지금 그 소용돌이의 중심에 서 있다. 그 누구보다도 가까이. 짙은 혈향에 코가 마비될 정도로 가깝게.

전무심은 하늘을 올려다보며 가슴을 폈다.

구름처럼 흐르던 별빛이 그의 가슴으로 빨려드는 듯하다.

'군악! 나와라! 내가 기다리고 있다!'

자신의 초감각이 속삭이고 있다.

그가 움직이고 있다고. 곧 너의 앞에 나타날 거라고. 그가, 백리군악이!

아래쪽에서 누군가의 목소리가 들려온 것은 바로 그때였다.

"저 새끼는 또 뭐야?!"

전무심은 천천히 고개를 내려 객잔의 담장 너머를 바라보았다.

커다란 덩치의 중년인이 자신을 올려다보고 있다. 조금 전부터 느껴지던 기운의 주인이다. 지나가는 사람이려니 했는데, 말하는 걸 보니 자신에게 하는 듯하다.

뿌연 먼지를 뒤집어쓴 그가 코를 후비며 다시 말한다.

"지미, 대나무처럼 삐쩍 마른 놈이 온갖 멋은 혼자 다 내고 있네. 누군 밥도 못 먹고 죽어라 뛰어다녔더니 다리가 아파 죽겠고만."

누가 굶으라 했나? 돈이 없어서 굶은 건가?

행색을 보면 그럴지도 몰랐다. 다만 그가 전무심조차 의외라 생각할 정도로 고수라는 것이 문제일 뿐.

절정의 경지를 한 단계 넘어선 고수가 돈이 없어 굶고 있다?

그러지 말란 법도 없었다. 도둑질이나 비럭질을 하지 않고서야 천하제일의 고수라도 돈이 없으면 굶어야 할 테니까. 아니면 사냥이라도 하든지.

그래서 말했다.

"돈이 없으면 내가 식사를 대접해 줄 수도 있소만."

반응은 그의 생각과 완전히 달랐다.

"씨발, 내가 거지야? 밥 얻어 먹게? 나도 돈 있어!"

그런데 왜 굶었지?

전무심은 의아했지만 굳이 그것까지 묻지는 않았다.

대신 스윽, 마치 걷듯이, 단걸음에 밑으로 내려섰다. 그리고 진무악을 무심한 눈으로 바라보았다.

진무악도 움찔 뒤로 한 걸음 물러서서 가늘게 뜬 눈으로 전무심을 노려보았다.

'씨발! 이 새끼도 고수잖아?!'

그래도 다른 객잔에 있는 사람에 비해선 훨씬 젊어 보였다.

어쩌면 그 때문이었을 것이다. 진무악은 엉뚱한 생각이 들었다.

'그렇지! 이 새끼도 그놈들과 한 패 같은데, 이 새끼를 족쳐 보면 왜 이곳에 고수들이 모여 있는지 알 수 있을지도 모르겠군!'

하기로 한 이상 망설이면 진무악이 아니었다.

"너, 꺽다리! 내가 좋은 말로 할 때 순순히 대답 좀 해야겠다!"

전무심은 어이가 없었다. 그래도 대답은 하고 봤다.

"뭘 말이오?"

전무심이 순순히 답하자 진무악이 목소리를 낮게 깔고 물었다.

"너도 이 근처의 객잔에 있는 놈들하고 한 패지?"

이미 다른 객잔에 있는 사람들을 알아본 듯했다. 그렇다면 거짓을 말해봐야 시끄러워질 뿐이었다. 굳이 그럴 필요도 없었고.

여차하면 목을 꺾어버리면 될 테니까.

"그렇소만."

"왜 여기에 모인 거냐? 안 그래도 요즘 이 근처가 시끄러운가 보던데, 뭔 짓 하려고 여기까지 온 거야?"

악의없는 눈빛. 진짜 궁금해서 물어본 것 같다.

전무심은 먼지가 쌓인 눈꺼풀을 깜박이며 묻는 그를 보고 웃음이 나올 것만 같았다.

"그래서 온 거요. 하도 시끄러워서. 그러는 당신은 누구요?"

"나? 그건 알 거 없고……."

진무악은 말을 길게 끌며 전무심의 위아래를 훑어보았다.

"너 원래 말이 그렇게 짧냐? 보니까 새카맣게 어린 후배 같은데, 어른들이 그렇게 가르치든?"

그러면서 전무심의 주위를 어슬렁거렸다.

전무심도 은근히 장난기가 동했다. 항상 얼어붙은 것처럼 지내온 그로선 뜻밖의 감정이었다.

"사부께선 밤중에 주위를 어슬렁거리는 사람을 조심하라고 하더구려. 그리고 아버지는, 그런 사람은 미리 두들겨 패서 후환을 미연에 방지하라 하셨소."

했는지 안 했는지는 자신도 기억이 나지 않았다. 다만 매사에 조심하고, 싸울 때는 선수를 치라는 말은 들었던 듯했다.

어쨌든 그 말에, 어슬렁거리던 진무악이 걸음을 멈추고 전무심을 빤히 바라보았다.

"이 새끼가 근데……. 너 지금 나하고 장난하자는 거냐?"

"말투는 아무래도 귀하가 먼저 고쳐야 할 것 같소."

"내가? 못하겠다면?"

"그럼 아버지의 말대로 하는 게 좋겠다는 생각이 드는구려."

두들겨 팬다는 말.

"어디, 재주있으면 패봐라, 이 새끼야!"

부웅!

진무악의 손이 먼저 전무심을 향해 날았다. 대기를 짓누르는 힘이 담긴 일권이었다.

그러나 한 자의 간격을 두고 허공만 갈랐다.

선공이 실패하자 진무악의 입가로 씩 미소가 그어졌다.

"어쭈? 제법 한가락 한다 이거지?"

열받았는데 잘됐다는 표정이었다.

전무심도 마찬가지였다. 눈앞에 있는 자의 천방지축 성격에 분명 적지 않은 사람이 고통을 겪었을 것이다. 만일 자신에게도 힘이 없었다면, 몇 대 때리고 질문을 했었을 것이 분명했다.

'그런 버릇을 고치기 위해선 거꾸로 당해보는 것도 괜찮은 방법이지.'

그때 진무악의 주먹이 다시 날아왔다.

휘잉!

상당한 내력이 담긴 주먹질이었다.

전무심은 손바닥을 좍 펴고 진무악의 커다란 주먹을 그대로 움켜쥐었다.

덥썩!

생각지도 못했던 상황. 진무악은 반사적으로 왼손마저 뻗었다.

덥석!

결국 왼손마저 잡혀 버렸다.

두 손이 완전히 갇혀 버린 상태. 내력을 더 끌어올려도 꼼짝을 하지 않는다. 그러나 상대도 두 손을 쓸 수 없는 것은 마찬가지가 아닌가.

진무악이 쌍심지를 치켜 올렸다.

"이 씨발 새끼가! 오냐, 너 잘 걸렸다!"

휙! 퍽! 휙휙! 퍼벅!

왼발, 오른발. 옆구리, 무릎, 팔.

진무악은 마치 아이들이 싸움을 하듯 미친 듯이 발을 휘둘렀다.

하지만 그 빠르기와 위력만큼은 눈에 보이지 않을 만큼 빠르고, 맞으면 뼈가 부러질 정도로 강했다.

전무심도 발을 뻗어 진무악의 발을 막았다.

좋게 말해 권각을 겨루는 것이지, 개싸움이라 봐도 하나 틀린 것이 없었다.

진무악은 두 손이 잡혀 어쩔 수가 없어서, 전무심은 공손세가의 눈을 의식해서, 손발을 놀려 겨루었다. 두 사람이 정식으로 공력을 일으켜 싸우면 분명 일대가 뒤집어질 테니까.

그리고 그 나름대로 재미가 있기도 했다.

다행히 머리로 들이받지는 않았다. 만일 머리로 들이받았으면 전무심도 머리로 들이받았을지 몰랐다. 머리가 단단하기로는 지옥십관에서도 인정받은 돌머리가 아니던가.

그렇게 십여 번의 공방이 지났을 때다.

진무악이 마침내 잡힌 두 손을 빼내기 위해 내력을 더 흘러넣었다.

당연히 전무심도 내력을 끌어올려 더욱 단단히 움켜쥐었다.

퍽! 뻑! 빡!

또다시 공방이 이어지고, 진무악의 입이 조금씩 벌어지기 시작했다.

"어이쿠! 너……. 억! 이 개……. 윽! 조또……. 컥!"

전무심은 그런 진무악을 철저히 다뤘다.

발이 손인지, 손이 발인지 모를 정도로 빨라서, 진무악으로선 쓰러질 시간도 없었다.

어찌나 교묘하게 때리는지, 그리 세게 맞은 것 같지도 않은데 맞을 때마다 벼락이 떨어진 것처럼 고통스러웠다.

평상시 자신이 남을 때리던 수법과 비슷했다. 그 때문인지 더욱더 아프게 느껴지는 진무악이었다.

그렇게 얼마나 지났을까, 전무심은 진무악의 손을 놓고 가볍게 뒤로 밀었다.

털썩!

그대로 뒤로 널브러진 진무악이 숨을 헐떡이며 씨근덕거렸다.

"지미… 내가……. 헉헉……. 정식으로……. 헥헥……."

본능에 의한 타격전이었다. 누가 반사신경이 뛰어난지, 누가 더 싸운 경험이 많은지 하는 그런 싸움.

진무악은 당연히 경험이 많은 자신이 앞설 거라 생각했다.

하지만 그는 전무심이 어둠 속에서 지옥의 칠관문을 어떻게 지나왔는지 알지 못했다. 그리고 무엇보다도, 그는 전무심에게 저주이자 하늘이 내려준 본능인 초감각이 있다는 것을 몰랐다.

그 대가로 그는 쥐구멍 앞에서 비 맞아 죽은 생쥐 꼴이 되어 버렸다.

한데 그때, 객방 이층의 창문이 열리고 누군가가 고개를 내밀었다.

"이봐, 뭐 재미난 일 있나?"

그 목소리를 듣는 순간 진무악이 기를 쓰며 꿈틀거렸다. 달

빛조차 들지 않는 담장의 그늘을 향해.

하지만 그의 노력도 헛되이 방의 주인이 훌쩍 몸을 날려 담장 아래로 내려섰다.

"어? 이게 누군가! 자네, 진무악이 아닌가?!"

내려선 사람은 척우진이었다.

"아시는…… 분이오?"

전무심이 머쓱한 표정으로 물었다.

만일 척우진이 아는 사람이라면 너무 심하게 다루지 않았나 하는 생각이 든 것이다. 한데 그의 이름이 낯설지 않다.

'가만? 진무악이라면, 칠절 중 한 사람인 뇌정객?'

그때 척우진이 말했다.

"잘 알지. 내 의제니까!"

참담한 표정으로 웅크리고 있던 진무악이 부르르 몸을 떤다.

"내가 너무 심하게 하지 않았나 모르겠소."

전무심이 확연히 미안해하는 표정을 짓자 척우진이 빙그레 웃으며 고개를 저었다.

"괜찮네. 이 친구는 몸이 단단해서 어지간해서는 상처도 안 난다네. 걱정 말고 들어가서 쉬게나. 이 친구는 나에게 맡기고."

척우진이 손을 휘휘 저으며 전무심을 쫓아내다시피 했다. 전무심으로서도 더 있기가 무안한 상황.

"그럼, 즐거운 이야기들 나누시오."

전무심은 말을 마치자마자 훌쩍 몸을 날려 객잔 안으로 들어가 버렸다.

혼자, 아니, 진무악과 함께 남은 척우진의 입가로 짙은 웃음이 번졌다.

"괜찮은가?"

겨우 상체를 일으킨 진무악이 눈을 치켜뜨고 척우진을 노려보았다.

"내가 왜…… 네 아우냐, 썩을… 놈아."

"뻔한 걸 왜 묻나?"

척우진이 피식 웃자 진무악의 표정이 악귀처럼 일그러졌다.

"아직 정식으로 겨루지는 않았으니…… 끝난 것은 아니……."

"죽고 싶냐? 아니면 병신이 되고 싶어?"

"무, 무슨… 소리냐?"

더듬거리는 진무악을 향해 척우진이 얼굴을 바짝 들이밀었다.

"잘 들어둬. 전무심은 말이다, 그냥 비무란 것이 없다. 무조건 실제 승부나 마찬가지로 손을 쓰는 사람이야. 너, 정식으로 겨뤘으면 죽든지, 아니면 병신이 됐을 거다. 내가 보장하지. 그러니 오늘 이 정도로 끝난 것을 다행으로 알란 말이다, 요놈아."

"흥! 그래도 오초는……."

"신창 양환이 삼초에 나가떨어졌다. 다행히 병신은 면했지만. 어때? 그래도 생각있어?"

"…그 새끼, 젊은 놈이 대체……."

그때다. 척우진이 혀를 찼다.

"쯔쯔쯔, 그렇게 당하고도 아직 말버릇을 고치지 못했군."

척우진의 말에 진무악의 눈이 점점 커졌다.

뭔가를 짐작한 듯, 그러잖아도 갈라진 목소리가 떨려 나왔다.

"너……. 그럼… 혹시 처음부터……?"

순간 척우진의 입끝이 귀밑까지 찢어지더니,

"우흐흐흐흐!"

사악한 웃음이 객잔의 담장을 타고 울렸다.

칠절 중 권절 뇌정객 진무악.

성질이 좀 급하고 말이 험해서 그렇지, 강호의 사람들은 그를 의리의 사나이라 불렀다.

친구인 무산검호 윤사승이 누명을 쓰고 무당에 끌려가자, 단신으로 무당을 찾아가 한바탕 난리를 피우고 친구를 구한 일은 수많은 진무악에 대한 이야기 중 하나였다.

전무심은 피식 웃으며 머리를 흔들었다.

'그가 진무악일 줄은 정말 몰랐군. 게다가 척 형의 의제라니…….'

이미 벌어진 일. 후회할 것도, 고민할 것도 없었다.

'그런데 무슨 일로 여기 온 거지?'

척우진과 진무악과의 대화를 엿들었다면 조금은 짐작할 수 있을지도 몰랐다. 그러나 남의 대화, 그것도 자신이 믿기로 한 사람의 대화를 들을 생각은 조금도 없었다.

'어쨌든 척 형이 들어와 보면 알겠지.'

양반은 못 되는지, 그때 방문을 두들기는 소리가 났다.

"척우진이네. 들어가도 되겠나?"

"들어오시오."

방문이 열리더니 척우진이 안으로 들어왔다. 그리고 엉거주춤한 자세로 진무악이 뒤따라 들어왔다.

"알지 모르겠군. 이 친구가 뇌정객이라 불리는 진무악이라네."

"전무심이오."

전무심의 인사에 진무악이 커다란 손을 들어 포권을 취했다.

"진무악… 이오."

척우진처럼 반말로 하려던 그가 머뭇거리더니 반존대를 했다.

그걸 보고 척우진이 피식 웃더니 말했다.

"우리와 함께하기로 했네. 딱히 할 일도 없는 사람이니 잘됐지 뭔가."

천가장을 떠나기 전 장초량과 척우진이 지인들에게 연락한다더니, 진무악도 그중에 한 사람인 모양이었다.

"잠시 후에 떠날 것이오. 괜찮겠소?"

진무악이 어깨를 으쓱하며 말했다.

"그럭저럭 돌아다닐 만은 하오."

"단단한 몸이라 걱정할 것 없다니까 그러네."

진무악의 눈이 창끝처럼 척우진의 관자놀이에 꽂혔다.

"너도 당해봐라. 괜찮나."

"내가 왜? 누구처럼 주둥이 함부로 놀리는 사람이나 때리지, 전 공자도 나처럼 얌전한 사람은 건들지 않는다구."

두 사람의 말을 듣던 전무심은 한 가지 사실을 알 수 있었다. 두 사람이 의형제가 아니라 친구라는 것을.

'좌우간 두 사람 때문에 심심하지는 않겠군.'

더구나 진무악 정도의 무위면 적지 않은 도움이 될 터였다.

기분 좋은 출발. 전무심은 모든 것이 뜻대로 풀릴 것 같은 예감이 들었다.

그때만 해도…… 그런 기분이었다.

인시 말. 다섯 개의 객잔에서 사람들이 은밀한 이동을 시작했다.

한음을 벗어나 삼십 리 지점에 이르자 일행은 한줄기 선처럼 죽 이어졌다.

삼족개가 앞장서고, 척우진과 진무악, 거승과 홍곽열 등이 중간중간에 끼어 일행들을 제 길로 안내했다.

그렇게 달린 지 얼마, 해가 뜰 무렵이 되자 한수가 보였다.

마존궁의 유곡이 일행을 찾아온 것은 그 무렵이었다. 그는 일행을 위해 미리 배를 대기시켜 놓은 상태였다.

와중에 서향에 대한 정보도 전해주었다.

"천왕교의 무사들이 서향의 공손세가 지부에서 하루 종일 움직이지 않고 있습니다."

조금은 뜻밖이었다. 끝까지 추적은 하지 않는다 해도 어느 정도는 쫓을 줄 알았던 것이다.

"따로 움직이는 자들은 없소?"

전무심이 묻자 유곡이 즉시 대답했다.

"제가 소식을 들었던 그때까지는 없는 걸로 알고 있습니다."

그랬다. 그때까지는 분명히 어떤 움직임도 없었다. 그들이 한수를 건너 양평이라는 마을을 지날 때까지도.

그러나 천사단이 양평을 지나던 그때, 공손세가의 서향 지부인 수양산장 내에서는 은밀한 움직임이 일고 있었다.

3

공손세가 추명당의 당주인 공손무는 벽에서 돌아서며 염소수염을 가지런히 정리한 갈의노인을 향해 고개를 숙였다.

"어떻게 하시겠습니까? 지금 놈들을 쫓으시겠습니까?"

"그렇게 하지. 지금쯤이면 긴장이 풀어져 있을 것이야. 문을 열게."

"예, 막 어르신."

염소수염노인의 명이 떨어지자, 공손무는 벽에 돌출된 촛대를 잡고 천천히 돌렸다.

쿠르르르릉!

순간 벽면이 옆으로 밀려나더니 시커먼 동혈이 입을 벌렸다.

동혈을 바라보는 공손무의 눈에 새파란 살기가 돌았다.

'놈들, 설마 이곳에 비밀 통로가 있다는 것은 몰랐을 것이다. 대가를 톡톡히 치러주마. 열 배, 백배로!'

그때 염소수염노인이 물었다.

"여기서 어디까지 이어져 있나?"

"십 리 밖에 출로가 있습니다. 충분히 밖에 있는 마존궁 놈들의 눈을 피할 수 있을 겁니다."

"좋군, 아주 좋아."

염소수염의 노인은 만족한 듯 고개를 끄덕이고는, 뒤쪽에 말없이 서 있는 네 사람을 향해 명령을 내렸다.

"사람들을 불러들여라."

"예, 어르신."

그사이 공손무는 동혈로 들어가 벽에 붙어 있는 등잔에 불을 붙였다.

잠시 후, 천왕교의 무사들이 줄을 지어 방 안에 들어오더니, 옷자락 스치는 소리도 내지 않고 동혈 속으로 걸어 들어갔다. 그리고 곧 삼백여 명 모두가 자취를 감췄다.

모두가 안으로 사라지자, 쿠르룽거리는 소리와 함께 벽이

다시 닫혔다.

수양산장에 있던 삼백 명의 천왕교 무사가 완벽히 증발해 버린 것이다.

그러나 장원을 몰래 감시하고 있던 마존궁의 마접당 요원들 중 그 사실을 아는 사람은 아무도 없었다.

그리고 일각, 천왕교 무사들 십여 명이 장원을 지켜보는 마 접당 요원들의 등 뒤에 나타났다.

＊　　　＊　　　＊

태양이 중천에 뜬 시각. 전무심 일행은 저 멀리 서향이 바라 다 보이는 언덕에 도착해 마존궁의 연락을 기다리며 잠시 휴 식을 취했다.

서향은 이천여 호(戶) 정도의 작지도, 그렇다고 아주 크지도 않은 마을이었다.

공손세가의 지부인 수양산장은 서향의 북쪽에 위치해 있었 는데, 천사단이 쉬고 있는 곳에서 십오 리 정도, 그다지 멀지도 않은 거리였다.

한데 일각이 지나도록 마존궁의 사람이 나타나지 않자, 고 후명이 전무심을 바라보고 입을 열었다.

"대형, 너무 늦는 거 아닙니까?"

전무심도 막 그 생각을 하고 있던 차였다.

"그냥 쳐들어가도 되지 않을까?"

손이 근질거리는지 도를 만지작거리는 척우진의 말에 전무심은 무심한 눈으로 허공을 바라보았다.

'아무래도 기분이 좋지 않아.'

적이 얼마 떨어지지 않은 곳에 있는데도 투지가 일지 않는다. 마치 앞에 아무도 없는 것처럼.

그런 한편으로 뭔가가 자꾸 자신을 재촉한다. 기다리지 말고 계속 나아가라는 듯이.

왠지 찜찜한 기분이 들었다.

투지도 일지 않고, 자신의 감각은 서두르기를 바라고 있다. 왜?

때마침 곡초운이 전무심에게 말했다.

"우리가 직접 가서 확인하는 게 나을 것 같습니다, 전 도우."

전무심이 고개를 끄덕였다.

"그렇게 합시다."

"내가 먼저 가보지."

기다렸다는 듯 삼족개가 앞장섰다.

그러자 척우진이 진무악과 함께 나섰다.

"우리가 따라가지."

두 사람이 호위한다면 더 이상 삼족개의 안전을 걱정할 이유가 없었다.

세 사람이 바람처럼 언덕 아래로 내려가자 전무심이 뒤를 보고 말했다.

"초 형과 연 형은 형제들과 함께 서쪽으로 돌아서 접근하고, 설 대주와 두 분은 수하들과 함께 산을 타고 동쪽으로 이동하시오."

이십여 명 정도는 낮은 언덕을 타고 움직여도 문제될 것이 없었다. 그러나 백 명이 넘는 인원이 언덕에 몸을 숨기며 움직이기에는 무리일 수밖에 없었다.

"예, 전 공자."

"알겠소."

그들마저 떠나가자 전무심은 거승과 홍곽열을 바라보았다.

"곡 도장과 두 분은 수하들과 함께 내 뒤를 받쳐 주시오."

사실 뒤를 받칠 것도 없었다. 천하에 누가 있어 전무심을 곤란하게 한단 말인가. 더구나 그의 곁에는 절정고수인 일곱 명의 형제가 붙어 있지를 않은가 말이다.

그런데도 거승은 순순히 대답했다.

"알겠습니다, 전 공자."

자신들의 약함을 알기 때문이다.

빌어먹을 일이지만, 사실이 그러니 고집을 피울 수도 없었다.

"갑시다."

전무심의 짧은 명령이 떨어졌다.

동시에 거승의 도를 잡은 손에 힘이 들어갔다.

'반드시, 전 공자 앞에 당당히 설 때가 있을 것이다. 그게 언제가 되었든.'

그때 홍곽열이 한 걸음 앞으로 쑥 나서며 말했다.

"가세. 언젠가는 당당해질 날이 오겠지."

그렇게 이각이 지나고, 수양산장에 들어선 전무심은 허탈한 표정으로 즉시 사람들을 소집했다.

수양산장에는 공손세가의 순찰무사들과 하인만이 삼십여 명 남아 있을 뿐, 자신들이 찾는 천왕교의 무사들은 보이지 않았던 것이다.

"놈들이 몰래 이곳을 떠났소."

어디로 갔는지는 전무심이 직접 설명할 것도 없었다.

붙잡은 수양산장의 무사 하나가 방을 가리키며 말했다.

"저쪽에 비밀 통로가 있소. 모두 그곳으로 나갔소. 한은장을 친다고……."

더 들을 필요도 없었다.

뒤늦게 도착한 유곡은 정신없이 전서구를 날려 보내고, 전무심은 지리를 잘 아는 삼족개를 앞세우고 서쪽을 향해 달렸다.

*   *   *

마존궁 장로원의 장로가 셋. 전위무사단이라 할 수 있는 오단 중 이단의 단주. 한중 지부의 이백 무사를 지휘하는 지부장까지.

낙우릉과 마주 앉은 자들의 면면은 섬서의 마도를 이끄는 자들답게 하나같이 대단했다.

"전무심이 그렇게 대단한 자입니까?"

침묵이 길어지자 장로 중 하나로 척심마도(刺心魔刀)라 불리는 규중산이 물었다.

낙우릉은 앞에 놓인 찻잔을 잡아가며 지나가듯이 대답했다.

"대단하지. 궁주님이 인정할 정도로."

"듣기로는 아직 삼십도 되지 않았다는데, 대체 어떤 자입니까?"

'내가 몇 수만에 졌네. 호등평이 단 한수에 완전히 뻗었지. 궁주님도 말발에 밀렸네.'

그렇게 말할 수도 없는 일. 낙우릉은 찻잔을 입으로 가져가며 빙그레 웃기만 했다.

그러자 조용히 앉아 있던 마검단주 목안부가 냉랭히 코웃음치며 말문을 열었다.

"천왕교, 천왕교 하는데, 그들이 대체 얼마나 강해서 우리가 이렇게 계략을 쓰며 상대해야 하는지 모르겠습니다. 더구나 전무심인가 뭔가 하는 그자의 움직임까지 살피면서 말입니다."

낙우릉은 찻물로 입술을 적시며 지나가듯이 말했다.

"내가 백번 말로 설명하는 것보다 직접 만나보는 게 나을 거네."

바로 그때였다.

휘이이익!

바람 소리인지 휘파람 소리인지 모를 소성이 기다랗게 울렸다.

낙우릉은 찻잔을 입에서 떼고 고개를 들었다.

"무슨 소리지?"

"글쎄요?"

마존궁 염왕단의 단주 호불위가 낙우릉의 질문에 눈살을 찌푸렸다.

"누가 감히 마존궁의 지부 근처에서 저런 재수없는 소리를 내는 거지?"

그 말에 답하듯 비명이 허상처럼 들려왔다.

"으아아아아……."

곧이어 고함 소리와 비명 소리와 악다구니 써대는 소리가 범벅이 되어 여기저기서 튀어나왔다.

"웬 놈이냐?"

"으아악!"

"적이다! 막아!"

호불위가 벌떡 일어서서 낙우릉을 쳐다보았다.

"어떤 놈이 겁도 없이 침입한 모양입니다."

찻잔을 내려놓은 낙우릉의 표정이 심각하게 굳어졌다.

마존궁의 무사 오백이 웅크리고 있는 곳을 칠 만큼 간담이 큰 자가 누가 있을까? 장원을 중심으로 반경 오 리를 감싼 감시망을 비웃듯이 직접 뚫고 들어올 만한 자들이 누가 있을까?

당연히 그럴 만한 곳은 한곳밖에 없었다.

낙우릉은 이를 악물고 주먹을 움켜쥔 채 천천히 몸을 일으켰다.

"천왕교! 놈들이 왔다!"

목안부가 의아한 표정으로 물었다.

"예? 그놈들이 어떻게……? 마접당이 철저히 감시하고 있는데, 그들에게서 아무런 연락도 없었잖습니까?"

"중요한 건 그들이 왔다는 것이다. 아무래도 우리가 나가봐야 할 것 같다."

하지만 그들이 나가기도 전에 문이 벌컥 열리고 무사 하나가 뛰어들어 왔다. 전각의 호위를 맡고 있는 수라단의 이조장 정수산이란 자였다.

"태상장로! 적이, 공손세가의 놈들이 쳐들어왔습니다!"

휘파람 소리가 들리고, 비명과 악다구니 써대는 소리가 터져 나온 지 얼마 되지도 않았는데 밖은 아수라장이었다.

새카맣게 장원의 담장을 넘어오는 흑의인들. 검은 구름이 넘실대며 흘러넘치는 듯했다.

장원 밖에서 들리던 소리는 멈춘 상태다. 오십여 명에 이르는 순찰무사들이 모두 당했다는 말.

"역시 천왕교였어!"

낙우릉이 입술을 짓이기며 이를 갈았다.

왜 연락이 오지 않았는지, 이제 그것은 아무런 문제도 되지 않았다.

사느냐 죽느냐, 그것이 문제일 뿐이었다.

"놈들을 막아라! 죽여!"

장원 곳곳에서 마존궁의 무사들이 뛰어나왔다.

순식간에 수백 명이 뒤섞이더니, 도검이 부딪치는 소리와 비명이 뒤섞여 들려오기 시작했다.

"막아!"

"침착하게 상대하라!"

호불위와 목안부가 수하들을 독려하기 위해 앞으로 뛰쳐나갔다.

세 명의 장로 중 마혼수 갈당이 낙우릉을 바라보았다.

"대장로, 우리도 나서야 할 것 같습니다."

낙우릉이 고개를 끄덕였다.

"일단 놈들 중 고수로 보이는 자들부터 잡아!"

그 말이 떨어짐과 동시 세 명의 장로가 아수라장을 향해 날아갔다.

'일단 분위기를 바꿔야 돼. 난전을 해서는 엄청난 피해를 볼 수밖에 없어.'

이미 조직적인 싸움은 물 건너간 상황. 난전에서의 승부는 각자의 무위에 달려 있었다.

세 명의 장로라면 분위기를 바꿀 수 있을지 몰랐다.

'일단 분위기가 바뀌면 조직적으로 상대할 수 있을 것이다.'

하지만 낙우릉은 자신의 생각이 얼마나 자만에 찬 생각이었는지 반의 반 각도 되지 않아 절실히 깨달았다.

흑의인들, 천왕교의 무사들은 그가 생각했던 것보다 훨씬 더 강했다.

숫자가 많다는 것은 이미 의미가 없었다.

마치 연무장이라는 물그릇에 검은 먹물이 번지는 것 같았다.

분위기를 바꿀 수 있을 거라 생각했던 장로들도 흑의인 서넛이 한꺼번에 달려들자 움직이지를 못했다.

꼬리를 물고 터져 나오는 비명과 신음!

순식간에 천 평이 넘는 대연무장과 주위의 정원이 시뻘건 피로 물들었다.

도검이 부딪치는 소리. 뼈 갈라지는 소리.

피가 튀고, 사지가 떨어져 나가고, 이어지는 절망에 찬 처절한 외침!

"이 악귀 같은 놈들!"

"으아아! 죽어! 죽어!"

그 대부분이 마존궁 무사들의 것이었다.

천왕교의 무사들은 부상당한 자들도 그대로 두지 않았다.

팔이 잘리고 다리가 잘린 자도, 목을 자르고 심장을 찔러 확실하게 죽였다.

천왕교의 무사들은 수라귀!

눈앞에 지옥이 펼쳐졌다!

"이놈들!"

낙우룽이 노성을 내지르며 수라지옥으로 몸을 날리고, 그의 손에 들린 두 자루 월인도가 시퍼런 광망을 쏟아냈다.

쩌저정!

흑의인 둘이 한꺼번에 튕겨져 나간다.

하나 그뿐이다. 둘을 튕겨내니 옆에서 또 둘이 달려든다. 어떻게 된 것이 마존궁의 오백 무사보다 삼백여 명으로 보이는 적이 훨씬 더 많아 보인다.

푹!

낙우룽은 우측에서 달려드는 흑의인의 심장을 월인도로 가르고는, 도첨을 잡아 빼자마자 좌측을 향해 휘둘렀다.

정!

강력한 도격에 흑의인 하나가 뒤로 튕겨졌다.

동시에 뒤쪽에서 두 명의 흑의인이 칼을 휘둘렀다.

휙 몸을 돌린 낙우룽은 몸을 빼지 않고, 오히려 두 사람 사이를 파고들었다.

쩌저정!

도검이 정면으로 부딪치자, 주르륵, 물러서는 두 명의 흑의인이다. 그러나 낙우룽의 얼굴도 딱딱하게 굳어졌다.

쌍수월인십삼도를 펼쳤는데도 기껏 한 사람을 쓰러뜨렸을 뿐, 어느새 자신은 흑의인들에 의해 둘러싸인 상황이다.

"천왕교……. 정말 무섭구나. 너무 쉽게 생각했어……."

낙우룽은 전신공력을 끌어올려 월인도에 주입했다.

반월형으로 휘어진 도첨에서 시퍼런 강기가 죽 뻗었다.

'죽어도 혼자 죽지는 않겠다! 적어도 몇십 명은 데리고 가야 궁주께 욕은 안 얻어먹을 것이 아닌가!'

불가능한 일은 아니었다.

그가 누군가! 마존궁의 삼태상 중 한 사람, 마월 낙우릉이 아니던가!

한데 바로 그때였다.

"제법이군. 강기를 자유자재로 쓸 줄 알다니 말이야."

낙우릉의 앞에 한 사람이 내려섰다.

"네가 이들을 이끌고 있나 보구나!"

듬성듬성한 염소수염을 나름대로 잘 다듬은 노인이었다.

아이를 대하는 듯한 그의 말투에 낙우릉이 이를 갈며 소리쳤다.

"네놈은 누구냐?! 네놈도 천왕교의 잡종이냐?!"

"네놈? 천왕교의 잡종?"

염소수염의 노인이 조용히 웃었다. 아무런 온기도 느껴지지 않는 웃음, 그래서 더 섬뜩한 웃음이었다.

"깨끗하게 죽이려고 했는데, 마음을 바꿔야겠어."

"덤벼라! 내가 바로 마월 낙우릉이다! 쉽지 않을걸?!"

낙우릉은 두자 검강이 뻗친 검을 중단으로 들어 올렸다.

순간 염소수염의 노인이 좌수를 들어 앞으로 밀어냈다.

그저 붉은 손이었다. 그런데도 낙우릉은 숨이 턱 막혔다.

그때다. 문득 붉은 손의 중앙에서 또 다른 손이 튀어나온다 느껴졌다. 나중에 튀어나온 손은 붉은 광채를 발했는데, 원래 손의 반절밖에 되지 않는 크기였다.

동시에 이를 악문 낙우릉이 두 자루 월인도를 교차시켰다.

찰나였다. 도첨이 흔들리는가 싶더니, 여섯 줄기의 도강이 붉은 광채를 발하는 손과 정면으로 부딪쳤다.

쿠웅!

"흐읍!"

둔중한 굉음과 함께 낙우릉의 입에서 신음이 절로 흘러나왔다.

쿵쿵쿵!

여력을 이기지 못한 낙우릉은 세 걸음을 물러서서 염소수염의 노인을 노려보았다.

창백해진 안색, 부릅뜬 눈. 경악한 낙우릉의 눈이 파르르 떨렸다.

오래전에 들었던 이름 하나가 갑자기 떠오른 것이다.

"서, 설마…… 혈귀옹(血鬼翁) 막종여?"

염소수염의 노인이 조용히 웃었다. 여전히 온기가 없는, 얼음이 갈라진 것 같은 웃음이었다.

"내가 바로 그 사람이라네. 사십 년 만에 세상 구경을 나왔지. 클클클."

*　　　*　　　*

마존궁이 임시 지부로 사용하고 있는 한은장까지 백 리 정도, 한 시진이면 충분히 도착할 수 있는 거리였다.

그러나 서둘지 않을 수 없었다. 천왕교의 무사들이 수양산장을 빠져나간 지 상당한 시간이 흐른 상황. 이미 모든 것이 끝났을지도 모르는 것이다.

전무심은 삼족개의 빠른 발을 따라갈 수 있는 사람만 우선적으로 선별했다.

척우진과 진무악, 사진옥을 비롯한 일곱 명의 형제. 초중암과 연비감을 비롯한 촉산의 형제들 중 열두 명. 그리고 은천비원의 사람들 중 십여 명.

그러고는 삼족개로 하여금 전력을 다해 달리게 했다.

덕분에 전무심 일행은 반 시진 만에 마존궁의 임시 지부인 한은장이 보이는 곳에 도착할 수 있었다.

하지만…… 시뻘건 불길과 하늘 높이 솟구치는 연기만이 죽어라 달려온 그들을 반겼다.

전무심은 불타오르는 한은장을 바라보고는 말없이 몸을 날렸다.

모두가 입을 꾹 닫고 그 뒤를 따랐다.

전무심의 우려가 우려로 끝나지 않은 것이다.

싸움은 이미 끝나 있었다.

한은장의 제일 큰 전각이 불타오르며 시뻘건 불길을 토해낸다.

장원 여기저기에 흩어진 시신은 몇 구인지 셀 수가 없을 정
도다.

대체 얼마나 많은 사람이 죽은 걸까.

장원에 들어선 사람들은 입이 굳어버린 듯 누구도 입을 열
지 못했다.

비릿한 혈향에 코가 마비될 것만 같았다.

널브러진 시신 사이를 지나던 척우진이 질린 기색으로 고개
를 젓는다.

진무악도 얼굴이 딱딱하게 굳어 있다.

참지 못한 삼족개가 씹어뱉듯 말했다.

"지독하군. 살아 있는 사람이 하나도 없어."

그의 말대로였다.

연무장의 어디에서고 신음이 흘러나오지 않는다.

다른 곳은 어떨지 몰라도, 대연무장에 쓰러진 자들 중 살아
있는 자는 단 한 사람도 없었다.

"다른 곳도 뒤져 보시오."

전무심의 말이 떨어지자, 그제야 사람들이 흩어져 장원의
곳곳을 살펴보았다.

그때였다.

"낙 장로의 시신입니다, 대형!"

고후명이 낙우룽의 시신을 발견하고 소리쳤다.

"모두 도망쳐라!"

낙우릉의 절망에 찬 외침이 비명처럼 장원을 울렸다.

세 명의 장로도 있는 힘을 다해 주위의 흑의인들을 물리치고 낙우릉 곁으로 다가왔다.

"우리가 막을 테니 어서 도망가!"

힘겹게 적을 막고 있던 호불위와 목안부가 소리쳤다.

"태상장로! 우리 걱정은 말고 태상장로가 몸을 보전하시오!"

하지만 낙우릉은 이미 죽음을 각오한 터였다.

막종여는 자신이 피하고 싶어도 피할 수 있는 사람이 아니었다.

'막종여가 날뛰면 모두 죽는다!'

그가 내릴 수 있는 결정은 오직 한 가지였다.

"호불위! 나는 혈귀옹 막종여와 함께 죽을 것이다! 내 몸이 온전할 때 가라! 어서!"

비장한 목소리에는 적이 누군지, 항거할 때가 아님을 알리고자 하는 뜻이 담겨 있었다.

낙우릉은 그 말을 끝으로 혈귀옹을 향해 돌아섰다. 죽음을 향한 싸움을 시작하기 위해서.

"막종여! 나를 죽이지 않고는 이곳을 떠날 수 없을 것이다! 덤벼라!"

낙우릉의 참혹한 시신을 보니 그때의 상황이 눈앞에 펼쳐지는 것만 같았다.

"낙 장로와 몇 사람이 몸을 던져 퇴로를 뚫은 것 같소."

옷이 갈기갈기 찢겨지고, 뼈가 드러난 상처만도 대여섯 군데다. 팔다리가 뒤틀려 있고, 앙다문 이는 부서지지 않은 게 다행일 정도다.

편안히 죽은 것 같지는 않다.

그럴 수밖에 없었을 것이다.

수하들을 살리려고 죽기 직전까지 혼신의 힘을 다 썼을 테니까. 선천진기마저 모조리 쓰면서.

아마 적들은 낙우릉을 찢어 죽이고 싶은 마음이었을 것이다.

자신들의 계획을 어긋나게 한 낙우릉을.

전무심은 그것이 더 안타까웠다.

'너무 일찍 돌아가신 것 같소, 나와 해결할 것도 남았는데……'

그때 문득, 전무심은 낙우릉의 찢어진 옷자락 사이로 어린아이 손바닥만 한 붉은 장영이 보이자 눈을 반짝였다.

"혈귀옹, 그가 나왔군."

척우진이 눈을 휘둥그렇게 뜨고 물었다.

"혈귀옹? 혼세칠마존 중의 혈귀옹 말인가?"

이미 답은 나온 터였다.

전무심은 그 말에 대답하는 대신 낙우릉의 가슴을 완전히 들춰서 작고 붉은 장영을 보여주었다.

그러면서 낙우릉의 시신에 한 가지 약속을 했다.

'내가…… 그를 꼭 죽여주겠소. 당신보다 훨씬 비참하고 고통스럽게 말이오.'

"어찌할 생각인가? 그들을 쫓아갈 건가?"

척우진이 물었다. 전무심은 고개를 저었다.

"이미 쫓아가기에는 늦었소. 일단은 이곳에서 마존궁의 무사들이 되돌아오기를 기다립시다."

사람들은 일단 여기저기 널린 시신을 대연무장에 정리했다.

시신은 모두 삼백이 조금 넘었다.

팔다리가 잘린 자, 머리가 잘린 자는 대충 근처의 비슷해 보이는 동체와 맞추어놓았다.

저녁 무렵, 완전히 타버린 전각에서 솟구치던 연기가 조금 가늘어질 즈음이었다.

선두에 서서 정문을 통과한 호불위는 비장한 표정으로 대연무장을 바라보았다.

삼백여 구의 시신이 질서정연하게 정리되어 있었다. 유곡으로부터 전무심 일행이 급하게 출발했다더니, 그들이 도착해 손을 쓴 듯했다.

호불위가 대연무장의 시신을 바라보고 있을 때다.

"낙 형과 장로들의 시신을 찾아라."

뒤에서 침중한 음성이 들려왔다.

호불위는 뒤를 돌아보지도 않고 대답했다.

"예, 부궁주."

그러나 그가 굳이 찾을 필요도 없었다.

"낙우룽 선배의 시신은 이곳에 있소."

불타지 않은 건물에서 척우진이 걸어나오며 말했다.

호불위는 뒤를 힐끔 돌아보았다.

낙우룽과 함께 삼태상 중에 한 명이며 마존궁의 부궁주인 태주열이 성큼 걸음을 옮겼다.

"수하들을 시켜 시신들을 묻어라. 나는 저들을 만나보겠다."

한은장을 에워싸고 있는 무사는 오백 정도. 생각보다 많은 숫자다. 이곳에서 빠져나간 자들만이 아니라는 말. 이진이 그리 멀지 않은 곳에 있었던 듯했다.

전무심은 안으로 들어선 태주열을 보고 포권을 취했다.

"전무심이라 하오."

"태주열이라 하네."

벽력신마(霹靂神魔) 태주열.

오십대 중후반의 나이, 굵은 눈썹, 호안에 두터운 입술. 전체적으로 선이 굵은 얼굴을 지닌 자로 마존궁의 부궁주가 바로 그였다.

비록 구마에 이름을 올리지는 못했지만, 그의 무위는 구마조차 자신들과 동급으로 인정할 정도라 했다.

그에게 전무심이 단도직입적으로 물었다.

"이곳에 있는 사람들로 천왕교를 막을 수 있을 거라 생각하셨습니까? 궁주께 천왕교를 일반문파처럼 상대하면 안 된다고 말씀드렸는데, 내 말을 너무 쉽게 받아들이신 것 같군요."

전무심의 추궁하는 듯한 말투에 태주열의 뒤에 서 있던 두 사람이 눈을 부라렸다.

그러나 태주열이 손을 들어 그들의 행동을 막고는 전무심을 똑바로 바라보았다.

"놈들이 한은장의 세력만 생각하고 움직이면, 바로 우리가 합류해서 놈들을 칠 생각이었네. 한데, 설마 비밀 통로가 있었을 줄이야……."

그래도 설마하니 이렇게 쉽게 당할 줄은 생각도 못했다. 오백의 무사가 힘 한 번 못 써보고 퇴각해야만 했다니.

그마저도 낙우룽과 세 명의 장로가 죽음으로 막지 않았다면 불가능했을지도 모르는 일.

태주열이 이를 갈며 말을 이었다.

"지금쯤 궁주님도 이곳의 상황을 보고 받으셨을 거네. 우리는 놈들에게 오늘의 핏값을 반드시 받아낼 거네. 반드시!"

하지만 전무심의 그 일이 결코 쉽지만은 않다는 걸 누구보다도 잘 알고 있었다.

"어설픈 계책은 통하지 않을 겁니다."

전무심의 말에 태주열의 굵은 눈썹이 송충이처럼 꿈틀거렸다.

"자네에 대한 말은 궁주께 귀가 따갑도록 들었네. 대단한 고수인데다 냉정한 판단력을 지녔다 하더군. 하나 이것만은 알아두게. 본 궁도 그리 약하지만은 않다는 걸 말이야."

사문천에게 들은 것 외에도, 전무심에 대한 몇 가지 사실을 소문으로 들어 알고 있었다.

그러나 그것은 헛소문이라는 말도 있었고, 자신이 생각해도 과장된 말이 많아 정확하지가 않았다.

'언젠간 확실히 알게 되겠지.'

나름대로 자신을 판단하고 있는 태주열을 향해 전무심이 말했다.

"문제는 천왕교가 너무 강하다는 데 있습니다. 정면대결을 벌이려면, 적어도 세 배의 전력이 있어야 할 겁니다."

삼백을 치려면 구백이 있어야 한다는 말이었다.

이미 오백으로 밀린 상황. 태주열도 그 말에 대해선 마땅히 반박할 말이 없었다.

그때 전무심이 말했다.

"오늘 온 자들 중 혈귀옹 막종여로 추정되는 자가 있습니다. 현재 마존궁에서 그를 막을 수 있는 사람이 있습니까?"

태주열의 눈이 서서히 커졌다.

"혈귀옹이라면…… 혼세칠마존 중의 그 혈귀옹 말인가?"

"맞소. 바로 그 혈귀옹을 말하는 거요."

전무심의 뒤에 조용히 서 있던 척우진이 불쑥 입을 열었다.

태주열이 척우진을 바라보았다. 척우진이 말을 이었다.

"그를 막을 수 있는 자가 없다면, 적어도 수십 명의 고수가 그 한 사람에게만 매달려야 할 거요. 세 배의 전력이라 해도 쉽지 않은 싸움이오."

태주열은 척우진의 말에 표정이 딱딱하게 굳었다. 그러다 무슨 생각이 들었는지 다시 척우진을 바라보았다.

조용히 있을 때는 몰랐는데, 자세히 보니 그의 기세가 결코 자신만 못하지 않은 것이다.

"귀하는 뉘시오? 보아하니 이름이 없는 분은 아닌 것 같소만?"

척우진이 담담하게 대답했다.

"척우진이라 하오."

태주열의 눈이 다시 커졌다.

뒤에 서 있던 두 사람도 경악한 표정을 지었다.

"대천도 척우진?"

척우진이 가볍게 고개를 끄덕이고는 옆을 바라보았다.

"이 사람은 내 의제인 진무악이오."

진무악이 똥 밟은 표정으로 척우진을 흘겨보고는 태주열을 향해 힘주어 말했다.

"내가 진무악인 것은 맞는데, 내가 이 친구의 의제라는 말은 거짓말이오. 절대 믿지 마시오!"

그러든 말든 태주열과 두 사람은 경악을 감추지 못했다.

"뇌정객 진무악?!"

또다시 태주열의 입에서 경악성이 터져 나오고, 그의 뒤에 서 있던 두 사람은 자신도 모르게 움찔 한 걸음을 물러섰다.

성질은 마도인보다 더 더러우면서도 정파의 인물로 분류되는 유일한 자. 그런 진무악이 금방이라도 손을 쓸 것만 같은 표정인 것이다.

어쨌든 당금 강호의 절대강자인 칠절 중의 두 사람, 그들이 전무심의 뒤에 서 있다는 게 무슨 뜻인지 모를 태주열이 아니었다.

"두 분이 전 공자를 돕고 있었다니, 미처 몰랐구려."

'그래서 궁주가 함부로 대하지 않았던 건가 보군.'

태주열은 단순히 그렇게 생각했다.

칠절 중 두 사람이 뒤를 봐주고 있는데, 누가 감히 그를 무시한단 말인가.

한데 그때, 척우진이 콧등을 만지며 어색한 표정으로 중얼거렸다.

"돕기는 무슨……. 그냥 전 공자의 뒤치다꺼리나 하고 있을 뿐인데."

태주열은 무슨 뜻인지 몰라 의아한 표정을 지었다. 그러다 진무악의 말이 이어지자 이마가 내 천(川) 자로 깊게 파였다.

"복날에 개처럼 두들겨 맞고 보니, 세상이 좀 더 넓게 보이더구려."

'무슨 뜻이지?'

그때 전무심이 느닷없이 말했다.

"서향의 수양산장을 칠까 합니다만, 어떻게 하시겠습니까?"

번쩍 정신이 든 태주열이 전무심을 뚫어지게 직시했다.

"수양산장을? 언제 말인가?"

"지금 바로 갈까 합니다만."

"지금?"

태주열의 표정이 싸늘하게 가라앉았다.

상대가 얼마나 피해를 입었는지 정확히 모르는 상태다. 더구나 수양산장에 그들만 있으라는 보장도 없다.

현재 자신이 이끌고 있는 무사들은 모두 오백이 조금 넘는 정도. 이전의 한은장 전력보다 조금 강한 정도에 불과하다.

그런데도 가능할까?

'기습을 한다면 가능할지도……'

한데 그때, 문득 이상한 생각이 들었다.

전무심은 자신의 생각을 들어보지도 않고 그들을 칠 거라 했다. 자신들과는 상관없이 마치 혼자서라도 칠 것처럼.

태주열이 설마 하는 심정으로 전무심을 바라볼 때다. 전무심이 담담한 목소리로 말했다.

"가시지 않겠다면 저희 천사단만 가지요."

아직 한은장의 상황이 정리되지도 않은 상태. 태주열이 거부한다 해서 이해하지 못할 것도 없었다.

하지만 태주열은 그 말에 자신이 잘못 생각한 것이 아니라는 것을 알고 경악을 금치 못했다.

"천사단? 자네들만 간다고? 말도 안 되네. 그놈들을 어떻게 자네들의 힘만으로 친단 말인가? 조금만 기다리게. 일단 시신만 정리되면 우리도 가겠네."

철없는 아이를 혼자 물가에 보낼 수 없다는, 그런 표정이었다.

전무심은 태주열의 마음을 알았지만 별다른 반박은 하지 않았다.

"굳이 다 갈 필요는 없습니다. 일부는 남아서 뒷정리를 하고, 나머지만 가도록 하지요."

4

막종여는 상황을 보고 받고 어이가 없었다.

그러잖아도 짜증이 나던 터에 이제는 화가 날 지경이었다.

"그깟 놈들 치면서 오십 명이 죽어?"

부상자까지 합하면 이번 일로 인해 피해를 입은 무사가 백여 명에 이르렀다. 물론 상대의 피해에 비하면 대승이라 할 수 있었지만, 그래도 못마땅한 것은 못마땅한 것이었다.

그것이 다 한 놈 때문인 것 같았다.

"그 거머리 같은 놈만 아니었어도 놈들을 다 때려죽였을 텐데……. 괘씸한 놈!"

낙우릉이라는 놈은 생각보다 강했다.

선천지기까지 끌어올린 채 죽기 살기로 덤비는 바람에 하마터면 옆구리가 꿰뚫릴 뻔하기도 했었다.

팔과 옆구리 쪽에 가벼운 상처를 입기는 했지만, 간발의 차이로 놈의 심장을 부수지 못했다면, 내장이 상했을지도 모를 일이었다.

"그래도 제법이었어. 감히 내 몸에 상처를 내다니."

좌우간 그는 이번 싸움으로 한 가지 사실을 알게 되었다.

강호의 대문파라는 것들이 겉만 번지르르했지 진짜 실력은 별것도 아니라는 것.

"그놈만 빼면 별거없었지. 홋! 공손세가에 있는 일천이 모두 나서면 마존궁 정도야 단숨에 거머쥘 수 있을 텐데, 왜 천왕이나 제군은 조심해서 상대하라고 하는 건지 원."

그래서였을 것이다.

"어르신, 세가에 지원을 요청하지 않아도 되겠습니까?"

공손무가 조심스럽게 지원에 대한 말을 꺼내자 코웃음 치며 대답했다.

"홍! 그런 놈들 상대하는데 지원은 무슨, 그럴 필요 없다! 며칠 지나면 부상자들도 다 나을 테니, 그때 가서 한중 지부나 쳐부수러 가자."

하긴 공손무가 보기에도 충분히 가능할 것 같았다.

'지원 요청은 나중에 상황 봐서 해야겠군. 그런데 낮에 왔다는 놈들은 누구지?'

속으로야 불안감이 없는 것은 아니었지만, 당장 말하면 엄한 불똥이 떨어질지도 몰랐다.

"알겠습니다, 어르신. 그럼 편히 쉬십시오."

5

축시가 다된 시각, 수양산장은 짙은 어둠에 잠겨 있었다.

간간이 피어오르는 마당의 화톳불만이 장원을 밝힐 뿐, 불켜진 방이 거의 보이지 않았다.

"생각했던 대로군."

전무심의 눈빛이 무심하게 가라앉았다.

오 리가량 떨어진 곳에서 바라본 수양산장은, 마치 장원 전체가 휴식을 취하고 있는 듯했다.

예상했던 대로였다.

"지금 칠 건가?"

옆으로 다가온 태주열이 살기 띤 눈으로 수양산장을 바라보며 물었다.

"일단 우리가 먼저 들어가서 일직선으로 장원을 가르고 중심부를 칠 것입니다. 놈들이 중심부로 모여들면, 부궁주께선 그때부터 외곽을 치고 들어오십시오."

"너무 무리하는 것은 아닌지 모르겠군."

"막종여를 비롯한 천왕교의 중심인물들을 먼저 제거하지 않으면 피해가 커질 수밖에 없습니다."

다른 뜻도 있었지만, 차라리 모르는 것이 나았다.

태주열이 안심이 안 된다는 듯 못 미더운 표정으로 물었다.

"할 수 있겠나?"

혈귀옹을 네가 감당할 수 있느냐는 말이었다.

그 말에 사진옥이 피식 웃었다.

"아마 그 늙은이는 대형이 왔다는 말을 들으면 어떻게든 도망가려 할 겁니다."

석운곡의 일전에 대해선 당사자를 제외하곤 아는 사람이 없었다. 전무심이 원하지 않았기 때문이었다. 그러나 굳이 그 일이 아니라도 척우진은 사진옥의 말뜻을 잘 알고 있었다.

"흐흐흐, 오늘 밤이 지나면 혼세칠마존의 이름 중 또 하나가 지워지겠군."

진무악이 뚱한 표정으로 실실 웃는 척우진을 바라보았다.

"뭔 말이야? 전 공자가 혼세칠마존 중 누굴 죽이기라도 했다는 말이야?"

"죽였냐고? 그래, 죽였지. 그것도 둘이나. 뭐, 내 손에 죽은 화마고도 거의 전 공자가 죽인 거나 다름없으니, 그럼 셋이군. 어디 그뿐인가? 이름만 알려지지 않았을 뿐 혼세칠마존보다 더 강한 자도 전 공자의 손에 죽었다네."

'셋이 아니라 여섯이오. 그리고 혼세칠마존은 영원히 사라지는 것이라오.'

사진옥은 그 말이 목구멍까지 기어올라 왔지만, 싸늘히 웃을 뿐 입을 열지는 않았다.

그러나 셋이라는 말만으로도 진무악과 태주열을 비롯한 마존궁의 간부들은 눈을 부릅떴다.

그런 소문을 듣기는 했었다. 전무심이라는 청년이 천동쌍마를 죽였다는 소문을. 또한 그것이 헛소문이라는 말도. 그리고 모용창으로부터 화마고가 대천도 척우진과 전무심의 손에 죽었다는 말도 들었다.

그건 그런대로 믿을 만했다. 칠절 중 한 사람이 손을 썼다면 가능할지도 모르는 일이니까.

한데 헛소문이라 생각했던 그 일이, 헛소문이 아닌 것 같지를 않은가.

그들의 심경을 대변하듯 태주열이 경악한 표정으로 전무심에게 물었다.

"그럼 그게 헛소문이 아니었다는…… 말인가?"

전무심은 별것 아니라는 듯 무심한 표정으로 입을 열었다.

"중요한 것은 그것이 아닙니다. 우리의 적은 저기에 있고, 그들은 강하다는 겁니다. 그걸 잊지 마십시오. 잊으면 그만큼 더 많은 동료들의 피를 봐야 할 테니까."

전무심이 앞장서자 척우진과 진무악이 좌우로 섰다.

사진옥, 고후명, 상유상, 예종, 황무곤, 궁사한, 소미하란과 곡초운이 바로 뒤를 이었다.

초중암과 연비감이 촉산의 형제들과 함께 우측을, 거승과 홍곽열이 수하들과 함께 좌측을 맡아 부챗살처럼 퍼져 앞으로 나아갔다.

동시에 묵묵히 따라다니던 은천비원의 백인무사가 쫙 퍼지며 수양산장을 향해 날듯이 전진했다.

그들의 움직임은 뇌전을 동반한 폭풍과도 같았다.

두려움에 질린 어둠이 저절로 갈라지며 비켜서는 듯했다.

뒤에서 그 모습을 바라보던 태주열은 백회혈로 한 줄기 뇌전이 박혀드는 기분이었다.

"정말…… 굉장하군!"

하물며 그의 뒤에 서 있던 마존궁의 간부 십여 명은 두말할 것도 없었다.

그들은 떨리는 몸을 진정시키기 위해 이를 악물고 눈을 부릅떴다.

뒤에서 보는 것만으로도 질식할 것 같았다.

만일 정면에서 봤다면, 그 자리에 주저앉았을지도 모를 일이었다.

그나마 재빨리 정신을 차린 태주열이 잇새로 명을 내렸다.

"가자! 피의 대가를 받으러!"

조금 전까지의 불안감은 씻은 듯이 사라진 목소리였다.

태산조차 단숨에 허물어뜨릴 것 같은 기세!

항거할 수 없는 태풍 같은 기세를 뿜어내며 나아가는 자들이 자신들의 편인 것이다.

이제 남은 것은 복수뿐!

폭풍은 수양산장의 정문을 부수며 일직선으로 나아갔다.

쾅!

전무심의 일장에 정문이 터져 나갔다.

그 소리에 놀란 순찰무사가 대경해 소리쳤다.

"누구냐?! 웬 놈이……?"

그러나 두 마디도 다 이어지지 않았다.

척우진과 진무악이 날아가며 일격에 그들의 혈도를 제압해 버렸다.

동시에 시진옥 등이 앞으로 날아가며 전각 내부로 뛰어들었다.

어둠은 결코 그들의 앞을 가로막지 못했다.

특히 사진옥과 고후명과 상유상과 예종은 대낮처럼 움직이며 적들로 보이는 자들을 거꾸러뜨렸다.

"자는데 미안하다, 이놈들아!"

"걱정 마! 내가 대신 영원히 재워줄 테니까!"

상유상과 예종의 목소리가 전각을 뒤흔들었다.

그 바람에 더 혼란을 느낀 천왕교의 무사들은 누가 적인지 아군인지 몰라 우왕좌왕 제대로 대응하지 못했다.

그들의 목에 고후명의 비홍이 꽂혔다 빠져나갔다.

사진옥의 도가 한 번에 두세 명씩 휩쓸고 지나갔다.

그러나 그것도 잠시,

"모두 침착하게 대응하라! 놈들은 얼마 되지 않는다!"

누군가가 소리치며 천왕교의 무사들을 일사불란하게 지휘했다.

순간이었다.

번쩍!

붉은 구슬이 허공을 갈랐다. 전무심의 천홍지주였다.

"컥!"

천왕교의 무리들을 지휘하던 조장 급 무사로 보이던 자가 이마에 구멍이 뚫린 채 쓰러졌다.

동시에 초중암과 연비감이 이끄는 촉산의 형제들이 우왕좌

왕하는 천왕교의 무사들을 향해 밀려갔다.

전면이 완벽히 제압되자 전무심은 지붕 위에 올라가서 상황을 살펴보았다.

갑작스런 소란에 장원의 안쪽 여기저기에서 흑의인들이 쏟아져 나온다.

언뜻 봐도 이백 명이 넘어 보이는 흑의인들, 천왕교의 무사들이다.

망설이지 않고 그들을 덮치는 은천비원의 무사들. 그들의 가공할 기세에 천왕교의 무사들이 두 배의 숫자임에도 뒤로 밀린다.

'예상했던 대로 훨씬 강하군.'

은천비원의 무사들과 천왕교의 일반무사들과는 격이 달랐다. 이대로라면 은천비원의 무사들만으로도 천왕교의 무사들을 모두 제거할 수 있을 듯했다.

하지만 그리 놔둘 수는 없었다. 난전이 되다 보면 필연적으로 피해가 뒤따를 터. 불필요한 피해는 줄여야 했다. 싸워야 할 상대가 이곳의 사람만이 전부가 아닌 이상은.

더구나 은천비원의 무사들이. 전진하는 앞쪽에서 전해지는 강한 기운은 그들의 힘으로 막아낼 수 있는 것이 아니었다.

"무리해서 중앙으로 파고들지는 마시오! 혈귀옹이 안쪽에 있소!"

전무심의 전음이 설야수의 귓전으로 전해졌다.

설야수는 이를 지그시 깨물고 주위의 수하를 향해 명을 내렸다.

"너무 깊숙이 들어가지는 마라!"

그의 일갈에 중앙을 파고들던 무사들이 전진을 멈췄다.

바로 그때였다.

콰직!!

커다란 전각의 문짝이 부서지며 다섯 사람이 걸어나왔다.

그 전면에는 염소수염의 노인, 혈귀옹 막종여가 서 있었다.

"켈! 웃기는 일이군! 분명 천왕교의 무사들로 보이거늘, 감히 동료들을 치다니!"

설야수가 굳은 얼굴로 막종여를 노려보았다.

"천왕의 율법을 어기고 강호에 나온 자가 무슨 말이 그리 많은가!"

"클클클, 천왕의 율법? 그거야 천왕이 허락했으니 나온 것이 아닌가?"

당장 말이 궁해진 설야수는 입을 다물었다.

순간 허공에서 일갈이 터져 나왔다.

"천왕율을 어긴 자가 말이 많군!"

"웬 놈이냐?!"

막종여는 심상치 않은 기운을 느끼고 허공을 향해 대뜸 소리쳤다.

전무심은 막종여를 향해 천천히 발을 떼었다.

그가 허공을 걷듯이 날아가며 말했다.

"천왕율은 천왕이라 해도 마음대로 바꾸지 못한다! 그걸 모르지는 않겠지?!"

"네놈이 누군데, 무슨 자격으로 천왕율 운운하는 것이냐?!"

"자격? 지금 자격이라 했나, 혈귀옹 막종여!"

거듭된 질타에 막종여의 얼굴이 시뻘겋게 달아올랐다.

"이런 시건방진 놈! 손자보다도 어린놈이 주둥이를 함부로 놀리는구나!"

"죄인에게 존댓말을 써주고 싶은 마음은 없다, 늙은이!"

"죄인? 내가 왜 죄인이란 말이냐, 건방진 애송아!"

"천왕율을 어겼으니까!"

"천하에서 누가 감히 내게 죄를 따질 수 있단 말이냐?"

"바로 내가! 나 암천혈왕 전무심이!"

찰나였다.

전무심의 손이 허리를 쓸어가고, 순간적으로 하얀 빛이 허공으로 뻗었다.

벼락이 뇌리에 꽂힌 듯 막종여는 입을 쩍 벌렸다.

"저, 전무심……?"

그러면서도 두 손을 뻗어 혈령수를 떨치는 것을 잊지 않았다.

어린아이 손바닥만 한 붉은 수영 두 개가, 천천히 땅으로 내려서는 전무심을 향해 날아갔다.

쩍!

찰나 기괴한 소음이 나더니, 전무심의 손에 들린 유리혈루가 두 개의 붉은 수영을 네 쪽으로 갈랐다.

큰 소리는 나지 않았다. 그러나 그 충격에 막종여의 안색이 창백하게 굳었다.

그는 이를 악물고 다리에 힘을 주었다.

"무, 무슨 개소리를……. 전무심, 네놈이 왜 암천혈왕……."

전무심은 막종여를 향해 걸음을 떼며 무심한 목소리로 말했다.

"막종여! 천왕율을 어긴 그대의 목숨을 거두겠다!"

천천히 들어 올리는 유리혈루에서 뿌연 안개가 스며 나오는 듯했다.

막종여는 핏방울이 맺힌 듯한 유리혈루에 눈을 고정시킨 채 몸을 부르르 떨었다.

"유, 유리혈루. 그럼 정말……?"

"목을 내밀어라, 막종여!"

전무심의 일갈이 막종여의 뇌리를 뒤흔들고, 유리혈루의 백룡 같은 검강이 막종여를 향해 뻗어나갔다.

막종여가 발악하듯 손을 휘저었다.

"모두 이놈을 쳐라!"

악을 쓰듯 외치는 그의 명령에 뒤쪽에 있던 네 명의 중년 무사가 몸을 날렸다.

순간 백룡 같은 검강이 마치 살아서 움직이듯 네 명의 중년인을 향해 머리를 틀었다.

콰과광!

"크억!"

"케에엑!"

단 일검에 절정의 고수 넷이 벼락에 맞은 늑대새끼마냥 튕겨졌다.

그래도 죽지는 않고 꿈틀거리며 일어서는 네 사람이다.

"설야수! 저들을 죽여라!"

설야수는 정신이 없었다.

암천혈왕!

어디서 들어본 이름이었다.

옛날 사부가 언뜻 말해준 것 같기도 하고, 자신의 주인이 지나가듯이 탄식하며 말했던 것 같기도 했다.

분명한 것은 하나, 암천혈왕은 전설 속으로 사라진 이름이라는 것이다.

한데 전무심이 전설 속의 암천혈왕이라니!

사실일까?

어쨌든 그것은 나중에 물어보면 될 일.

"모두 저들을 죽여라!"

그의 목소리에 힘이 들어갔다.

동료들의 몸에 검을 꽂으면서도 왠지 씁쓸했었다. 그러나 전무심이 정말 암천혈왕이라면 망설일 것이 없었다.

노중환과 우벽승은 암천혈왕에 대해 잘 모르는 듯했다. 그러면서도 설야수의 말이 떨어지자 즉시 네 명의 중년 무사를 공격했다.

그사이 전무심은 막종여를 덮쳤다.

무령풍이 펼쳐지자 전무심의 몸이 수십 개의 환영을 만들며 막종여를 가두어 버렸다.

"이, 이놈!"

마지막 발악을 하듯 혈령수에 모든 공력을 쏟아 붓는 막종여다.

막종여는 제아무리 전무심이라 해도 얕볼 수 없는 상대. 전무심은 팔성의 내력을 끌어올려 칠라산산을 펼쳤다.

순간 일곱 마리의 백룡이 몸을 뒤틀며 막종여의 몸을 휘어 감았다.

전무심은 속으로 놀라움을 금치 못했다.

전보다 훨씬 강해진 칠라산산이다. 단지 팔성의 공력만 끌어올렸는데도 십성 전력을 다했을 때만큼이나 강하게 느껴질 정도다.

무정 대신 유리혈루를 썼기 때문만은 아니었다.

'혈마령과 흑마령 때문인가?'

사실이 그랬다. 그동안 잠잠했던 두 가지 기운이 때를 만난 듯 그의 공력과 섞여 뿜어져 나온 것이다.

그 차이는 결코 작지 않았다.

콰과과광!

막종여가 혼신을 다해 펼친 혈령수가 백룡에 의해 산산이 부서진다. 주르륵 물러선 막종여의 입에서 피분수가 뿜어진다.

연이어 일관추혼벽이 펼쳐지고, 한 줄기 벼락같은 검강이 뻗어나갔다.

찰나 백색 벼락이 안간힘을 다해 몸을 트는 막종여의 어깨를 뚫고 지나갔다.

"크어억!"

몸이 성했어도 감당할 수 없는 전무심이다. 하물며 완벽하지 않은 상태로는 단 삼 초를 막기도 힘겨웠다.

더 대항해 봐야 추해지기만 할 뿐. 막종여는 참담한 마음에 대항을 포기하고 아연한 눈으로 전무심을 쳐다보았다.

"암천혈왕…… 정녕 무섭구나."

그의 앞에는 한 치 크기의 영롱한 구슬이 허공에 떠 있었다. 붉은 기운이 서린 것이 유리혈루의 검신에서 핏방울이 빠져나온 듯했다.

전무심이 냉랭히 말하며 유리혈루를 앞으로 내밀었다.

"이것은 낙우릉 장로를 대신해 내리는 벌이니라, 막종여!"

픽!

이마에 구멍이 뻥 뚫린 막종여는 멍하니 전무심을 바라보다 천천히 주저앉았다.

혼세칠마존 중 한 사람, 혈귀옹 막종여의 허무한 죽음이었다.

그때, 누군가가 두려움에 질린 목소리로 말했다.

"그다! 분명 그야……. 혈사자(血獅子)!"

"무, 무슨 소리랴?"

"저, 정말 혈…… 사자?"

천왕교 무사들 중 쓰러진 자가 칠십여 명, 빠져나간 자를 제외하고 남은 자는 육십여 명. 은천비원의 무사들에게 둘러싸여 있던 그들은 혈사자라는 말이 들린 순간 몸이 굳어버렸다.

암천혈왕이라는 이름은 몰라도, 혈사자라는 이름은 귀에 딱지가 얹히도록 들었던 것이다.

새로운 전설. 천왕교의 잊혀지지 않을 전설. 혈사자에 대한 전설은!

"정말…… 단주가 혈… 사자요?"

설야수도 더듬거리며 물을 정도이니 무슨 말을 하랴.

노중환과 우벽승도 손을 멈추고 전무심을 바라보았다.

은천비원의 무사들 모두가 전무심을 향해 눈을 고정시켰다.

"그분이 누군지 알았으면, 대항할 생각을 버리고 무릎을 꿇어라!"

사진옥이 뒤에서 다가오며 냉랭히 소리쳤다.

털썩! 털썩!

그 말이 떨어짐과 동시, 두려움에 질려 있던 육십여 명의 천왕교 무사가 일제히 무릎을 꿇었다.

은천비원의 무사들은 이러지도 못하고 저러지도 못한 채 전무심과 설야수를 번갈아 봤다.

전무심이 그들을 향해 말했다.

"암천혈왕의 손발이 되어 움직일 자만 무기를 들어라!"

은천비원의 무사들이 무기를 쥔 손에 힘을 주었다.

"오직 나의 명령만을 듣겠다는, 무사의 맹서를 할 자만 무기를 들어라!"

누구도 손에 든 무기를 놓지 않았다.

"이제부터 그대들은 은천비원의 무사가 아닌, 나 암천혈왕 전무심의 무사다! 그걸 인정하는 자만 무기를 들어라!"

설야수와 노중환, 우벽승의 눈이 거세게 떨렸다.

"그대들의 무기가 그대들의 형제들을 향할지도 모른다! 그럴 수 있는 자만 무기를 들어라!"

입술을 질끈 깨문 설야수가 말했다.

"천왕율의 수호자, 암천혈왕을 따르겠소. 대신…… 나중에 형제들의 마음을 돌릴 수 있는 기회를 주시오."

전무심이 무심한 눈으로 설야수를 직시했다.

"기회는 한 번뿐이다. 결코 두 번의 기회를 주지는 않을 것이다."

단 한 번의 기회.

그 말이 뭘 뜻하는지 모를 설야수가 아니었다.

설야수가 털썩 무릎을 꿇었다.

"설야광, 암천혈왕을 따르겠나이다!"

노중환과 우벽승도 본명을 밝히며 무릎을 꿇었다.

"노숭환이 암천혈왕을 따르겠나이다!

"우벽도가 암천혈왕께 충성을!"

"충성을!"

"충성을 맹세합니다!"

은천비원의 무사들도, 흑의인들도, 그것만이 살길이라는 듯 너 나 할 것 없이 일제히 무릎을 꿇고 충성을 외쳤다.

전무심이 최대한 음파를 차단했음에도, 그들의 외침이 전각을 흔들고 하늘로 솟구쳤다.

막 건물을 빠져나가던 고후명과 상유상과 예종은 벌겋게 달아오른 얼굴로 전무심을 바라보았다.

꼭, '저분이 우리 대형이라니까!' 하고 소리치는 듯한 표정이었다.

황무곤과 궁사한과 소미하란도 떨리는 몸을 주체하지 못하고 멍하니 전무심의 등을 바라보았다.

초중암과 연비감은 주체할 수 없는 격정에 부르르 몸을 떨었다.

그때 전무심이 그들을 향해 입을 열었다.

"뭐 하고 있나? 아직 싸움이 끝나지 않았다. 여기서 얼쩡거릴 틈이 어디 있어?!"

아직도 밖에서는 싸우는 소리가 들리고 있었다.

이곳을 빠져나간 팔십여 명의 천왕교 무사와 다른 전각에 있던 공손세가의 무사들이 마존궁의 무사들과 접전을 벌이고 있는 소리였다.

사진옥이 차가운 표정에 씩 웃음을 매달고 소리쳤다.

"가자! 암천혈왕, 혈사자의 명이시다!"

고후명과 다른 형제들도 벙글거리며 몸을 날렸다.

그들의 뒤에 대고 전무심이 말했다.

"아직은 이곳에서의 일을 말하지 마라. 내가 혈사자라는 것도."

크지 않은 목소리였지만, 모두의 귓속에서 천둥처럼 울렸다.

전무심은 그들이 보이지 않자, 여전히 무릎을 꿇고 있는 사람들을 쓸어보았다.

"아직 나에 대해 밝혀져서는 안 되오. 내가 지금까지 말하지 않은 데는 그만한 이유가 있음이니, 그 점 명심하고 당분간 지금까지 부르던 대로 부르시오."

"알겠습니다, 단주!"

설야수, 아니, 설야광이 대답하고 몸을 일으켰다.

노숭환과 우벽도를 비롯해 은천비원의 무사들도 몸을 일으켰다.

"하온데, 저들을 어찌할 셈이십니까?"

정확히 육십이 명의 흑의인이 아직도 무릎을 꿇고 있었다.

전무심이 그들을 향해 말했다.

"기회는 한 번뿐이다. 맹서를 할 자만 일어서라."

육십이 명의 흑의인이 일제히 벌떡 일어섰다.

그중 제법 강해 보이는 자가 다시 한쪽 무릎을 꿇고 말했다.

"저희는 상부의 명에 의해 움직였을 뿐입니다. 선처를 바랍니다, 혈사자시여!"

전무심의 눈이 그를 향했다.

언젠가 한 번 본 적이 있는 자다.

이름은 잘 모르지만, 유천단의 대주로 제법 강단이 있는 자라 했었다. 좀 전에는 무릎을 꿇고 고개를 숙이고 있어서 못 봐 그렇지, 아마 사진옥이라면 이름을 알지도 몰랐다.

　"앞으로는 천왕의 명령이 아닌 나의 명령을 따라야 한다. 그렇게 하겠는가?"

　"따르겠습니다!"

　하긴 이들을 모두 죄수로 끌고 다닐 수도 없었다. 그렇다고 항복한 자들을 모두 죽일 수도 없는 일.

　'어쩌면 잘된 일일지도 모르겠군.'

　무사들의 숫자가 현저히 딸리는 판에 적은 줄고 아군이 늘어난 셈이 아닌가.

　"설 대주, 저들에게 청의를 입히시오."

　은천비원의 무사들은 모두 작은 보따리를 매고 있었는데, 그 안에는 비상용으로 한 벌의 옷이 들어 있었다.

　전무심의 명이 떨어지자 설야광은 그들의 옷을 흑의무사들에게 주도록 했다. 전무심의 명령이 뜻하는 바를 아는 까닭이었다.

　"다른 사람이 오기 전에 최대한 빨리 갈아입도록."

　순식간에 은천비원의 일백무사에 육십이 명의 청의인이 더해졌다.

　은천비원의 무사들도 그리 기분 나쁘지 않은 표정이었다. 아니, 어쩌면 모두가 다행이라는 마음일지 몰랐다. 얼마 전만 해도 한 형제처럼 지내던 사람들이 아닌가 말이다.

옷을 갈아입은 천왕교의 무사들을 향해 전무심이 말했다.

"그대들은 상황이 끝날 때까지 이곳을 정리하고 대기하라."

그러고는 설야광 등을 바라보았다.

"갑시다! 싸움을 마무리 지어야 하지 않겠소?"

"예, 단주!"

힘차게 대답하는 설야광의 목소리가 전과 달리 밝게 느껴졌다.

전무심이 외원에 내려섰을 때는 이미 상황이 거의 끝나 있었다.

사진옥 일행이 합류하자 그나마 마지막까지 버티던 오십여 명도 더 이상 버티지 못하고 무너진 것이다.

아쉽다면 그들마저 살리지 못했다는 것이었지만, 그 또한 그들의 운명이었다.

더구나 이곳에서만 해도 그들에 의해 마존궁의 무사 수십 명이 죽었으니 어차피 살리기도 힘든 상황이었다.

단 이각, 이번에는 수양산장이 전무심과 마존궁에 의해 완벽히 제압당했다. 그리고 혈귀옹 막종여가 죽었다.

그 소식이 알려지면 천왕교로서는 청천벽력이 떨어진 기분일 터였다.

공손세가의 일부 하위 무사와 하인들 이십여 명이 살아남았지만, 세력간의 다툼에 그들은 아무런 의미도 없었다.

한은장에서 당한 걸 생각하면 그들까지 모두 죽여 버리고 싶은 마음일 텐데, 마존궁의 무사들도 그들은 죽이지는 않았다. 대신 무사들은 혈도를 제압해 가두고, 하인들은 시중을 들게 했다.

전무심은 싸움이 마무리되자 내원의 건물 중 멀쩡한 곳을 택해 태주열과 마주 앉았다.

태주열은 싸움에 이겼는데도 표정을 펼 수가 없었다.

도주하려는 자들만을 상대했는데 오십여 명이 죽었다.

한데도 안에 들어가 적의 내부를 친 전무심 일행은 거의 피해가 없는 것처럼 보이는 것이다.

단순한 비교만으로도, 마주 앉은 전무심이 유난히 더 커 보일 수밖에 없는 태주열이었다.

"덕분에 복수를 할 수 있었네."

"이제 시작일 뿐이지요."

"어떻게 할 건가? 우리는 일단 한은장으로 돌아갈 생각이네만, 전 공자는 이곳에 있을 건가?"

"며칠 이곳에 있으면서 저들의 동태를 살필까 합니다."

"공손세가와 너무 가까운 곳이네. 위험하지 않겠나?"

말을 하면서도 그런 말을 하는 자신이 우스운지 태주열이 말을 이었다.

"하긴 그들이 아무리 강하다 해도 자네들을 어쩔 수는 없겠지."

"제 생각은 조금 다릅니다. 이곳에 있던 자들 중 고수라 할 수 있는 자들은 몇 명 되지 않았습니다. 다시 말해 진짜 고수들은 공손세가에 있다는 말이지요. 게다가 천왕교에서 속속 고수들이 나오고 있는 상황입니다. 아마 머지않은 날에 저들의 거센 반격이 있을 겁니다."

"하면 어찌할 생각인가?"

"그들이 움직이면 이곳을 떠나 서쪽으로 갈 겁니다."

"차라리 미리 피해 있는 것이 낫지 않겠나?"

"그럼 저들 역시 완벽하게 힘을 갖추기 전에는 쉽게 움직이지 않을 겁니다. 그렇게 되면 나중의 싸움이 힘들어지게 되지요."

한마디로 미끼 역할을 하겠다는 뜻이다.

그 뜻을 깨달은 태주열의 얼굴이 굳어질 때다. 전무심이 말을 이었다.

"부궁주께선 그때를 대비해 괜찮은 장소나 하나 물색해 놓으십시오."

"장소? 그럼……?"

"전쟁과 비무는 다를 수밖에 없습니다. 정면대결만이 능사가 아니지요. 지형을 이용할 수 있다면, 계책을 써야 한다면 써야 하지 않겠습니까? 수백 명의 목숨이 달린 일인데 말입니다."

"음, 옳은 생각이네. 한중으로 돌아가면 궁주께서 보낸 사람들이 와 있을 거네. 그들과 상의해서 좋은 방법을 생각해 보도록 하겠네."

"아마 보름을 넘기지는 않을 겁니다."

태주열은 날이 새고 나서야 마존궁의 사람들을 이끌고 돌아 갔다.

그들 중 몇이 한은장의 손해를 만회한다며 수양산장에 있던 대부분의 값나가는 물건들을 가지고 갔다.

전무심은 그런 그들을 말리지 않았다.

한은장의 피해를 직접 본 그가 아닌가. 수양산장을 통째로 들고 간다고 해도 그러려니 했을 터였다. 대신 자신들에게 필 요한 물품과 공손세가의 일반무사들과 하인들은 그냥 놔두도 록 했다.

그들이 그렇게 떠나간 지 얼마 되지 않았을 때 사진옥이 전 무심에게 넌지시 말했다.

"대형, 우리가 누굴 잡아놨는지 한번 보십시오."

피식거리는 게 뭔가 수상해 보이는 표정이었다.

"잡아놨다고? 누군데 그러지?"

"글쎄, 한번 보시라니까요."

그러더니 밖을 향해 소리쳤다.

"유상! 데리고 들어와라!"

문이 열리더니 상유상이 벙긋거리며 안으로 들어왔다.

그의 손에는 누군가의 뒷덜미가 잡혀 있었다.

"고개 들어!"

상유상이 손에 잡힌 자를 향해 소리쳤다.

뒷덜미를 잡힌 자가 삐질, 땀을 뚝뚝 흘리며 천천히 고개를 들었다.

양쪽 눈두덩이 새파란 걸 보니 누구에게 그곳만 집중적으로 맞은 듯했다.

그렇다고 못 알아볼 정도는 아니었다.

그를 본 순간 전무심의 눈이 한껏 커졌다.

"임.동.산?"

"잘…… 지내셨습니까요, 천 공자?"

지옥십관의 악질 교두, 독사 임동산. 그가 투항한 천왕교의 무사들 틈에 끼어 있었던 것이다.

퍽!

전무심의 일 권에 그나마 멀쩡하던 임동산의 주둥이가 뭉개졌다.

"일단 목숨은 살려주지. 하지만…… 나중에 지옥십관에서 한 일 년 수련할 각오를 해야 할 거야."

                                6

공손세가 비승당의 이조장 은계구는 이가 갈렸다. 상관이라는 것들이, 좋은 일을 보고할 때는 자기들이 나서고, 몰살 소식을 전하는 것은 애꿎은 수하를 시킨다.

그렇다고 대놓고 못한다고 할 수도 없었다. 서럽고 분하지만 힘없는 것이 죄였다.

빡!

벌렁 나가떨어진 은계구는 재빨리 일어섰다.

"뭐라? 본 교의 무사들이 모두 죽어? 거기다 막종여까지?"

"예, 어르신."

"그것도 연락할 시간도 없이 단 이각 만에?"

"그렇다고……."

뻐박!

펑퍼짐한 혈의 장삼을 걸친 통통한 노인의 손이 허공을 찍자 은계구의 몸뚱이가 저만치 나가떨어졌다.

'씨발! 아무래도 이러다 머리통 다 부서지는 거 아닌지 모르겠네.'

하지만 혈의장삼노인, 천외비각에서 세 손가락에 든다는 혈포공(血包公) 홍완동은 은계구의 머리통이 부서지던가 말던가 그것에는 눈곱만큼도 관심이 없었다. 그저 자신의 말에 대답만 할 수 있다면, 머리통이 따로 떨어져서 공중에 둥둥 떠다닌다 해도 그러려니 했을 터였다.

"그걸 지금 나에게 믿으라 하는 소린가?"

"사, 사실이옵니다, 어르신."

은계구는 불굴의 정신으로 몸을 일으켰다. 그러나 목소리가 떨려 나오는 것은 어쩔 수 없었다.

"정확히 알아봐! 혈귀옹 막종여가 누군데 마존궁의 시답지 않은 놈들에게 죽는단 말이냐!"

백안마군 사문천이 직접 나섰다 해도 막종여를 죽인다는 건

쉽지 않았다. 아니, 몸을 피하려 했다면 사문천이 둘 있어도 잡지 못할 거라는 게 홍완동의 생각이었다.

그런데 죽었단다. 천하의 혈귀웅 막종여가. 도망도 치지 못한 채.

"하긴 절대지경의 고수가 얼마나 강한지 네놈들이 어떻게 알까? 쯔쯔쯔……."

그때 한쪽에 조용히 서서 은계구의 고통을 자신의 행복처럼 즐기던 비승당주 공손수가 이제 자신이 나설 때가 되었다는 듯 입을 열었다.

"속하의 판단에 의하면, 요즘 한참 이름을 날리는 전무심이 그곳에 나타나지 않았나 생각되옵니다."

홍완동의 이마에 밭고랑보다 더 깊은 일곱 줄기의 주름이 졌다.

"전…… 무심? 전무심이라고?"

그렇다면 말이 된다.

염라대왕도 슬그머니 고개를 돌릴 그놈이라면 막종여라 해도 당할 수 없었을 것이다.

한데 왜! 왜 안강에 있다던 그놈이 서향에 나타났단 말인가!

왜 그놈이 코앞에 나타나도록 보고가 없었단 말인가!

홍완동의 통통한 몸이 붕 떠서 공손수를 향해 날아가더니, 오동통한 발바닥이 그대로 공손수의 얼굴을 덮었다.

퍼억!

"쿠엑!"

코뼈와 입술이 뭉개진 공손수가 이 장을 날아가 벽에 부딪쳤다.

"이놈의 새끼! 정보를 책임진다는 놈이, 다른 놈도 아니고 전무심의 행적을 놓쳐?!"

그러고도 분이 풀리지 않는지 옆에 있는 삼백 근 무게의 커다란 청동향로를 한 손으로 불끈 들어 올렸다.

순간 은계구의 눈이 반짝였다.

'쳐라! 쳐! 죽여 버려!'

공손수가 죽으면 최소한 부당주 자리는 맡아놓은 당상이었다.

오 년만의 승진 기회가 눈앞에 있는 것이다.

향로에 뭉개져 죽는 게 조금 불쌍하긴 하지만, 지전 몇 장 던져 주고 눈물 두어 방울 흘려주면 끝날 일. 그동안 자신을 괴롭힌 거에 비하면 그 정도도 과하다는 게 은계구의 생각이었다.

한데 그때였다. 스윽 고개를 돌린 홍완동이 소리쳤다.

"너도 이리와!"

잠시 후, 죽었는지 살았는지 알아보기 힘든 두 사람이 말단무사의 등에 업혀 나왔다.

두 사람을 업고 가는 말단무사의 눈빛이 묘하게 번뜩였지만, 업혀가는 두 사람은 알지 못했다.

'흐흐흐, 잘하면 이번 기회에 조장 자리는 꿰찰 수 있겠군.'

비정강호(非情江湖). 권력 앞에는 십 년 정(情)도 소용없었다.

공손수와 은계구가 비승당의 말단무사에게 업혀 나가자, 말없이 서 있던 중년인이 조심스럽게 입을 열었다.

"기습을 하면 어떻겠습니까? 아직 놈들이 그곳에 있는 것 같습니다만."

홍완동은 손을 탈탈 털고 자리에 앉으며 눈살을 찌푸렸다.

"놔둬! 손 장로, 그렇게 모르겠나? 놈이 도망가지 않고 거기에 남은 이유가 뭐라 생각하느냐?"

"그만한 자신이 있어서가 아니겠습니까?"

"그래, 자신이 있겠지. 그놈 주위에 있는 고수들도 적지 않으니까. 그런데 설마 그놈이 자만심에 들떠서 그러고 있는 거라 생각하는 것은 아니겠지?"

"뭔가 노리는 게 있다는 말씀이십니까?"

"노리는 게 없다면 왜 남아 있겠느냐? 할 일이 없어서? 장원이 마음에 들어서? 웃기는 소리!"

"하면 어르신께선 그자의 속셈이 어디 있다고 보시는 겁니까?"

홍완동의 아이같이 맑은 눈이 반짝반짝 빛을 발했다.

"간단해. 우리가 가기를 기다리는 거다. 우리가 적을 얕보고 사람을 보내면, 그때마다 조금씩, 조금씩 우리의 집중된 힘을 약화시키겠다는 거겠지."

"그럼 어떻게 하시겠습니까? 정말 그대로 보고만 계실 겁니까?"

홍완동이 의자에 등을 깊숙이 기대며 코웃음 쳤다.

"흥! 그럴 수는 없지."

"하면…… 어떤 계획이라도?"

"닷새 정도면 비각의 늙은이들이 올 것이니 며칠만 모른 척 그냥 놔둬라. 그때쯤이면 의아해서라도 놈들이 슬슬 기어나올 것이다. 그때! 사냥을 하는 거다. 놈들이 아닌 우리가 말이야!"

"사냥이라……. 그거 재미있겠군요."

"일단은 철저히 감시시켜. 놈들의 움직임을 하나도 놓치지 말란 말이야."

"알겠습니다, 어르신."

第四章

혈왕(血王) 강림(降臨)

死星
天血

1

수양산장에 머무른 지 열흘이 지나도록 공손세가에선 별다른 움직임이 없었다. 한 번쯤 건드려 볼 법도 한데 의외로 조용했다.

팽팽한 긴장감이 이어지자 사람들의 마음도 조급해지지 않을 수 없었다.

"저놈들은 배알도 없나? 언제까지 지켜보고만 있겠다는 거야?"

대부분이 척우진과 같은 마음이었다. 다만 전무심의 명령이 없으니 답답해도 하는 수없이 참고 있을 뿐.

"아마 확실한 자신이 서기 전에는 쉽게 움직이지 못할 겁니다. 자칫 또다시 수백의 피해를 보기라도 하면 마존궁뿐이 아니라 종남이나 화산도 달려들 텐데, 그리되면 그들 모두의 집중 공격을 막아내기 어려울 거라 생각하고 있을 테니 말입니다."

"우리가 먼저 건드려 보면 어떻겠소?"

곡초운은 척우진의 말에 고개를 저었다.

"놈들은 그걸 기다릴 겁니다. 수성하는 적은 적어도 배 이상의 전력으로 치는 것이 기본입니다. 그만큼 피해가 많다는 거지요. 한 번 하고 말 싸움이 아니라면 무리하게 먼저 싸움을 걸 이유가 없습니다."

"제기랄, 뭐가 그리 복잡한지 모르겠군."

진무악이 골치 아프다는 듯 머리를 싸매고 넌더리를 냈다.

"소수의 싸움과 달리, 다수 대 다수의 싸움은 계획이 삐끗하면 엄청난 손해를 감수해야 합니다. 한은장도 그래서 당한 거 아니겠습니까?"

"생각 같아서는 밖에서 기웃거리는 놈들을 모조리 황천길로 보내 버렸으면 싶은데……."

진무악이 커다란 주먹을 허공에 대고 휘두르며 불만을 토해 냈다.

그때 조용히 앉아 있던 전무심이 말문을 열었다.

"닷새 후에 움직일 거요. 그때까지는 무공이나 수련하면서 쉬시오. 어차피 놈들도 선제 공격할 마음이 없는 상태니 걱정할 것도 없지 않겠소?"

"끄응, 그건 그렇소만……. 이거 꼭 누가 오랫동안 똥간에 앉아 있나 내기라도 하는 것 같군."

인내력 싸움이라고 하면 될 것을, 진무악이 입이 거친 그답게 지저분한 말로 표현했다.

그러자 삼족개가 한마디 거들었다.

"그럼 내장이 튀어나올 때까지 앉아 있어야겠군."

사람들이 모두 삼족개를 흘겨봤다.

심지어 전무심도 눈알만 돌려 삼족개를 바라보았다.

"한충문이나 민대귀의 행방은 아직 찾지 못했소?"

일순간 삼족개의 얼굴이 와락 일그러졌다.

"그게……. 하아, 물속에 풍당 빠져서 뒈졌는지, 아니면 땅에 묻혔는지 어디에서도 봤다는 놈이 없구만. 정말 환장할 일이네. 이제 본 방의 체면이 달린 문제가 되어버렸다니까."

개방이 찾지 못할 정도라면 어딘가 깊숙이 숨어 있다는 말. 아쉽고 안타까운 일이지만, 상황이 그렇다면 그 일은 잠시 접어두어야만 했다.

그나마 다행이라면 아직 환락단으로 인해 피해를 입었다는 어떤 소식도 들려오지 않는다는 것이었다.

'하는 수 없지. 당장은 그 일보다 목전의 일에 더 신경을 써야 할 때니…….'

전무심은 화제를 돌렸다.

"정천무맹 쪽은 어떻게 되었소?"

그제야 삼족개의 얼굴이 조금 펴졌다.

"두어 번 대판 싸우더니 조용해졌네. 죽은 자만도 양쪽 합쳐서 팔백을 헤아린다니 그럴 수밖에 없겠지."

말이 팔백이지, 정천무맹이 육백, 천왕교가 밀고 있는 혈곡이 이백의 피해를 봤다. 그 바람에 정천무맹에선 조직을 새롭게 개편해야 할 지경이었다.

최근 조용해진 것도 그 때문이었다.

"무화단에서의 연락은?"

"천왕곡에서 끝도 없이 무사들이 나오고 있다 하네. 지금까지 천왕곡에서 나온 무사들 수가 삼천에 이르렀다고 하더군."

삼천. 그렇다면 반 정도 나왔다고 봐야 했다.

"천왕이 움직일 때가 됐군."

구시렁거리던 척우진과 진무악이 입을 닫고 전무심을 바라보았다.

조용히 말만 듣고 있던 다른 사람들도 전무심을 향해 일제히 고개를 돌렸다.

"그럼 백리군악도 나오겠군요."

사진옥이 차갑게 굳은 얼굴로 물었다.

전무심은 가만히 고개를 끄덕였다.

"나오겠지. 천왕이 움직이면 그도 움직이지 않을 수 없을 테니까."

"어디로 갈까요?"

고후명이 묻자 당연하지 않냐는 듯 예종이 말했다.

"공손세가나 혈곡으로 가지 않겠어?"

하지만 전무심은 천천히 고개를 저었다.

"어쩌면 제삼의 장소가 될지도 모르지. 양쪽을 모두 지휘할 수 있는 곳."

소미하란이 오랜만에 입을 열었다.

"혹시 안강으로 가지 않을까요?"

"그곳일 가능성이 제일 크오. 해서 상황을 봐 그곳의 인원을 철수시킬 생각이오."

전무심이 그렇게 말한 데는 마음에 걸리는 것이 있기 때문이었다.

화운곡이 말하길, 안강에서 이십여 리 떨어진 곳에 있는 커다란 장원이 대대적인 보수 작업을 하고 있다 했다.

그때만 해도 무사들이 없다는 말에 그다지 신경을 쓰지 않았는데, 이제 생각하니 천왕교가 머무르기에 적당한 장소였던 것이다.

'두고 보면 알겠지.'

그때 곡초운이 신중하게 의견을 내놓았다.

"또 다른 곳이 될지도 모릅니다."

"또 다른 곳?"

"모두의 관심이 섬서로 몰렸을 때, 또 다른 곳을 노릴지 모른다는 거지요. 예를 들면, 호북을 삼킨다던가 말입니다."

무표정하던 전무심의 이마에 눈썹이 모아졌다.

"그럴 수도 있소. 하나 당분간은 또 다른 적을 만들려 하지 않을 것이오. 지금이야 천왕교가 호북에 손을 대지 않으니 지켜보고 있지만, 만일 천왕교의 시선이 조금만 틀어지면 호북의 대문파들도 들고일어날 것이오. 어쩌면 호남과 안휘의 문파들까지 합세할지도 모르는 일. 그리되어선 천왕교도 이득될 게 없소."

호북에는 무당과 제갈세가를 제외하고도 절마맹과 성화문과 철심장이 대문파로서 그 위세를 자랑하고 있었다.

호북에 대한 이야기가 나오자 척우진이 잔뜩 이마를 찌푸렸다.

"절마맹이야 마도에 속한 문파니까 그렇다 치고, 성화문이나 철심장은 왜 정천무맹과 함께 움직이지 않는 거지? 밑에서 치고 올라오면 천왕교도 곤란할 텐데."

"지금쯤 정천무맹과 마존궁이 천왕교의 일부 세력에 고전하고 있다는 것이 천하에 모두 알려졌을 거요. 하거늘 누가 천왕교에 먼저 검을 겨누려 하겠소? 아마 그들은 천왕교의 화살 끝이 자신들을 향하지 않을까 전전긍긍하고 있을 거요."

그때 곡초운이 조심스럽게 끼어들었다.

"물론 전 도우의 말씀을 모르는 바는 아닙니다. 하나 때로는 의외의 상황이 일어나기도 하지요."

"곡 도장은 그들이 천왕교와 대적할 거라 생각하시오?"

"정파의 사람들 중에는 의와 협을 목숨보다 중요시하는 사람들이 의외로 많습니다. 성화문은 몰라도, 철심장의 장주 진양산 대협은 불의를 보고 그냥 넘길 분이 아닙니다. 잘하면 의외의 도움을 받을지도 모르겠습니다."

"철심장이라……."

그러고 보니 철심장이라면 운남 웅촌의 대장장이 진양무가 말한 곳이 아닌가.

문득 진철명의 얼굴이 떠오르자 전무심의 표정에도 얼핏 웃음이 스쳤다.

그걸 용케 알아본 사진옥이 물었다.

"대형, 뭐 좋은 일이라도 있습니까?"

"철심장 하니까 생각나는 게 있어서 그런다. 운남에 있을 때 진철명이라고, 동생으로 삼은 아이가 하나 있는데, 그의 조부가 철심장 출신인 것 같았거든."

"동생?"

상유상이 눈을 동그랗게 떴다. 전무심이 상유상을 보고 말했다.

"덩치가 너만 할 거다. 무정이 바로 철명에게서 선물로 받은 거지."

"무정이라면 저번 싸움에서 검끝이 상한 그 검 말입니까?"

"맞다."

잠자코 이야기를 듣고 있던 곡초운이 전무심을 바라보았다.

"전 도우, 그 조부의 이름이 뭔지 아십니까?"

"진양무라고 했소."

듣고 있던 삼족개가 눈을 크게 뜨고 물었다.

"진양무? 철정검객 진양무 말인가?"

"아십니까?"

"한때 대단한 검객이었지. 성격이 강직해서 많은 사람들이 좋아했던 검객이었네. 듣기로는 십여 년 전에 형인 진양산과 사소한 말다툼 끝에 철심장을 떠났다 들었는데, 운남에 가 있었군."

그때 웬일인지 조용히 앉아 있던 진무악이 머뭇거리다 입을 열었다.

"그 이야기라면 내가 조금 아는 게 있네."

"자네가?"

척우진이 의외라는 듯 묻자 진무악이 어깨를 으쓱했다.

"숙부시거든."

"……수, 숙부?"

척우진은 멍하니 진무악을 보다 버럭 소리쳤다.

"그럼 네가 철심장 출신이란 말이야? 너처럼 입 더러운 놈이?"

진무악의 눈매가 칼날처럼 가늘어졌다.

"그래서 쫓겨…… 아니, 나와 버렸다. 왜? 그래서 불만있냐?"

전무심이 척우진을 으르렁거리며 노려보는 진무악에게 물었다.

"조금 전에 진 노인의 일에 대해 안다 들었소만."

진무악은 한 번 더, 잡아먹을 듯이 척우진을 향해 확 얼굴을 내밀고는 전무심의 질문에 답했다.

"아마 숙부가 데리고 있다는 아이는, 숙부님의 외아들인 소악 형님의 아이일 거요. 형님이 장강수채의 딸과 사귀자, 백부님이 형님에게 철심장을 택하든, 그 여자를 택하든 하나를 택하도록 했는데, 소악 형님이 그 여자를 버릴 수 없다고 집을 떠나 버렸소. 나중에 아이를 낳았다는 소문을 듣긴 했지만, 아무도 진실을 확인하지는 못했었소. 그 후에 숙부님도 갑자기 철심장을 떠나셨고 말이오."

더 들을 것도 없었다. 진무악 말대로 진철명은 철심장의 핏줄임이 분명했다.

전무심은 진철명에게 좀 더 따뜻하게 대해주지 못한 것이 못내 아쉬웠다. 비록 친조부가 곁에 있어 자신보다 낫다고는 하지만, 그도 자신처럼 어머니 때문에 집안으로부터 버림받은 셈이 아닌가 말이다.

"지금도 철심장주가 진소악이라는 분을 싫어하시오?"

"그건 아닐 거요. 숙부님까지 떠나자 며칠간 술로 마음을 달래셨을 정도였소. 아마 전과는 많이 달라지셨을 거요."

그럼 가능성이 있다는 말이었다. 진철명이 집안으로 돌아갈 수 있는 가능성이. 어쩌면 진양무가 자신에게 철심장을 소개한 것도 그런 일념이 있었기 때문일지도 몰랐다.

'언제고 그 일에 대해 자세히 알아봐야겠군.'

그러나 어쨌든 지금은 진철명의 일이 중요한 것이 아니었다.

"진 형이 생각할 때, 철심장주가 이번 일에 끼어들 것 같소?"

진무악이 고개를 갸웃거리며 눈살을 찌푸렸다.

"솔직히 말해서 반반이오. 그분도 나이를 먹어서 너무 위험한 일에는 쉽게 움직이려 하지 않을 테니까. 그래도 움직일 가능성이 더 많다고 봐야 할 거요."

충분히 이해가 가는 일이었다.

"좌우간 가능성은 있다는 말이군요."

"뭐, 어느 정도 명분만 선다면……."

"그럼 진행해 봅시다. 철심장 전체가 나서면 더 좋겠지만, 그렇게까지는 되지 않더라도 어느 정도 도움은 될 테니까."

전무심이 곡초운을 바라보고 물었다.

"만일 철심장에서 무당에 사람을 보내면 어떻게 되겠소?"

곡초운이 전무심의 말뜻을 눈치 채고 눈을 반짝였다.

"천왕교가 무당을 치려 해도 한번 더 생각하게 될 겁니다."

"그리고 적어도 오백 명 이상의 무사들을 남겨둬야 할 거요."

"그만큼 우리의 상대는 적어지겠지요."

두 사람의 주고받는 말에 삼족개가 연신 고개를 끄덕였다.

"손 안 대고 코를 푸는 격이다, 이거구만!"

"잘하면 밑도 손 안 대고 닦겠군."

진무악이 그제야 돌아가는 상황을 이해했는지 한마디 했다.

당연히 척우진이 그냥 있지 않았다.

"입이 더러운 놈은 어쩔 수 없군."

진무악이 홱 고개를 돌려 척우진을 노려보며 벌떡 일어섰다.

"나와! 오늘 끝장을 보자!"

척우진이 기다렸다는 듯 싱긋 웃으며 몸을 일으켰다.

"그거 좋지!"

그러자 전무심도 천천히 일어섰다.

"그러기 전에, 내가 먼저 오랜만에 몸을 좀 풀고 싶은데, 두 분이 내 상대가 되어주시오."

장난이 아닌 듯 무심한 표정을 지은 채.

2

서향에서 벌어진 싸움의 결과는 정천무맹에도 전해졌다.

천왕교의 무사들이 마존궁의 한중 지부 무사들을 공격해서 수백 명을 죽였는데, 그 즉시 전무심과 손을 잡은 마존궁이 공손세가의 지부에 있는 천왕교의 무사들을 쳐서 승리했다고 한다.

장군에 멍군이었다.

하지만 당한 것보다는, 보복 공격을 해서 승리했다는 사실이 사람들의 가슴에 더 크게 와 닿았다.

그 사실이 알려지자 정천무맹의 대회의장은 설왕설래 두 의견이 팽팽하게 맞섰다.

"우리도 놈들을 쳐야 합니다! 마존궁 놈들에게 뒤질 수는 없소이다!"

"현재 상태로는 힘듭니다. 놈들은 우리가 공격하기만 바라고 철저히 준비한 채 기다리고 있을 겁니다."

"무사들이 모자랍니까, 실력이 모자랍니까? 치지 못할 이유가 뭐가 있습니까? 아예 혈곡의 총단을 칩시다!"

"어허, 조급하게 서둘다 보면 될 일도 안 되는 법입니다. 일단 결정은 맹주와 군사에게 맡깁시다."

"제자들이 벌써 수백이 죽었습니다! 언제까지 놈들을 쳐다보고만 있어야 하는 겁니까?"

누구라 할 것도 없었다.

전력을 다해 무조건 밀어붙이자는 사람들. 그들과는 상황이 다르니 부화뇌동하지 말고 좀 더 유리한 상황이 될 때까지 신중하게 기다려야 한다는 사람들.

의견이 극명하게 두 가지로 갈렸다.

수십 명이 전장의 잔해에 내려앉은 까마귀 떼처럼 와자지껄 떠들어댈 때다. 조용히 듣고만 있던 제갈경이 자리에서 일어났다.

"여러분들의 마음을 모르는 바는 아닙니다. 그러나 놈들에 대한 자세한 정보가 없는 상황에서 무리한 싸움은 희생만 가중시킬 뿐입니다. 좀 더 정보가 모일 때까지 기다려 주시기 바랍니다."

"언제까지 기다리자는 거요? 몰아칠 때 확 몰아치는 게 낫지 않겠소?"

"무작정 싸웠다가 오백의 아까운 맹도들만 잃지 않았습니까? 또다시 그렇게 허망하게 맹도들을 잃을 수는 없습니다."

허경 진인이 천천히 고개를 끄덕였다.

"내 생각도 군사와 같소. 지피지기면 백전백승이라 했소. 일단은 첩밀각이 적에 대해 알아낼 때까지 참읍시다. 그나마 본 맹의 무사들이 혈곡을 견제하고 있으니 더 이상의 피해는 없지 않소?"

불만이 많아도 두 사람의 결정을 무시할 수는 없었다.

여기저기서 수군거리며 불만의 말들이 나오긴 했지만, 곧 시들해졌다.

대전 안이 잠잠해지자 제갈경이 말했다.

"그보다는 각문파에서 어느 정도 더 제자들을 보충할 수 있는지 그에 대한 의견을 나누었으면 합니다."

그 이야기가 나온 순간 장로들이 서로의 눈치만 살폈다.

어느 누구도 먼저 나서지 않았다. 그저 떨떠름한 표정으로 다른 사람이 먼저 입을 열기만 기다렸다.

제갈경은 묵묵히 그 모습을 바라보았다. 그러다 아무도 의견을 말하지 않자 조용히 입을 열었다.

"내일 아침까지 생각해 보시고 결론을 내주시길 부탁드리겠습니다."

어차피 명쾌한 대답을 바란 것은 아니었다. 각파의 장로들을 압박한 정도면 족했다.

제갈경은 그렇게 회의를 마치고, 첩밀각으로 돌아오는 즉시 서협과 상남에 나가 있는 정의단과 천의단의 지휘자들에게 서신을 썼다.

의견이 갈리는 것은 정천무맹의 총단에서만이 아닐 터. 전장에 나가 있는 무사들 역시 의견이 갈려 있을 것이 분명했다.

그들을 확실하게 통제하지 않으면 어떤 일이 벌어질지 아무도 몰랐다.

두 장의 서신을 다 쓴 제갈경은 잠시 생각을 가다듬고 또 다른 서신을 작성했다.

그리고 석양이 지기 직전, 세 마리의 전서구가 첩밀각의 창문을 박차고 날아올랐다.

3

서협에 머물러 있던 정의단주 양환은 서신을 움켜쥐고 불만이 가득한 표정을 지었다.

적의 동태를 살피기만 하고 적이 먼저 치지 않는 한 전면전은 자제할 것. 맹의 명령이 떨어지면 언제라도 움직일 수 있도록 수하들을 철저히 관리할 것. 조장급 이상 간부들은 상시 대기, 개인행동을 통제할 것⋯⋯.

그에게는 동태를 살피는 것이 눈치를 보는 것처럼 느껴졌다.

적을 눈앞에 두고도 바라보고만 있어야 하다니.

더구나 마존궁과 전무심이 천왕교의 무리를 공격해서 수백을 죽였다는 소식이 전해진 터였다.

어쩌면 그 이유가 더 컸다. 그는 마음이 조급해졌다.

'그딴 놈에게 질 수는 없어!'

"전무심은 마존궁과 함께 천왕교의 무사들을 쓸어버렸는데, 우리는 이곳에 멈춰서 적의 눈치나 살피라고? 지금 그게 말이 된다고 생각하나?"

양환의 심복이자 승주의 대문파인 탁가장의 장로 탁산중이 대뜸 소리쳤다.

"말도 안 됩니다, 양 대협! 벌써 죽은 사람들만 수백에 달합니다. 놈들을 쳐서 그들의 원한을 갚아야 하지 않겠습니까?"

또 다른 자들도 한마디씩 거들었다.

"아무래도 군사께서 너무 소심해진 듯합니다. 그런 명령을 내리시다니."

"흥! 아무래도 저번 일로 겁을 먹었나 보군."

"어찌하실 겁니까? 그대로 따르실 겁니까?"

수하들은 한결같이 자신의 편이었다. 그런 사람만을 간부로 발탁했으니 당연한 일이기도 했다.

양환이 입술을 깨물고 수하들을 둘러보았다.

"그럴 수는 없지. 나는 놈들을 공격해서 죽은 맹도들의 한을 풀어줄 것이다. 겁나는 사람은 지금 빠져라."

그 말을 듣고 빠질 사람이 누가 있을까. 모두가 고개를 끄덕였다.

탁산중이 좌중을 둘러보며 양환의 말에 힘을 실었다.

"놈들을 쳐서 맹도들의 한을 갚자는데 누가 반대하겠습니까?"

"좋아! 그럼 수하들을 대기시켜라. 오늘 날이 저무는 대로 이동할 것이다."

"예! 단주!"

4

"준비를 마쳤습니다."

방 밖에서 방운휘가 떠날 준비를 마쳤음을 알렸다.

"알았네, 잠시만 기다리게."

백리군악은 고개만 돌리고 조용히 대답했다.

허리띠를 매어주던 선우소소가 마지막 매듭을 짓고 고개를 들었다.

"조심하세요. 너무 무리하시지는 말고요."

"알겠소. 위험해지면 즉시 당신에게 뛰어오도록 하겠소."

"그러세요. 오시면 제가 치마로 감싸 드릴게요."

백리군악은 빙그레 웃었다.

'어머니도 치마로 나를 감싸주셨었지. 소소, 당신은 정말 좋은 여자요. 나에게 과분할 정도로.'

그가 웃기만 하자 선우소소가 말했다.

"저는 무슨 일이 벌어져도 당신 편이에요. 아시죠?"

백리군악이 천천히 고개를 끄덕였다.

"아마 범아도 내 편일 거요."

"물론이죠, 당신 아들인데."

"정말 고맙소. 나를 이해해 줘서."

"그런 말씀 마세요. 제가 아니면 누가 당신을 이해해 주겠어요?"

백리군악은 말없이 선우소소를 끌어안았다. 그리고 가만히 그녀의 입술을 덮었다.

문득 그녀의 가녀린 몸이 떨린다 느껴졌다. 그럴수록 그의 혀는 더욱 깊숙이 안으로 파고들었다. 마치 오늘이 아니면 다시는 맛보지 못할 천상의 음식이 그곳에 있기라도 한 듯.

얼마나 지났을까. 백리군악은 입술을 떼고 선우소소의 눈을 바라보았다.

그녀의 눈에 뿌연 안개가 끼어 있는 것처럼 보였다.

"최선을 다하겠소. 당신과 백아의 곁으로 돌아올 수 있도록."

그 말만으로도 선우소소의 눈에 기쁨이 떠올랐다.

"고마워요. 정말…… 고마워요."

백리군악은 빙그레 웃고는 한쪽에서 새근거리며 자고 있는 운범이를 바라보았다.

"녀석, 세상모르게 자고 있군."

"깨워요?"

"아니오. 울지 모르니 그냥 놔두구려."

백리군악은 아이에게 다가가 가만히 뺨을 쓰다듬어 주었다.

그리고는 아이가 깨지 않도록 조심스럽게 가슴에 안았다.

그렇게 한참이 지나서야 아이를 내려놓은 백리군악은 소매로 눈가를 찍고 있는 선우소소를 향해 돌아섰다.

"가겠소."

선우소소는 가만히 고개만 끄덕였다.

입을 열면 울음이 나올지 몰랐다.

비장한 마음으로 장도에 오르는 남편을 보내며 울음 섞인 목소리를 내고 싶지는 않았다.

백리군악도 그걸 아는지 별다른 말을 하지 않고 문을 향해 걸어갔다.

이제 떠나야 할 때가 온 것이다.

뒤에 아내와 아들을 남겨두고.

다시 돌아올 수 있을지 아무도 모르는 그 길을 가기 위해.

5

미시 무렵, 오십여 명의 무사가 만사태평한 모습으로 수양산장을 나섰다.

시끌벅적한 것이 마치 오랜만에 유람이라도 나온 듯했다.

멀리서 그 광경을 지켜보던 농사꾼 하나가 허리를 펴고 집안으로 들어갔다. 그리고 곧이어 비둘기 한 마리가 동쪽으로 날아갔다.

전서구는 수양산장을 떠난 지 반 시진이 조금 넘어서야 공손세가에 내려앉았다.

잠시 후, 열 명이 한 자리에 마주 앉았다.

"놈들이 움직였네. 자네들이 힘 좀 써줘야겠어."

홍완동의 말에 얼굴이 둥글넙적한 노인이 인상을 썼다.

"백리 꼬마가 너무 나대지 말라고 했는데……."

"흥! 과가야, 우리가 어디 그놈 수하더냐?"

"그건 그렇지만……. 각주도 어지간하면 그놈 말 들어주라고 했잖은가?"

"가기 싫으면 자네가 내 대신 교주를 마중 가게. 내가 전무심이란 놈 모가지 따러 갈 테니까."

그것도 싫은지 과가라는 노인은 미적미적 답을 미뤘다.

그러자 코 위에 커다란 점이 박힌 노인이 나섰다.

"어차피 죽여야 할 놈이야. 그놈에게 죽은 친구들만 해도 벌써 몇 명인가?"

그제야 과가라는 노인이 고개를 끄덕이고는 머뭇거리며 물었다.

"그건 그렇지……. 그런데 우리 셋이 될까? 저번에도 셋이 덤볐다 다 죽었는데."

홍완동이 말했다.

"자네들을 어찌 그들과 비교할 수 있겠나? 더구나 호법과 장로들이 다섯이나 되고, 본 교의 정예가 사백이야. 이번 일을 시작으로 차근차근 놈들의 숫자를 줄여놓으면 결국 그놈만 남을 것 아닌가? 놈이 아무리 강하다 해도 혼자서는 자네들의 손을 빠져나갈 수 없을 거네."

"젠장, 한 놈 죽이기 위해 우리가 이 난리를 피워야 하다니."

조용히 앉아 있던, 눈썹이 귀까지 닿아 있는 노인의 말에 모두의 표정이 굳었다.

얼마 전만 해도 상상도 못했던 일이었다.

광오함으로 똘똘 뭉친 그들이 아니었던가.

특히 천외비각의 노인들은, 자신들의 적수는 자신들뿐이라는 자부심에 삼성오존도 아래로 내려다볼 정도였다.

한데 그런 그들이 한 사람 때문에 머리를 맞대고 고민을 하고 있다니.

홍완동은 짜증이 난다는 듯 두 사람을 향해 강하게 쏘아붙였다.

"놈만 죽여! 놈만 죽이면 더 이상 걸릴 게 없으니까!"

잠시 후, 공손세가의 동문을 통해 일단의 무사들이 조용히 빠져나갔다.

그 수가 사백여 명이나 되었는데도 마치 검은 그림자가 몰려가듯 아무 소리도 나지 않았다.

홍완동은 이층 창문을 통해 그 모습을 지켜보며 냉소를 흘렸다.

"훗, 질긴 놈들. 이제야 움직이다니. 덕분에 보름을 더 살았으니 죽어도 원망은 하지 않겠지."

옆에 서 있던 손무원이 음울한 목소리로 말했다.

"교주님을 마중 갈 일만 아니라면 저도 꼭 가고 싶었는데, 아쉽군요."

"그거야 나도 마찬가지 마음일세. 전무심이라는 놈을 꼭 내 손으로 죽이고 싶었는데 말이야. 이틀만 빨리 움직였어도 좋았으련만……. 뭐, 그래도 놈의 시신을 꼭 가져오라고 했으니 얼굴은 볼 수 있겠지."

홍완동이 진한 살소를 흘리던 그 시각, 전무심은 사람들을 방 안으로 불러 모았다. 한 번에 대여섯 명씩, 이십여 차례에 걸쳐서.

그러길 이각, 상시적으로 순찰을 돌던 십여 명만 남겨놓은 채 모두가 비밀 통로를 통해 장원을 빠져나갔다.

밖에서 보기에는 아무런 변화도 없어 보였다.

전날 마접당의 간자들이 장원을 살펴보던 그때처럼.

6

"이야, 경치 좋군! 완전 죽이는데?"

진무악의 목소리가 양쪽의 깎아지른 절벽을 타고 메아리쳤다.

그가 탄성을 터뜨릴 만도 했다.

깎아지른 절벽에는 바위와 어울려 듬성듬성 소나무가 박혀 있었고, 아래쪽에는 붉은 철쭉이 만개해 있었다.

그러한 절벽이 이백여 장을 이어져 있으니 누구라도 탄성이 절로 나왔을 것이었다.

그러나 진무악의 뒤를 따라가는 삼십여 명의 무사는 그 멋진 경치에도 아무런 반응을 보이지 않았다.

어떻게 보면 잔뜩 긴장한 듯 보일 정도였다.

그게 마음에 안 드는지 진무악이 눈살을 찌푸리며 말했다.

"이봐, 이봐, 얼굴들 펴고 경치나 느긋이 감상들 하라고. 이렇게 멋진 경치를 놔두고 얼굴을 찡그리면 산신이 노하신다니까?"

진무악의 너스레에 무사들 중 몇몇이 피식 웃었다. 그러다 진무악의 이어지는 말에 다시 얼굴이 굳어졌다.

"지미. 이런 곳에서 사람을 죽여야 한다는 게 좀 그렇지만, 뭐 어때? 덕분에 초목들이 내년에 더 튼튼하게 자랄 텐데. 그게 자연의 법칙이야. 그러니 너무 마음들 쓰지 말라구."

하지만 다시 굳어진 사람들의 얼굴은 자연의 법칙이라는 말에도 펴지지 않았다.

그렇게 절곡의 중간쯤 갔을 때였다.

"우리 여기서 좀 쉬었다 가세. 어이구 다리야."

진무악이 정말 다리가 아프기라도 한 듯 무릎을 두드리며 근처의 바위에 엉덩이를 걸쳤다.

"아예 영원히 쉬도록 해주지!"

그때 괄괄한 목소리가 절곡을 울렸다.

진무악은 여전히 바위에 엉덩이를 붙인 채 절벽을 타고 쏟아져 내리는 흑의인들을 바라보며 중얼거렸다.

"씨발 놈들, 겁나게 많이도 왔네."

정말 많았다. 언뜻 봐도 삼백여 명은 되는 듯했다.

흑의인들이 절곡 안으로 쏟아지자, 서른두 명의 무사는 진무악이 앉아 있는 바위 옆으로 늘어섰다.

바위에 앉아 있던 진무악은 흑의인들 중 몇 명이 앞으로 나서자 불쑥 물었다.

"어디서 왔수? 댁들도 놀러 왔수?"

어이없는 질문이었다. 수백 명의 무사가 도검을 찬 채 놀러 왔다? 지나가던 오소리가 웃을 일이었다.

오소리 닮은 흑의인 하나가 킬킬거리며 말했다.

"놀러 오긴 놀러 왔지. 사람 죽이는 놀이를 하러 왔으니까 말이야."

"누굴 죽이러 왔는데?"

그런데도 진무악은 태연히 다시 물었다.

"누구긴, 네놈들이지. 크크크크."

"우리? 우리를 죽인다고? 누가? 너희 시커면 오소리 같은 놈들이?"

연속적인 진무악의 말에 웃고 있던 흑의인의 얼굴이 차갑게 굳어졌다.

"어디 죽고 나서도 그 입이 나불거리는지, 내 한번 지켜보지."

그때였다. 진무악이 갑자기 웃음을 터뜨렸다.

"푸하하하! 미친놈!"

미친놈처럼 웃는 진무악을 보고 오소리 닮은 흑의인의 뒤에서 한 사람이 걸어나왔다.

"강가야, 물러서 봐라. 내가 직접 그놈의 주둥이가 얼마나 질긴지 한번 봐야겠다."

앞으로 나선 자는 머리가 둥글넓적하게 생긴 노인이었다.

그를 본 진무악이 웃음을 터뜨렸다.

"우흐흐흐, 뭐야? 오소리에 이어 이번에는 빈대머린가?"

"죽일 놈!"

노인은 짧게 한마디 내뱉고는, 손가락을 들어 진무악을 향해 쿡 찍었다.

순간 진무악도 황급히 주먹을 들어 올렸다.

쾅!

난데없이 굉음이 울렸다.

"음……."

진무악의 몸이 앉아 있던 그대로 반쯤 뒤로 기울어지는가 싶더니 바로 세워졌다.

"제법이구나, 놈!"

의외였는지 빈대머리노인이 작은 눈을 가운데로 모으고 진무악을 노려보았다.

그때 진무악이 버럭 소리쳤다.

"척가야! 이 늙은이, 생각보다 강해서 아무래도 함께 싸워야 할 것 같다!"

그 순간이었다. 허공에서 대소가 터져 나왔다.

"하하하하! 자식, 진작 찾을 것이지! 걱정 말라, 이 형님이 가니까!"

한 사람의 웃음소리였다. 그러나 절곡 위에서 떨어져 내리는 사람은 한 사람이 아니었다.

빈대머리노인은 물론이고 절곡의 흑의인들이 일제히 고개를 들어 허공을 바라보았다.

백수십 명의 청의인이 날아 내리는 모습은, 마치 구멍 뚫린 파란 하늘에서 시퍼런 물이 쏟아지는 듯했다.

"이놈들이 우리를 속였구나!"

"속이긴! 쫓아온 것은 네놈들이 아니더냐!"

그때였다.

"척 형, 그자는 내가 맡을 테니 다른 사람들을 맡아주시오."

전무심의 목소리가 바로 뒤에서 들려왔다.

척우진은 전무심의 말뜻을 짐작하고는 십 장 허공에서 방향을 틀었다. 그러더니 오소리를 닮은 자를 향했다.

그사이 전무심은 빈대머리노인을 향해 빠른 속도로 떨어져 내리며 유리혈루를 잡아 뺐다.

먹물처럼 시커먼 그의 몸에서 모습을 드러내는 설백의 검신이다.

가소로운 듯 전무심을 향해 쫙 편 손을 뻗으려던 노인은 뭘 봤는지 작은 눈을 동그랗게 부릅떴다.

"혈… 루? 서, 설마……?"

의외였다. 단번에 유리혈루를 알아본 듯하다.

하지만 전무심은 아무런 대답도 하지 않고 우수를 내려쳤다.

쩌억!

해맑던 대기가 반으로 갈라지고, 흰 서리에 묻은 붉은 핏방울이 빈대머리노인을 향해 주욱 뻗쳤다.

"불출(不出)의 맹서를 어긴 자여! 지옥으로 가라!"

빈대머리노인, 판면마제(板面魔帝) 과동천은 해쓱하니 질린 얼굴로 두 손을 빠르게 연속으로 쳐냈다.

순간 그의 소매 속에서 은빛 강기에 싸인 둥근 원반이 쏘아졌다.

찰나간, 유리혈루의 검강과 은반이 허공에서 얽혀들었다.

콰과과광!

굉음이 일며 깨어진 얼음 같은 강기의 파편이 사방으로 튀었다.

"피, 피해!"

누군가가 대경해 소리쳤다.

하지만 때늦은 외침이었다. 난데없는 벼락이 과동천의 뒤쪽에 서 있던 천왕교 무사들을 덮쳤다.

비명이 터지고, 붉은 철쭉꽃보다 더 진한 핏줄기가 안개처럼 솟구친다.

순식간에 목이 반쯤 잘리고, 온몸에 구멍이 뚫린 채 도검 한 번 휘둘러 보지 못하고 쓰러지는 무사들이다.

전무심은 튕기듯이 뒤로 이 장가량 물러서는 과동천을 보며 망설이지 않고 좌수를 떨쳤다.

주위에 서 있던 일반무사들을 향해서였다.

붉은 빛이 전무심의 손에서 떨쳐진 순간,

쒜에에에엑!

지옥혈심표가 허공을 붉게 가르며 기음을 토했다.

그걸 본 과동천의 동그랗게 떠진 작은 눈이 파르르 떨렸다.

"지, 지옥혈심표까지?"

"어림없는 짓!"

동시에 천왕교의 무리 중에서 한 사람이 튀어나왔다.

쾅!

그는 일검에 지옥혈심표를 튕겨내고 과동천의 앞으로 날아내렸다.

그러나 지옥혈심표는 튕겨진 상태에서도 멈추지 않고 무사들을 휩쓸었다.

피할 새도 없었다.

붉은 선이 허공에 길게 그어진 찰나, 몰려 있던 천왕교 무사들 칠팔 명이 낫에 베인 짚단처럼 무너져 내렸다.

한순간 전무심의 주위로 십여 장의 공간이 만들어졌다.

그사이 절벽 위에서 날아 내린 이백여 명의 청의인이 천왕교의 무사들과 뒤섞였다.

적은 사백, 전무심의 일행은 모두 합해 이백이 되지 못했다.

몇몇을 빼고는 개개인이 적들보다 강한 만큼 수적인 불리함은 문제가 되지 않았다.

문제는 천외비각의 노인들이었다.

천외비각의 인물로 보이는 자들은 모두 세 명. 석운령에서 싸웠던 자들에 비해 떨어지는 자들이 아닌 듯 보였다.

특히나 눈썹이 긴 노인은 그들보다 월등히 강하게 느껴졌다.

그러나 자신 역시 그때보다 강해진 상태. 그리고 그때와 달리 혼자가 아니었다.

지옥혈심표를 거두어들인 전무심은 유리혈루를 잡은 손에 힘을 주었다.

"한 사람은 내가 맡겠네!"

그때 옆으로 다가온 척우진이 커다란 도로 과동천을 가리켰다. 자신이 그를 맡겠다는 뜻.

조금 약하기는 하지만 그렇다고 큰 차이는 아니었다.

"조심하시오. 그는 당신보다 강하니까."

척우진이 씩 웃었다.

"싸움이란 게 꼭 강하다고 이기는 법은 아니라네."

"미친 새끼! 어디 몸에 구멍이 뚫리고도 그런 말이 나오는가 보자, 이놈!"

과동천이 열받았는지 인상을 쓰며 고래고래 소리쳤다. 그러면서도 전무심이 껄끄러운지 앞으로 나서지는 못했다.

전무심은 척우진에게 과동천을 맡기고 코에 점이 박힌 노인을 향해 일보를 내딛었다.

격전이 시작된 지 얼마 되지 않았는데, 벌써부터 비명과 신음이 사방에서 들려오고 있었다.

빠른 결판을 내는 것이 피해를 최소화시키는 길이었다.

바로 그때였다.

"조금 늦지 않았나 모르겠군?!"

태주열의 굉량한 목소리가 울리더니 수백 명이 계곡의 양쪽에서 밀려들었다.

태주열이 마존궁의 무사들을 데리고 도착한 것이다.

이제는 무사의 수로도 압도적인 상황.

전무심은 노인들의 표정이 당황으로 물드는 것을 바라보며 유리혈루를 중단으로 들어 올렸다.

"네놈이 전무심이더냐?!"

그때 세 명의 노인 중 뒤로 처져 있던 눈썹이 긴 노인이 칼칼한 목소리로 물었다.

전무심은 천라혈왕공을 끌어올리며 노인을 바라보았다.

눈썹이 긴 노인, 율이명이 곤혹스런 표정으로 유리혈루를 바라보며 다시 물었다.

"설백의 검신에 한 방울 혈루가 떨어져 있는 연검. 전설이 말한 대로라면… 그건 분명 유리혈루다. 한데 네놈이 왜 유리혈루를 가지고 있는 거지?"

전무심이 답했다.

"유리혈루를 알아봤다면 내가 누군지도 알겠군."

율이명의 눈이 커졌다.

"설마… 네놈이 암천혈왕이라도 된다는 말이냐?"

그 말에 과동천과 석중문의 표정이 경악으로 물들었다.

"그걸 알았으면, 왜 그대들이 죽어야 하는지도 알겠군."

"마, 말도 안 돼! 어떻게 네놈이 암천혈왕이란 말이냐!"

눈썹이 길어 신선처럼 보이던 율이명의 얼굴이 악귀처럼 일그러졌다.

"곧 믿게 될 것이다."

전무심은 그 말을 끝으로 유리혈루를 앞으로 뻗었다.

후우우웅!

붉은 핏방울이 설백처럼 하얀 검강에 섞여 율이명을 향해 날아갔다.

동시에 미리 준비하고 있었던 듯 이를 악물고 쌍장을 떨치는 율이명이다.

순간 그의 활짝 펴진 쌍장에서 아수라 형상의 얼굴이 뛰쳐나왔다.

콰광!

전무심의 검강과 율이명의 장세가 정면으로 부딪쳤다.

전무심이 움찔 어깨를 튼 반면, 율이명은 두 걸음을 물러서서 아연한 표정을 지었다.

"정말…… 굉장하구나. 나의 수라마공이 밀리다니."

더 이상은 이야기를 나눌 것도 없었다. 모든 것은 검이 말해 줄 뿐이었다.

전무심은 무령풍을 펼치며 율이명을 덮쳤다.

찰나 율이명과 석중문이 동시에 전무심을 향해 마주쳐 갔다.

상대는 암천혈왕, 더구나 율이명이 밀릴 정도의 고수다. 합공을 해서라도 반드시 죽여야만 하는 상대인 것이다.

일순간, 세 사람에게서 뿜어진 강기의 기운으로 인해 주위 십여 장은 누구도 들어갈 수 없는 공간이 되어버렸다.

그 광경이 척우진의 투지에 불을 붙였다.

"늙은이! 덤벼!"

척우진이 먼저 소리치며 커다란 도를 휘둘렀다.

"오냐, 이놈! 그따위 부엌칼, 내가 조각조각 부숴주마!"

과동천이 이를 바드득 갈며 마주쳐 갔다.

천사단과 천왕교의 무사들이 뒤섞여 난전이 되는 것은 순식간이었다.

형세는 빠르게 한쪽으로 기울어갔다.

그만큼 평균 무위에서 천사단이 앞서고 있다는 뜻이었다. 그러나 모두가 그런 것은 아니었다.

천왕교 무사들 중에도 고수가 적지 않았다.

그들만큼은 쉽게 밀리지 않았다.

다섯 명의 장로와 호법을 상대할 수 있는 사람은 천사단 중에서도 몇 명 되지 않았다.

진무악만이 조금 앞서고, 은천비원의 설야광과 노숭환과 우벽도를 비롯해 사진옥 정도가 그들과 평수로 싸울 수 있을 뿐이었다.

나머지 고후명을 비롯한 형제들이나, 초중암과 연비감을 비롯한 촉산의 형제들은 그들과 조금 차이가 났다.

그러나 전세가 유리하게 진행되는 것은 바로 그들에 의해서였다.

진무악 등이 다섯 명의 장로와 호법들을 붙잡고 있는 사이, 그들이 천왕교의 무사들을 빠르게 무너뜨리고 있었던 것이다.

상황이 불리함을 느꼈는지 율이명과 석중문은 전력을 다해 전무심을 공격했다.

전무심만 잡으면 자신들이 언제든지 상황을 뒤집을 수 있다는 생각이었다.

그리고 사실이 그랬다. 두 사람이 전장에 합세하면 언제든지 상황은 뒤집어질 수 있었다. 생각대로 전무심만 죽일 수 있다면 말이다.

문제는 두 사람이 협공하고도 우세를 점하지 못하고 있다는 사실이었다.

천외비각 내에서 무언으로 정해진 서열이지만, 서열 사위라는 율이명으로선 기가 찰 노릇이었다.

은사극이나 혼세칠마존이 전무심에게 죽은 것은 문제가 아니었다. 그들이라면 자신도 둘쯤은 충분히 상대할 수 있었을 테니까.

외인들이기에, 중원에 대해 잘 아는 자들이기에 내보냈을 뿐, 그들 역시 자신의 상대는 아니었던 것이다.

그렇게 생각한 율이명이기에, 서열 구위인 석중문과 함께라면 충분히 전무심을 상대할 수 있을 거라 자신했다. 하지만 그 자신감이 깨어지는 데는 굳이 오랜 시간도 필요없었다.

단 십 초.

반의 반 각도 안 되는 사이에 두 사람이 힘을 합치고도 밀리는 것이 아닌가!

"오오옷!"

율이명은 자신의 수라마공을 극성으로 끌어올렸다.

더는 아껴둘 이유도, 필요도 없었다.

어떻게든 전무심을 쓰러뜨리는 것만이 형세를 뒤집을 수 있는 마지막 방법이었다.

그러나 전무심 역시 두 사람을 순순히 놓아줄 생각이 없었다. 물론 그들에게 당할 생각은 더더군다나 없었다.

전무심은 구성의 내력을 십성으로 끌어올렸다.

순간 유리혈루가 반투명한 강기로 뒤덮였다. 그러자 하얀 검신은 더욱 하얗게 빛을 발하고, 한 방울 혈루는 더욱 붉은 광채를 띠었다.

게다가 무령풍의 변화가 어찌나 기오막측한지, 율이명조차 전무심의 실체를 제대로 분간할 수 없을 지경이었다.

그렇게 하늘에서 하얗고 붉게 쏟아지는 검강은 순식간에 절대지경의 고수 두 사람을 궁지로 몰아넣었다.

그야말로 두 사람에겐, 지옥에서나 볼 수 있는 검, 절대사신의 검이 바로 유리혈루였다!

한데 언제부턴지, 그 지옥사신의 검에 서서히 붉고 검은 기운이 서리기 시작했다.

그것은 율이명과 석중문에게 또 다른 절망이었다.

어느덧 격돌이 벌어진 지 일각.

싸움은 빠르게 절정을 향해 치달았다.

그 와중에 호법 중 한 사람인 장유유가 은천비원 무사들의 무공을 알아보고 노성을 질렀다.

"네놈들은 본 교의 무사들이구나! 네놈들이 왜 우리를 공격한단 말이냐!"

그러나 설야광은 전처럼 명분에서 밀릴 것이 없었다. 오히려 그는 자부심마저 깃든 목소리로 장유유를 몰아쳤다.

"우리는 암천혈왕을 따르는 무사들이다! 너희들은 우리를 책망할 자격이 없다!"

명분마저 선 그들의 기세는 천왕교를 압도했다.

장유유는 더욱 기세를 올리는 은천비원의 무사들에게 밀리자 마지막 결정을 내리지 않을 수 없었다.

"싸우다 밀리면 일단 후퇴해서 다음을 기약하라. 천외비각의 늙은이들은 신경 쓸 것 없다. 천왕교의 무사들을 먼저 구하라."

제군이 그를 불러 따로 내린 명령이었다. 그는 이런 상황이 벌어질 거라는 걸 예측하고 있었던 듯했다.

더 망설이기에는 시간이 없었다.

장유유는 전력을 다해 설야광을 몰아치고는 잠깐 벌어진 틈을 타 주위의 수하들을 향해 소리쳤다.

"모두 나를 따라 이곳을 빠져나간다!"

장유유의 명에 몇 사람이 반발했다.

하지만 위기감을 절실히 느끼고 있던 천왕교의 무사들이다. 대부분의 무사들은 장유유의 명이 떨어지자마자 기다렸다는 듯 그의 뒤를 따랐다.

궁지에 몰린 쥐는 함부로 몰지 않는 법.

더구나 설야광등에게도 전무심이 내린 명령이 있었다.

"암천혈왕의 명이시다! 저들을 너무 심하게 막지 마라!"

설야광은 재빨리 수하들을 이끄는 조장들에게 전음을 보냈다.

조장들은 빠르게 명령을 전파하며 은근히 뒤로 물러섰다. 그러면서도 상대가 밀리는 것으로 착각하고 덤벼드는 자들만 철저히 공격했다.

노숭환과 우벽도도 설야광과 보조를 맞춰 그들의 후퇴를 방관했다.

순식간에 천왕교의 무사들 중 칠팔십 명이 퇴로를 뚫고 빠져나갔다.

사진옥을 비롯한 형제들이나, 초중암 등 촉산의 형제들도 빠져나가는 자들을 억지로 쫓지는 않았다.

그러나 천사단의 공격을 벗어났다고 해서 끝난 것이 아니었다. 그들의 앞에는 마존궁의 무사들이 기다리고 있었다.

천왕교의 무사들이 몰려가자 태주열의 명령이 떨어졌다.

"놈들이 도주한다! 막아라! 한 놈도 빠져나가지 못하게 하라!"

태주열은 천사단에 밀려 달려드는 천왕교의 무사들을 쓰러뜨리며 마존궁의 무사들을 독려했다.

"모두 침착하게 막아라! 놈들은 독에 든 쥐새끼들일 뿐이다!"

천사단에 의해 밀리는 적들이다.

한데 독에 든 쥐새끼들치고는 하나같이 강했다.

자신조차 서너 명을 쓰러뜨리기 위해 십여 초를 펼쳐야 할 정도다.

어디 그뿐인가? 득달같이 달려든 장유유와 맞서자 우세를 장담할 수조차 없게 되어버렸다.

'빌어먹을 놈들!'

하물며 악에 바친 천왕교의 무사들에게 마존궁의 무사들은 상대가 되지 않았다.

그나마 마존궁의 고수들이 앞을 막고, 천왕교의 무사들이 빠져나가는 데 급급해서 피해가 덜한 상황이었다.

"막아라! 놈들을 막아!"

여기저기서 악다구니 써대는 소리가 터져 나왔다.

그러나 그들을 막으려다 수십 명이 한꺼번에 무너지는 것을 보고는, 누구도 빠져나가려는 자들은 적극적으로 막지 않았다.

살고자 하는 본능이 투지조차 꺾어버린 것이다.

콰광!

그때 중앙에서 절벽이 흔들릴 정도의 굉음이 터졌다.

죽기 살기로 격렬하게 싸우던 자들이 흠칫하며 뒤로 물러섰다.

무기를 맞대고 있던 자들조차 서로 눈치를 보며 슬며시 눈을 돌렸다.

계곡의 중앙. 누구도 접근할 수 없었던 세 사람의 싸움터에 한 사람이 우뚝 서 있었다.

전무심이었다.

비칠거리며 물러서는 율이명과 석중문이다.

전무심은 그들의 참담하게 일그러진 표정을 직시한 채 천천히 유리혈루를 들어 올렸다.

"정말 강하구나……. 전무심."

율이명이 피가 뚝뚝 떨어지는 입을 억지로 벌렸다.

뼈마저 드러난 그의 두 팔은 이미 시뻘겋게 물든 상태였다.

그는 그래도 석중문보다는 나은 편이었다.

왼쪽 어깨가 뭉개지는 바람에 팔이 덜렁거리고, 내상이 심한지 칠공에서 실핏줄이 새어 나오는 석중문이었다.

전무심은 무심한 눈으로 그들을 바라보았다.

그라고 해서 충격이 없는 것은 아니었다.

내상이 깊어지자 혈마령과 흑마령의 기운이 몸속에서 꿈틀거리고, 거기에 더해 또 다른 구천마령이 움직이려 하는 것이다.

구천마령의 기운은 눈앞의 적들보다도 더 지독하고 끈질겼다.

전무심은 두 가지 기운을 억지로 누르지 않고 움직이도록 그냥 놔두었다.

지금은 두 기운을 누른다고 운기할 수 있는 상황도 아니었고, 오히려 두 기운을 누르려다 보면 다른 기운마저 움직일지 몰랐다.

하기에 전무심은 두 가지 기운의 방향을 틀어 유리혈루로 쏟아냈다.

붉고 검은 기운이 뭉클거리며 똬리를 틀고 있는 유리혈루다.

사신(死神)의 검! 사람들의 눈에는 그렇게 보였다.

"암천혈왕의 이름으로! 죽음을 내린다!"

일성을 토한 전무심은 하늘 높이 들어 올린 유리혈루를 천천히 내려쳤다.

사신의 검이 하늘에서 떨어졌다!

쩌적!

하늘이 갈라지는 듯했다.

붉은 기운과 검은 기운이 두 갈래로 갈라지더니 율이명과 석중문의 머리 위로 벼락처럼 떨어져 내렸다.

힘겹게 들어 올린 율이명의 쌍장에서 고통에 일그러진 아수라가 모습을 드러내고, 석중문의 반 토막 난 검이 벼락에 맞서 들렸다.

마지막 남은 선천진기마저 쏟아낸 두 사람이었다.

하지만 그럼에도, 혈마령과 흑마령의 기운마저 실린 유리혈루에 맞서기에는 역부족이었다.

콰콰광!

"크윽!"

"커어억!"

벼락에 맞은 듯 율이명과 석중문이 뒤로 튕겨졌다.

전무심도 무거운 걸음으로 세 걸음을 물러서서, 흔들림없이 오연한 자세로 두 사람을 바라보았다.

이마에서 가슴까지 혈선이 그어진 석중문은 두 번 다시 일어나지를 못했다.

그러나 율이명은 으깨진 두 팔로 땅을 짚은 채 억지로 몸을 지탱하며 피를 토했다.

"우웩!"

두어 번 피를 더 토한 그가 처연한 눈으로 전무심을 올려다 봤다.

"혈…… 왕, 전설의 혈왕이… 강림……. 정말… 강하……. 하지… 각주를… 이길 수는……."

그를 바라보는 전무심의 눈빛이 찰나간 흔들렸다.

신비에 싸인 천외비각의 각주.

그는 누군가? 대체 그가 누군데, 율이명이 자신보다 강하다고 평가하는 것인가?

털썩!

물어볼 틈도 없이 율이명이 그대로 머리를 처박았다. 그러더니 두어 번 몸을 들썩거리고 잠잠해졌다.

천외비각의 서열 네 번째라는 수라마군 율이명의 죽음이었다.

율이명과 석중문의 죽음은 천왕교의 무사들을 공황 상태로 몰아넣었다.

천왕교의 무사들은 발악을 하며 마존궁의 무사들 사이로 뛰어들고, 과동천은 미친 듯이 척우진을 몰아쳤다.

그러잖아도 밀리던 척우진으로선 환장할 일이었다.

"비켜!"

쩌저정!

"어딜 가! 이 빈대낯짝 같은 영감탱이!"

그래도 자존심까지 밀릴 수는 없는 일. 척우진은 사력을 다해 과동천을 막았다.

이미 과동천의 손에서 튀어나오는 은빛 원반에 서너 군데의 상처를 입은 상태였다. 깊은 상처는 아니지만, 그렇다고 가볍지만도 않았다. 그의 청의는 이미 검게 변색된 곳이 벌써 여러 군데였다.

그때 뒤늦게 진무악이 달려들었다.

"척가야! 그 늙은이, 나랑 같이 패 죽이자!"

한데 그때다. 진무악이 달려오자 과동천이 이를 악물고 전력을 다해 두 손을 뿌려댔다.

일순간 열두 개의 원반이 그의 소맷자락에서 튀어나왔다.

"헛! 으얏!"

척우진이 대경하며 번개처럼 칼을 휘두르며 뒤로 물러섰다.

지금까지 여덟 개의 원반을 상대하면서도 수세에 몰렸던 그다. 네 개가 더 늘어난 원반을 정면으로 막아내기에는 벅찰 수밖에 없었다.

따다다당!

콩 볶는 소리가 요란하게 울렸다. 머리통만 한 콩이 터지는지 귀청이 멍멍할 정도였다.

동시에 과동천의 신형이 깍지에서 튕겨 나간 콩처럼 뒤로 날아갔다.

어찌나 빠른지 진무악이 도착했을 때는 이미 이십여 장을 벗어나고 있었다.

"저, 저 빌어먹을 늙은이가……!"

진무악은 멍하니 과동천의 꽁무니를 바라보며 손가락질만 할 뿐 쫓을 생각도 못했다.

한데 이상하게도 전무심 역시 그를 쫓지 않았다.

유리혈루를 거두고서, 조금 기이한 표정으로 묵묵히 과동천이 사라지는 곳만 바라볼 뿐이었다.

척우진은 그런 전무심을 힐끔 쳐다보고는, 공연히 죄없는 진무악만 닦달했다.

"이놈아! 손가락질하면 그 늙은이가 뚝 떨어지냐?! 지랄 말고 다른 사람이나 도와줘!"

진무악도 지지 않았다.

"나 아니었으면 네놈 몸이 뻥뻥 뚫렸을 거다! 도와줘도 지랄이네, 썩을 놈이!"

그러고는 척우진이 뭐라 하기도 전에 홀쩍 몸을 날렸다.

"이놈들아! 거기 서!"

하지만 이미 상황은 거의 끝나가고 있었다.

천사단에 둘러싸인 오십여 명의 무사는 포기한 듯 검을 내렸고, 마존궁을 치며 퇴로를 뚫던 자들도 이미 거의 다 빠져나간 상태였다.

과동천은 이미 그림자도 보이지 않았다.

그렇게 반 각.

마침내 싸움이 끝나자, 계곡에선 병장기 부딪치는 소리 대신 신음 소리만이 울려 퍼졌다.

사방에 널브러진 시신, 비릿한 혈향이 주위의 철쭉꽃과 어울려 더욱 처절해 보였다.

그러나 언제까지 넋 놓고 바라볼 수는 없는 일, 여기저기서 상황을 수습하라는 명령이 쏟아졌다.

"사상자들을 정리하라!"

"부상이 심한 자들은 조심해서 다뤄!"

"지혈을 먼저 하고!"

하지만 곧 참혹함에 모두가 말을 잊은 채 주위를 정리했다. 누구도 승리했다고 환호하는 사람은 없었다.

마존궁의 무사들은 자신들 동료의 시신을, 천사단의 무사들은 자신들의 동료와 천왕교 무사들의 시신을 정리하며 부상자들을 치료했다.

척우진도 한쪽에서 옷자락을 찢어 상처를 감쌌다. 도와준답시고 진무악이 세게 잡아매자 비명을 지르며 야단쳤다.

"으악! 야 이놈아! 멀쩡한 곳도 찢어지겠다!"

그런데도 진무악은 아무 말 없이 척우진의 상처만 살폈다. 척우진이 소리칠수록 좀 더 세게 잡아가면서.

한편 태주열은 수하들이 상황을 수습하는 걸 보면서 이를 지그시 깨물었다.

백여 명에 가까운 무사들이 빠져나가긴 했지만, 결과는 대승이었다.

그러나 마존궁의 피해도 만만치 않았다.

외곽에서만 적들을 상대했는데도 사상자가 백여 명에 이르렀다. 그나마 죽은 자가 반도 되지 않는다는 것이 다행이라면 다행이었다.

솔직히 계곡에 몰아넣기만 하면, 자신들의 힘만으로도 적을 몰살시킬 수 있지 않을까 생각했던 태주열이었다.

마존궁의 삼 할에 달하는 무력을 이끌고 온 그로선, 어찌 보면 당연한 생각이었다.

하지만 드러난 결과를 본 그로서는 충격이 아닐 수 없었다. 만일 그렇게 했다면, 몰살당한 것은 자신들이었을 것이 분명해 보였던 것이다.

'후우, 하마터면 큰일 날 뻔했어.'

내심 안도한 태주열은 전무심에게 다가가려다 멈칫했다.

계곡 중앙, 전무심의 주위로 삼십여 명이 둘러서 있다. 한데 누구의 접근도 허락하지 않겠다는 듯 굳은 표정이었다.

그제야 태주열은 오롯이 서서 눈을 감고 있는 전무심의 얼굴이 붉게 달아 있다는 것을 알고 상황을 이해했다.

그토록 경천동지할 격전을 치르고도 멀쩡하면 사람도 아닐 터였다.

오히려 전무심의 그런 모습이 사람처럼 보이는 태주열이었다.

'저자도 사람은 사람이다, 이건가? 거참.'

한편, 전무심은 이를 악물고 내부에서 끓어오르는 기운을 억눌렀다.

혈마령과 흑마령이 아닌 또 다른 기운. 구천마령 중 세 번째, 백마령(白魔靈)을!

풀어준 두 기운을 다시 하단전과 중단전에 가두려고 하는데, 고개만 내밀고 잠잠해졌던 백마령이 봉인의 벽을 찢고 뛰쳐나온 것이다.

문제는 백마령의 힘이 혈마령과 흑마령에 비해 훨씬 강하다는 것이었다.

전무심이 혼신으로 억누르는데도 백마령은 천천히, 그러면서도 강한 힘으로 혈맥을 휘돌았다.

그나마 다행이라면 살기가 약하다는 것.

하지만 살기가 약하다는 것은 당장 아무 도움도 되지 않았다.

백마령이 한 바퀴 혈맥을 돌 때마다 점점 기운이 커지더니, 삼주천에 이르자 불개미가 떼를 지어 몸속을 휘젓고 다니는 듯했다.

생살을 찢어서라도 몸속의 기운을 빼내고 싶을 정도의 극렬한 고통!

'크으윽!'

전무심은 처절한 신음을 속으로 삼키며 백마령의 기운을 통제하려 혼신을 기울였다.

하지만 백마령은 전무심의 강압에도 쉽게 통제되지 않고, 오히려 그런 전무심을 비웃듯이 혈마령과 흑마령의 기운을 끌어들였다.

거부하려는 두 기운, 그런 두 기운을 끌어들이려는 백마령.

그들이 부딪칠수록 전무심의 고통도 심해졌다.

핏줄이 생살을 찢고 튀어나올 듯 툭툭 불거지고, 전무심의 얼굴도 서서히 핏빛으로 달아올랐다.

보이지 않는 곳에서의 처절한 사투!

아무도 모르는 가운데 격렬한 싸움이 이어졌다.

그렇게 일각.

전무심의 몸에서 백색 기운이 아지랑이처럼 퍼져 나왔다. 남들이 보면 운기가 절정에 이른 것처럼 생각하기에 딱 좋은 모습이었다.

"누구든 접근하는 자는 죽여 버려!"

제일 가까이 있던 사진옥이 그 모습을 보고 새파란 안광을 뿜어냈다.

운기가 절정에 이르렀을 때는 작은 충격도 위험하다. 대형을 위험에 빠뜨리는 자는 죽어도 싸다.

모두가 같은 생각인지 고개를 끄덕이며 더욱 철저히 주위를 살폈다.

어찌나 삼엄한지, 간단히 운기를 하고 상처를 싸맨 척우진조차 가까이 접근할 생각을 포기하고 주위를 어슬렁거렸다.

마치 자신이 이들의 총책임자인 것마냥.

"단주가 운기를 마칠 때까지는, 내 허락없이 누구도 접근하지 못해! 그대들은 일단 주위나 정리하라고!"

전무심의 귀에는 그런 척우진의 말조차 들리지 않았다.

그는 오직 전신내력을 다 끌어올린 채, 천라혈왕공과 구전암황기를 휘돌리는 데만 전념했다.

고오오오!

그의 몸 주위로 백색기운이 더욱 넓게 퍼졌다.

눈이 휘둥그레진 척우진이 사진옥에게 다급히 소리쳤다.

"사가야, 위험해! 단주에게서 떨어져!"

하지만 사진옥 등은 이를 지그시 악물고 꿈쩍도 하지 않았
다.

척우진이 질린 표정으로 그들을 쳐다보았다.

"멍청아! 너희가 죽으면 단주가 좋아할 거 같냐?!"

그제야 사진옥이 다문 입을 열었다.

"모두 한 걸음씩만 더 거리를 벌린다."

다시 일각이 지났다.

마침내 팽팽한 기세 싸움에서 서서히 백마령이 밀리기 시작
했다.

한 번 천라혈왕공과 구전암황기에 섞여봤던 두 기운이 자신
들과는 이질적인 백마령을 따돌리기 시작한 것이다.

그걸 느낀 전무심은 문득 한 가지 사실을 깨달았다.

아홉 가지 기운은 하나에서 출발했지만, 결코 하나가 아니
라는 것!

깨달음은 순간이었다.

동시에 전무심은 천라혈왕공과 구전암황기를 따로 돌렸다.

천라혈왕공은 혈마령을, 구전암황기는 흑마령을 끌어안고

휘돌았다.

빠르게 돌던 두 기운이 그렇게 다섯 바퀴째 돌았을 때다. 외따로 떨어진 백마령의 기운이 서서히 두 기운을 따라 돌기 시작했다.

전무심의 뜻에, 기운에 순응하고 있는 것이었다.

그렇게 얼마나 지났을까, 전무심을 둘러싸고 있던 백색 기운이 안개가 스미듯 전무심의 몸으로 스며들었다.

그 모습이 또 운기를 마치는 모습처럼 보인 듯했다.

"흠, 다행히 운기가 끝난 것 같군."

곁눈질로 연신 전무심을 훔쳐보던 척우진이 밝은 표정을 지었다. 그동안 지루해서 죽을 뻔했는데 일찍 끝나 다행이라는 표정이었다.

그때 전무심의 눈이 천천히 뜨였다.

눈이 마주친 척우진은 흠칫하며 고개를 돌렸다.

'제기랄, 내가 뭔 죄를 지었다고 눈을 피하는 거지?'

전무심이 눈을 뜨고, 전무심의 주위를 감쌌던 자들이 호위를 풀자 모두가 전무심을 바라보았다.

"대형, 괜찮습니까?"

사진옥이 걱정스런 표정으로 물었다.

몸속에서 일어난 일을 설명할 수도 없는 일, 전무심은 간단히 고개를 끄덕였다.

"괜찮으니 걱정 마라."

태주열도 그제야 전무심에게 다가갔다.

"큰 부상은 아닌 것 같아 다행이군."

"생각 외로 강해서 하마터면 큰일 날 뻔했습니다."

꼭 자신의 마음을 알고 하는 말 같았다.

태주열은 속으로 뜨끔했지만, 고개를 돌리며 무안한 표정을 감췄다.

"저들은 어찌하실 건가?"

대항을 포기한 천왕교의 무사들을 말함이었다.

전무심은 무심한 표정으로 자신의 생각을 말했다.

"제가 데려가겠습니다."

그럴지 모른다 생각은 했었다. 그래도 조금은 아쉬운 마음에 태주열이 말했다.

"저들에게서 괜찮은 정보를 얻을 수 있을지도 모르겠는데……."

"저들은 대부분이 하위무사들입니다. 저들이 알고 있는 정도는 저도 알고 있으니 언제라도 알려 드리겠습니다."

돌려서 말은 해도, 안 된다는 뜻이었다.

태주열은 한번 더 시도해 봤다.

"본 궁의 무사들도 저들에게 많은 피해를 입었네. 어느 정도는 대가를 챙길 자격이 있다 생각하네만."

하지만 전무심은 절대 넘겨줄 생각이 없었다.

"저들은 저희에게 투항한 것입니다. 포기하시지요."

완강한 전무심의 반발에 태주열은 일단 뒤로 물러섰다.

"그럼 나중에 우리가 잡은 사람은, 우리가 데려가도 되겠나?"

"그거야 당연하지요."

전무심이 의외로 당연하다는 듯 말하자 태주열은 더 이상 할 말이 없었다.

하긴 악귀 같이 덤비던 그들이 왜 천사단에 투항했는지, 그 이유를 모르는 그로선 당연한 생각이었다.

'저들은 죽으면 죽었지, 절대 당신들에겐 투항하지 않을 거요.'

7

홍완동이 전서구를 받은 것은 안강에 도착해서였다.

어이가 없는지, 그는 단 석 줄의 서신을 일각째 붙잡고 놓지 않았다.

놈들의 간계에 속아 계곡에 고립된 채 천사단과 마존궁의 공격을 받았음. 율 노사와 석 노사 사망. 과 노사를 비롯해 칠십팔 명만 살아서 빠져나옴.

퍽!

서신과 탁자가 동시에 가루가 되어 방바닥에 흩어졌다.

"곧 천왕과 제군이 도착할 텐데, 이게 무슨 망신이란 말인가!"

손무원은 말없이 그 모습을 지켜보았다.

지금 말을 붙여봤자 좋은 소리는커녕 불똥이 자신에게도 튈지 몰랐다.

'그러게 왜 무리해서 일을 추진하신 거요? 제군께서 움직이지 말라고 그렇게 신신당부했거늘.'

홍완동이 어떤 결정을 내리든, 절대 나서지 말라는 말만 아니었으면 그도 말렸을지 몰랐다. 제군의 명이 떨어졌을 때는 그만한 이유가 있을 거라 생각했으니까.

손무원은 새삼 제군이 더욱 두려워졌다.

적이 예상보다 훨씬 강하다는 것을 천왕곡에 있는 그가 어떻게 알았을까? 홍완동이 명을 거부할 거라는 걸 미리 알고 있었던 걸까?

천리안이 아닌 만리안(萬里眼)을 지닌 사람, 제군이 바로 그런 사람이었다.

바로 그때, 밖에서 굵직한 목소리가 들려왔다.

"어르신, 천왕과 제군께오서 한수 건너편에 도착하셨다 하옵니다!"

홍완동이 천천히 돌아섰다.

"천왕장으로 바로 가신다더냐?"

"그러실 것 같사옵니다."

숨을 한번 크게 들이쉰 홍완동이 손무원을 바라보았다.

"손 장로, 천왕과 제군에게는 잠시 입을 다물어라. 내가 시간을 내서 자세한 설명을 할 테니까."

"알겠습니다, 어르신."

손무원도 말할 생각은 없었다. 어쩌면 말하지 않아도 다 알고 있을지 몰랐다.

그는 제군이니까.

第五章
그 아버지에 그 딸

死星天血

선창에서 사십여 장 떨어진 언덕 위.

화운곡은 소나무 옆에 엎드려서, 한수를 건너는 배를 바라보며 가슴을 조였다.

'저기에 천왕과 제군이 타고 있단 말이지? 흐미, 가슴 떨리는 거.'

배는 모두 세 척이었다. 모두가 백수십 명이 탈 정도로 컸다.

모두 합하면 오백 명은 타고 있다는 말이었다.

그중 얼마나 많은 고수들이 있을지는 아무도 몰랐다.

그동안 천왕교의 움직임을 지켜봐 온 화운곡조차 적어도 수십 명의 절정고수와 절대지경의 고수 몇 명은 타고 있지 않을까, 그렇게 짐작할 뿐이었다.

지켜본 지 일각, 마침내 배가 선창에 도착하더니 사람들이 하나둘 내리기 시작했다.

처음에는 삼백여 명의 고수가 까마귀 떼가 날아 내리듯 일사불란하게 선창가에 내려섰다.

그리고 잠시 시간이 흐르자 백여 명의 중년인과 수십 명의 노인들이 배를 내려왔다.

동시에 배 위에 십여 명이 모습을 드러냈다.

보는 것만으로도 숨이 막힐 정도의 위엄있는 등장이었다.

화운곡은 최대한 몸을 숨긴 채 그들을 지켜봤다.

그때 흑색 비단에 금실로 '천왕(天王)'이라 새겨진 장포를 걸친 중년인과 백의에 문사건을 쓴 청년이 선실을 나왔다.

화운곡은 입을 틀어막았다. 아니면 입술을 뚫고 목소리가 터져 나올 것만 같았다.

'천왕 사도궁헌! 제군 백리군악이다!'

그랬다. 그의 생각대로 그 두 사람이었다.

마침내, 천왕과 제군이 안강에 그 모습을 드러낸 것이다!

화운곡은 납작 엎드린 채, 품속에서 종이와 가는 붓과 먹물을 담은 병을 꺼냈다. 그리고 빠르게 눈앞에 보이는 상황을 적었다.

그렇게 한 시진보다 길게 느껴지는 반 각이 지나자 종이가 시커멓게 물들었다.

얼마나 많은 글자를 써넣었는지 언뜻 보면 먹물에 담갔다

빼낸 것만 같았다.

그제야 화운곡은 붓을 내려놓고, 자신이 쓴 서신을 훑어봤다. 작은 종이에 쓴 것치고 제법 많은 내용이 담겨 있었다.

만족한 그는 풀숲에 숨겨놓은 새장에서 전서구를 꺼내고는, 다리에 매달린 전통에 서신을 집어넣고 조심스럽게 하늘로 날렸다.

'가라, 가서 주군께 저들이 왔음을 알려라!'

전서구는 개방의 한음 분타에서 전무심의 서신을 전하기 위해 보내온 전서구였다. 되돌려 보낸 전서구가 한음에 도착하면, 개방이 곧바로 전무심에게 연락을 할 터였다.

일단 자신이 할 수 있는 일은 다 한 셈이었다.

'후우, 이제 주군의 명대로 안강을 벗어나는 일만 남았군.'

화운곡이 전서구의 꽁무니를 바라보던 그 시각.

천왕과 제군을 호위한 채 선창을 걸어가던 중노인 하나가 조용히 말했다.

"쥐새끼들이 제법 많이 있나 봅니다. 속하가 처리하겠습니다."

"낮말은 새가 듣는다 했으니, 새가 아니겠소?"

백리군악의 말에 중노인이 천천히 고개를 돌렸다.

"그렇군요. 제군 말씀대로 새로군요."

순간이었다. 중노인이 허공을 향해 손을 튕겼다.

찰나 다섯 치밖에 되지 않는 작은 화살 하나가 중노인의 손

끝에서 쏘아졌다.

백리군악이 그걸 보더니 말했다.

"교주님의 등장을 알리는 것도 그리 나쁘지 않을 것 같소. 경고만 하고 보내시오."

"알겠습니다."

중노인은 대답과 동시에 손을 틀었다.

이십 장 밖을 벗어나던 소전이 미미하게 방향을 틀었다.

"헉!"

화운곡은 소름 돋는 기분에 급히 몸을 틀었다.

동시였다.

"크억!"

뭔가가 목덜미를 스치고 지나갔다.

처음에는 시원한 기분이, 이어서 짜릿한 통증이, 그러다 나중에는 답답한 느낌이 들었다.

그러나 화운곡은 고통과 답답함을 느낄 정신도 없이 그저 죽어라고 언덕 아래로 내달렸다. 나름 빠르다고 자부한 발이 오늘처럼 느리게 느껴지기는 처음이었다.

'씨발, 뭐가 목을 스치고 지나간 거지? 소전(小箭) 같았는데……'

뜨뜻한 것이 피가 나는 듯했다. 그래도 움직이는 데 지장이 없는 걸 보니 죽을 정도의 부상은 아닌 것 같았다.

'천만다행이군. 하마터면 목이 뚫릴 뻔했는데 말이야.'

화운곡은 걸음을 멈추지 않고 피가 흐르는 목을 손으로 감쌌다.

한데 죽어라 달리던 화운곡이 전면을 가로막은 커다란 바위를 돌아갈 때다. 언뜻 바위 상단에 뭔가가 박혀 있는 것이 보였다.

'응? 저건?'

화운곡은 호기심을 참지 못하고 손을 뻗어 바위에 박혀 있는 것을 뽑아냈다.

그것은 살과 촉이 시커먼 작은 화살이었다. 무엇으로 만들어졌는지는 알 수 없지만, 바위도 파고들 정도로 강한 걸로 봐서 예사 화살이 아닌 듯했다.

'제길, 내가 지금 뭐 하고 있지? 죽어라 도망가도 위험한 판에.'

자신의 목을 스치고 지나간 화살인 듯했다. 그러나 화살에 대해선 나중에 알아봐도 충분했다. 일단은 도망가는 것이 최우선이었다.

화운곡은 한 손에는 화살을 다른 한 손으로는 목을 꼭 쥐고 젖 먹던 힘까지 쏟아내 정신없이 달렸다.

그렇게 단숨에 장원까지 내달린 화운곡은 장원에 들어가자마자 수하들을 닦달했다.

"즈시 이 고을 뜨다!"

한데 목소리가 이상하게 나왔다.

"……?"

어리둥절한 표정을 지은 수하가 눈을 크게 뜨고 화운곡의 목을 가리켰다.

"단주님, 목이……. 괜찮습니까?"

그제야 밀려오는 거센 통증에 화운곡은 몸이 천근만근 무거워졌다.

"아, 씨바……."

2

마존궁의 성고(城固) 지부는 총단과 삼백 리, 한중 지부와 백오십 리 정도의 거리에 위치해 있었다.

공손세가, 정확히는 천왕교를 대적하기 위해 몰락한 상인의 장원을 매입해 임시로 만든 지부였다.

본래 그곳에는 태주열이 이끌고 있는 무사 오백이 머물렀는데, 총단에서 온 무사 오백 명이 합류하자 일천이 넘는 무사가 운집한 상황이었다.

비록 작은 장원은 아니었지만, 일천이 넘는 무사가 생활하기에는 비좁을 수밖에 없었다.

마존궁은 결국 자신들이 운영하는 성고의 객잔 두 곳을 잠시 폐쇄하고 그곳을 무사들의 임시 거처로 삼았다.

천사단은 두 객잔 중 하나인 성월객잔에 머물렀다. 태주열이 장원 안에 머물기를 바랐지만, 언제 떠날지 모르는 만큼 그 편이 더 편하기 때문이었다.

그렇게 이틀이 지난 미시 무렵, 개방의 한중 분타 제자 하나가 숨이 턱까지 닿은 채 성월객잔에 구르듯 들이닥쳤다.

"여기에…… 헥헥, 전 단주라는 분…… 헤헥, 계시는 지……."

그의 숨이 넘어가기 직전이었다. 삼족개가 척우진과 진무악과 함께 백구 한 마리를 잡아먹고 어슬렁거리며 나타났다.

"네놈은 어느 분타의 제자인데 전 단주를 찾는 것이냐?"

거지가 거지를 못 알아볼 리 없었다. 한중 분타의 제자는 재빨리 달려가 시커멓게 때 묻은 서신 하나를 내밀었다.

"안강에서 보냈다고 하는데, 삼아급전(三餓急傳)으로 왔습니다요."

삼아급전, 사흘 굶는 한이 있어도 반드시 전해야 하는 초지급서신이란 말로, 천하에 오직 개방에서만 쓰는 우습지도 않은 비문(秘文)이었다.

어쨌든 그 말에, 삼족개는 뒤도 돌아보지 않고 휭 하니 전무심에게 달려갔다.

서신을 건네받은 지 일각여, 전무심은 화운곡의 서신을 내려놓고 눈을 감았다.

마침내 천왕과 백리군악이 천왕곡을 나와 안강에 들어섰다.

그들의 일보는 과연 어느 곳으로 향할 것인가.

마존궁인가, 정천무맹인가?

전체 세력을 비교하면 마존궁과 정천무맹은 아예 상대가 되지 않았다.

그러나 현 상황은 세력의 크고 작음이 문제가 아니었다. 누가 과연 당장 자신들에게 위협이 될 것이냐, 하는 것이 더 중요했다.

자신과 손잡고 있는 마존궁은 충분히 위협이 되고도 남았다. 그리고 실질적으로 최근 며칠 동안 그들에게 막대한 피해를 입힌 상황이었다.

그런 만큼 상황만 된다면, 그들은 마존궁을 먼저 쓸어버리려 할지도 몰랐다.

'만일 천왕교가 전력으로 마존궁을 치려 한다면 우리가 돕는다 해도 마존궁은 닷새를 버티지 못한다.'

사문천이 아무리 부정한다 해도 자신이 아는 한 사실이 그랬다.

다만 그로 인해 너무 큰 피해를 입었을 경우, 정천무맹에게 뒤통수를 맞을 수 있어 그러기가 쉽지 않다는 것이 저들의 고민일 터였다.

그러나 그 어떤 가능성도 배제할 수는 없는 일, 그에 대한 대책 정도는 세워둬야 했다.

전무심은 생각이 정리되자 방을 나섰다.

혼자 객잔을 나선 전무심은 마존궁의 성고 지부인 추영장(秋影莊)으로 향했다.

그는 급박한 마음과 달리 천천히 걸었다.

추영장이 그리 멀지 않은 곳에 있는 것도 이유였지만, 그보다는 햇살을 즐기며 한 번 더 생각을 정리해 보고 싶어서였다.

그렇게 이백여 장을 걸어 추영장이 보일 즈음, 전무심의 발걸음이 빨라졌다.

'될지 안 될지는 모르지만, 일단 부딪쳐 보자.'

"정지!"

전무심이 추영장의 정문으로 다가가자 마존궁의 무사 하나가 앞을 가로막았다.

"무슨 일로 왔는가?!"

얼굴이 얽은 삼십대 후반으로 보이는 무사였는데, 자신을 몰라보는 게 총단에서 새로 온 자인 듯했다.

"부궁주를 뵈려 하오."

"부궁주님을?"

눈을 휘둥그렇게 뜬 무사는 곧바로 인상을 구기며 버럭 소리쳤다.

"부궁주님께서 아무나 만나줄 정도로 한가한 분이신 줄 아느냐?!"

갑작스런 호통에 전무심은 잠시 말문이 막혔다. 그냥 밀고 들어갈까 하는 생각이 들 정도였다.

하지만 이곳도 엄연히 남의 집. 우격다짐으로 들어갈 수도 없는 일이었다.

전무심은 쓴웃음을 지으며 이름을 밝혔다.

"전무심이라 하오. 안에 통보나 해주시오."

"전무심? 통보? 뭐 이딴 놈이 있어? 내가 네 졸병인 줄 아나?"

한데 아무래도 자신의 이름을 모르는 듯했다. 하긴 이름을 밝히면 무조건 알 거라 생각한 자신이 잘못한 것인지도 몰랐다.

"객잔에 머물고 있는 천사단 사람이오. 일단 안에 말이나 전해주시오."

그 말에 임시 수문위사 공두수는 얼굴이 붉게 달아올랐다. 그러나 전무심의 정체를 알아서가 아니었다.

핏대를 세운 공두수는 전무심의 코앞까지 다가가 침을 튀기며 소리쳤다.

"이 자식이 정말! 야, 임마! 네가 객잔에서 계집하고 지랄을 하든 말든, 나하고 무슨……."

퍽!

결국 전무심은 주먹으로 대답했다.

그리고는 천천히 뒤로 넘어가는 공두수를 뒤로하고 추영장으로 들어갔다.

그때 안에서 나오던 무사 하나가 전무심과 스치듯 정문을 나가더니, 얌전히 드러누워 있는 공두수를 보고 눈을 크게 떴다.

"어? 공 당주님? 왜 거기에 누워 계신 겁니까?"

뒷간에 다녀올 동안 대신 번을 서준다던 공두수가 바닥에 드러누워 있다니. 결코 정상이 아니었다.

아무리 총단에서 여기까지 쉬지 않고 달려왔다고 해도 그렇지, 정문 앞에 드러눕다니.

평소 앞뒤 안 가리고 말썽이나 부리는 공두수라 해도 지금 상황은 도저히 이해할 수가 없었다.

그는 홱 고개를 돌려 자신과 스치듯 안으로 들어간 전무심을 찾았다. 전무심이 수상해 보인 것이다.

그러나 아무도 보이지 않았다.

"뭐야? 어디로 간 거지?"

그사이 재빨리 건물을 잡아 돈 전무심은 피식 웃음을 흘렸다.

'당주? 어쩐지 제법 강하게 보인다 싶더니, 수문위사가 아니었나?'

어쨌든 그것은 그다지 중요한 문제가 아니었다.

전무심은 밖에서 어떤 소란이 일든 말든 곧바로 태주열을 찾아갔다.

"아이고, 턱주가리야. 그 새끼 어디 갔어?!"

"누구 말입니까?"

"키 크고, 검정 옷 입은 놈. 못 봤어?"

"언뜻 보긴 봤습니다만……. 안으로 들어갔는데요?"

"뭐야? 들어가? 그 새끼, 잡아! 빨리!"

"예? 예, 알겠습니다!"

공두수는 돌아서 달려가는 두삼의 뒤에 대고 이를 갈았다.

"그 새끼 이름이 전무심이라고 했지? 잡기만 해봐라! 전무심, 이 개놈의 새끼!"

순간이었다. 달려가던 두삼이 튀어나온 돌부리에 걸린 듯 앞으로 꼬꾸라졌다.

태주열은 딱딱하게 굳은 표정으로 전무심을 바라보았다.

반쯤 남은 차가 식은 지 벌써 일각째.

그만큼 전무심의 말은 그에게 충격으로 다가왔다.

"정천무맹과의 비밀 협정이라 했나?"

"그렇습니다. 천왕과 제군이 천왕교의 고수들을 직접 이끌고 나온 상황입니다. 천왕교가 본격적으로 움직이기 시작한 이상, 마존궁 독자적으로 그들을 막을 방법이 없다는 게 제 생각입니다."

자존심 상하는 말이지만 인정하지 않을 수도 없었다. 직접 천왕교와 싸워봤고, 그들이 얼마나 강한지 이가 갈릴 정도로 깨닫지 않았던가.

"그 일은 내가 결정할 수 있는 게 아니네, 전 단주."

"알고 있습니다. 부궁주께선 궁주께 전해주시기만 하십시오."

"승낙하실지 모르겠군. 어쨌든 말씀은 드려보지."

"진인사대천명이라지 않습니까? 안 된다면 어쩔 수 없지요."

전무심의 말이 너무나 담담해서 조금 전의 말이 실감이 나지 않는 태주열이었다.

그러나 직접 그들과 싸워본 태주열로선 전무심의 말이 일리 있다는 것 또한 부정할 수 없었다.

"우리야 그렇다 치고, 정천무맹이 반대하면 소용없는 일이 아닌가?"

당연한 말이었다.

전무심은 태주열을 똑바로 바라보고 나직이 말했다.

"명분만 생기면, 그들은 어쩔 수 없이 손을 잡을 수밖에 없게 될 겁니다."

"음? 무슨 말인가?"

"제 생각이 틀리지 않는다면, 곧 천왕교가 정천무맹의 근간을 뒤흔들기 시작할 겁니다."

"근간? 근간이라면, 설마…… 그들이 구파의 본산과 오가의 본가를 직접 치기라도 할 거란 말인가?"

"가까운 서너 곳 중 어느 곳이 표적이 될지는 모르지만, 그들이 나온 이상 그렇게 될 수밖에 없지 않겠습니까?"

가까운 곳이라면 무당과 제갈세가, 종남, 화산을 말함이다. 충분히 가능한 말이었다.

"우르르 몰려나올까 봐 그동안 가만히 놔두었던 곳인데, 그들이 이제 와서 벌집을 건드리려고 할까?"

"물론 확실하다고 자신할 수는 없습니다. 그러나 열 중 일고여덟은 그러할 겁니다. 정천무맹도 그걸 모르지는 않을 터, 그 정도면 명분으로 충분하지 않겠습니까?"

"음……."

태주열의 입에서 침음성이 흘러나왔다. 그 일이 꼭 구파오가만의 문제가 아니라는 것을 잘 아는 것이다.

전무심은 잔뜩 인상을 찌푸린 태주열의 가슴에 마지막으로 묵직한 돌을 매달았다.

"이 일은 그들이 움직이기 전에 이루어져야 합니다. 늦으면 아무 소용이 없습니다. 그때쯤이면, 천왕교가 섬서를 지배하고 있을 테니까요."

전무심이 태주열을 만나고 온 지 이틀이 지났을 때다.

신시 초. 소미하란과 객잔을 나서던 궁사한이 저만치서 다가오는 사람들을 발견하고 흠칫 눈을 좁혔다.

당장 눈에 들어오는 사람은 태주열이었다.

'응? 태 부궁주가 옆에……?'

한데 자리 배치가 뜻밖이었다. 태주열이 바로 옆도 아니고 살짝 뒤처진 옆에 서서 걷는다.

누군가를 호위하는 듯한 모습. 마존궁의 부궁주를 옆에 서게 만들 수 있는 사람이 누가 있을까.

문득 앞장 선 자의 모습이 기억에 떠올랐다. 비록 옆모습뿐이어서 정확하지는 않지만, 그의 기억이 잘못되지 않았다면 분명 그였다.

'백안마군 사문천이다!'

궁사한은 사문천을 알아보고 재빨리 소미하란을 전무심에게 보냈다.

"란 매, 마존궁주가 찾아왔소. 즉시 들어가서 단주께 전갈을 해주시오."

그러고는 소미하란이 돌아서자마자 몇 걸음 나아가 사문천 일행을 맞이했다.

"천사단의 궁사한이 부궁주를 뵙습니다. 한데… 이분은……?'

일단 태주열에게 인사를 한 궁사한은 사문천이 누군지 잘 모르는 것처럼 물었다.

태주열은 궁사한이 전무심과 나란히 다니는 것을 본 적이 있었다. 하기에 궁사한을 얕보지 않고 사문천을 소개했다.

"이분은 본 궁의 궁주님이시네."

'역시…….'

궁사한은 이미 짐작하고 있었기에 크게 놀라지 않고 정중히 고개를 숙였다.

"궁주를 뵈오이다."

사문천은 궁사한의 기도에 적이 놀라지 않을 수 없었다.

'이제 삼십 전후로 보이는데 대단한 기운을 지녔군.'

"반갑군. 그래, 전 단주는 안에 있는가?"

"예, 안에 계십니다. 기별을 넣었으니 지금쯤 오신 것을 아셨을 것입니다. 들어가시지요."

그 말에 사문천의 뒤에 서 있던 사람 중 백발의 중년인이 눈살을 찌푸리며 나섰다.

"알았으면 마중을 나와야지, 궁주님께서 찾아가실 때까지 방구석에서 기다릴 거란 말인가?"

하지만 궁사한은 아무런 말도 하지 않고 뒤돌아섰다.

"제가 안내해 드리겠습니다."

백발중년인의 눈이 치켜 올라갔다.

"주인이나 수하나, 제대로 예절 교육이 되어 있지 않군."

궁사한이 천천히 돌아섰다.

"이상하군요. 통보도 없이 찾아오신 분은 저희가 아닌 듯합니다만."

"뭐라?"

"아니 그렇습니까? 갑자기 찾아와서 예의 운운하시니 후배는 어안이 벙벙할 뿐입니다."

"이런 건방진……!"

백발중년인이 눈을 부라리고 앞으로 뛰쳐나가려 할 때다.

사문천이 손을 들어 두 사람의 입을 막았다.

"그는 손님이네. 그리고 그의 말대로 갑자기 찾아온 나의 잘못도 없다 할 수 없는 일. 그만 하게, 가 호법."

"끄응, 궁주님만 말리지 않으셨으면 버릇을 고쳐 놓는 건데……."

백발의 중년인, 그는 마존궁 내에서 삼태상조차 상대하기 껄끄러워한다는 철혈마종 가은겸이었다.

그는 새파랗게 젊은 전무심이 이끄는 천사단의 활약으로 인해 마존궁의 위엄이 땅에 떨어진 것 같아 불만이 많았다. 하기에 억지를 부려서라도 천사단의 기를 꺾고 싶었다.

젊은 놈들이 강해봐야 얼마나 강하랴! 하는 마음으로.

그런데 사문천에 의해 막히자 괜한 심통이 났다.

'내 언제고 요 어린놈들에게 뜨거운 맛을 보여주고 말겠다.'

궁사한이 그런 가은겸을 차가운 눈으로 바라보고 객잔 안으로 들어갔다.

"가시지요, 궁주."

'당신 같은 생각으로 날뛰던 사람치고 좋게 끝난 사람이 없다는 걸 알아야 할 거요.'

그런 속을 모르는 사문천은 내심 궁사한의 부동심에 감탄을 금치 못했다.

그러나 그는 전무심을 만나기도 전에 세 번을 더 놀라야만 했다.

궁사한을 따라 객잔에 들어섰을 때다. 탁자에 앉아 있던 이십여 명이 동시에 쳐다보는데, 자신도 모르게 주먹을 움켜쥐어야만 했다.

'대부분이 절정의 경지에 발을 디딘 고수들……. 어이가 없군.'

어디 그뿐인가? 그들 사이를 통과해 계단으로 향하는데, 계단 옆의 탁자에 앉은 자들이 말한다.

"제법 강하겠는데?"

"칠대마세 중 하나라는 마존궁의 주인이 아닌가? 그래도 구마 중 한 사람인데 당연히 강하지. 아마 우리들보다 강할 거네."

"그래? 그럼 언제 한번 붙어봐야겠군."

"글쎄… 내 칼이라면 모를까, 자네의 주먹으로는 힘들걸?"

말소리의 주인은 덩치 큰 두 명의 중년인이었다. 자신조차 판단하기가 쉽지 않은 자들.

두 사람의 말에 사문천의 뒤를 따라가던 가은겸이 싸늘한 표정을 지었다.

금방이라도 손을 쓸 것 같은 가은겸을 보고, 태주열이 쓴웃음을 지으며 사문천을 향해 속삭이듯이 말했다.

"저 두 사람이 대천도 척우진과 뇌정객 진무악입니다, 궁주."

칠절(七絶) 중 도절(刀絶)과 권절(拳絶).

가은겸의 눈에 경악이 떠오르고, 사문천은 이채를 발하는 눈으로 두 사람을 바라보았다.

그러자 척우진이 사문천을 향해 싱긋 웃었다.

"처음 뵙겠소이다, 사 궁주. 단주는 위에 계시오. 올라가 보시지요."

사문천이 가만히 고개를 끄덕이며 말했다.

"언제 그대들과 진지한 이야기를 나눠볼 기회를 만들어봐야겠군. 입을 놀리는 것보다는 손발을 놀리는 것이 더 낫지 않겠나?"

은근한 반격. 그러나 그럴수록 척우진의 웃음은 짙어졌다.

"우흐흐흐, 정말 화통한 분이시구려. 잊지 않고 기다리겠소이다. 뭐, 그것도 살아남아야 가능한 일이겠지만."

다른 사람도 아닌 대천도 척우진이 죽음을 이야기한다. 그만큼 적이 강하다는 말.

태주열의 말을 듣고 어느 정도는 알고 있었는데도, 그 말을 들으니 가슴이 답답해진다.

하지만 자신이 누군가! 칠대마세 중 마존궁의 주인 백안마군 사문천이 아니던가!

"이층으로 오르시지요, 궁주."

궁사한의 말에 그는 어깨를 펴고 계단을 올라갔다.

한데 계단을 오르자 한 사람이 보였다. 사진옥이었다.

옆으로 비켜서는 사진옥을 보고, 사문천은 세 번째로 놀란 표정을 지었다.

이십대 중반의 나이인데도 완숙한 절정의 경지에 도달해 있다. 자신의 생각이 잘못되지 않았다면, 십 년이 지나기 전에 자신과 필적할 고수가 될 것이 틀림없어 보인다.

천하에 저 정도의 무위를 지닌 청년이 몇이나 될 것인가.

아마 열을 넘지는 않을 것이다.

"나는 사문천이라 하네. 자넨 누군가?"

참지 못하고 사문천이 물었다.

사진옥이 담담한 목소리로 답했다.

"사진옥이라 합니다. 전 대형의 아우이니 편히 대하십시오."

같은 성이라는 것이 더 마음에 드는지 사문천의 입가에 잔잔한 웃음마저 떠올랐다.

"사진옥이라……. 그래, 언제 자네 같은 젊은이들하고 좀 더 오랜 시간 이야기를 나눠봤으면 좋겠군."

"그날을 기다리겠습니다. 궁 형, 대형께서 기다리고 계십니다. 안으로 모시지요."

궁사한이 다시 걸음을 옮기자, 묵묵히 뒤를 따라가는 사문천의 눈빛이 깊게 가라앉았다.

'주열이 말하길 천사단이 삼백도 안 되는 숫자로 천하의 대문파와 자웅을 겨룰 수 있을 거라 하더니, 빈말이 아니었군.'

용담호혈, 운월객잔은 그 자체로 철옹성이었다.

한편 태주열은 가슴에 만 근 철추가 매달린 기분이었다.

앞서가는 사문천의 발걸음이 무겁게 느껴진다. 어깨가 조금은 처진 듯 보이는 가은겸과 또 다른 호법, 곽천승의 얼굴도 평소와 다르게 딱딱하게 굳어 있다.

한데 저들이 알까?

'조금 전에 본 모두를 합친다 해도, 전무심, 그 한 사람만 못하더이다, 궁주.'

방 안에는 전무심 혼자만 있었다.

"오랜만에 뵙습니다."

전무심이 간단히 포권을 취하며 인사하자 사문천도 마주 포권을 취했다.

"반갑구먼. 한데 어째 신수가 더 좋아진 것 같군."

"정신없이 돌아다니며 싸움질만 했는데 좋아질 리가 있겠습니까? 얌전히 몸 관리나 했다면 몰라도 말입니다."

언중유골, 사문천이 멋쩍은 듯 헛기침을 해댔다.

"허험. 나도 나름대로 바빴다네. 수천의 궁도를 이끄는 일이 어찌 한가할 수 있겠나?"

"글쎄요. 함께 오신 분들의 표정이 그리 밝지 않은 걸로 봐서 그렇지도 않은 것 같군요."

사문천이 스윽 뒤를 돌아보았다. 굳어 있는 두 사람이 보이자 그의 이마에 주름이 두어 개 늘어났다.

"얼굴 좀 펴게나. 왜들 그렇게 뒤 마려운 표정인가?"

가은겸과 곽천승은 어이가 없었다.

천하에 대놓고 사문천을 비꼴 수 있는 사람이 몇이나 될까? 그런데 거기다 한술 더 떠서, 사문천이 현 상황을 은근히 즐기는 것 같지 않은가.

호법이 된 이래 처음 보는 모습. 두 사람은 꿀 먹은 벙어리처럼 입을 다물고 눈만 깜박였다.

하는 수 없이 사문천이 그들을 소개했다.

"이들은 마존쌍마라고, 본 궁의 십이호법 중 두 사람이네."

그제야 전무심이 네 사람에게 자리를 권했다.

"일단 앉으시지요."

자리에 앉고 이런저런 잡담이 오갔다. 그렇게 얼마나 지났을까, 사문천이 먼저 단도직입적으로 입을 열었다.

"이제부터 내가 직접 나설 것이네."

"결정을 내리셨습니까?"

사문천은 전무심의 눈을 똑바로 바라보았다.

입을 여는 그의 검은 눈동자가 서서히 좁아졌다.

"내가 자존심 때문에 천왕교와 손을 잡지 않았다는 것쯤은 자네도 알고 있을 것이네."

"제가 마존궁과 손을 잡으려 한 것도 그 때문이죠."

무심한 전무심의 말에 사문천의 눈매가 가늘어졌다.

"나는 정파의 위선을 싫어해서 패도의 길을 가고자 한 사람이네."

"패도(覇道)가 곧 독불장군을 말하는 것은 아니라 생각합니다만."

은연중 불꽃을 튀기는 무형의 기세 싸움.

뒤에 서 있던 사람들이 오히려 움찔거렸을 뿐 두 사람은 미동도 하지 않았다.

어느 순간 사문천의 입술 끝이 슬쩍 말려 올라갔다.

"그들이 허튼짓을 하면, 내 검이 방향을 틀지 모르는데도? 나는 배신하는 자들을 아주 싫어하거든."

전무심은 아무런 감정도 없는 눈으로 사문천을 직시했다. 사문천의 검은 눈동자가 반절 크기로 줄어든 채 하얗게 빛나고 있었다.

천천히 입을 여는 전무심의 눈빛에서도 붉은 광채가 번뜩였다.

"그때는, 저 역시 궁주님 옆에 서 있을 겁니다."

사문천의 턱에 힘이 들어갔다.

그가 씹어뱉듯이 잇새로 중얼거렸다.

"물귀신이 따로 없군."

한데 그리 싫지 않은 눈치다.

하긴 정천무맹을 적으로 삼는 한이 있어도 자신의 편을 들어준다는데 누가 싫어할까.

전무심이 그런 사문천을 향해 쐐기를 박듯이 말했다.

"솔직히 저도 혼자 움직이고 싶습니다. 어쩌면 그게 편할지도 모르지요."

처음부터 끝까지 똑같은 어조, 똑같은 표정이다.

거기다 생각이 다르면 혼자 움직이겠다는, 협박 아닌 협박까지.

눈썹을 꿈틀거린 사문천이 질렸다는 듯 버럭 소리쳤다.

"좋아! 일단 만나보지!"

그러고는 은근한 어조로 말을 이었다.

"대신 나도 한 가지 부탁이 있네."

"무슨 말씀인지 모르겠군요. 저는 천왕교를 이길 방도를 찾자고 했지, 부탁을 한 것이 아닙니다. 한데 궁주님의 말씀을 들으니 꼭 제가 뭘 부탁한 듯하군요."

끝내 참지 못한 사문천이 빽 소리쳤다.

"좀 져 주면 안 되나!"

하얀 눈이 반짝거리며 빛이 나는 듯했다.

그제야 전무심이 앞에 놓인 찻잔을 잡으며 말했다.

"어디 말씀해 보시지요. 따님에 대한 이야기만 아니라면 일단 들어는 보겠습니다."

그 말이 떨어진 순간,

"그, 그……."

심장에 송곳이 꽂히기라도 한 듯 사문천이 말도 제대로 하지 못하고 입만 벙긋거렸다.

반짝거리며 빛을 발하던 백안도 어느새 거의 완벽한 검은 눈동자로 돌아온 상태.

전무심은 그런 사문천을 차갑게 굳은 눈으로 바라보았다.

"설마 전쟁을 눈앞에 두고 그런 이야기를 꺼내시려는 건 아니시겠지요?"

"뭐, 꼭 그런 것은 아니네만……."

"만일 그런 생각이시라면 아예 말씀을 꺼내지도 마십시오."

사문천의 뒤에 서 있던 세 사람은 석고처럼 굳은 채 입을 반쯤 벌렸다.

사문천이 인상을 찌푸리면 마존궁이 들썩거리고, 한 번 노성을 내지르면 일천 장 태백산이 들썩거리는 것만 봐온 그들이다. 하거늘 그런 백안마군 사문천의 입을 단 몇 마디에 봉해 버린 전무심이 사람 같지도 않게 보이는 것이다.

뒤에 있는 사람들이야 무슨 생각을 하든 말든, 사문천은 이를 지그시 깨물고 나직이 말했다.

"자식 이길 아버지가 어디 있겠나?"

전무심이 느릿하니 찻잔을 내려놓고 사문천을 바라보았다.

"있더군요, 그런 분들이."

사문천의 눈에 이채가 서렸다. 그 말을 하는 전무심의 눈빛이 무저의 심연처럼 가라앉아 있다.

'아! 눈 때문에 버림을 받았다고 했던가?'

대충 전무심의 마음을 이해한 그가 다시 입을 열었다.

"그래도 대부분의 아버지들은 지고 만다네. 오죽했으면 이곳까지 데려왔겠는가?"

전무심의 눈이 조금 크게 뜨였다.

"설마 함께 왔다는 말씀입니까?"

"지금 지부에 있다네. 따라온다는 것을 절대 안 된다고……."

바로 그때였다.

밖에서 약간의 소란이 이는 듯하더니, 잠시 후 사진옥의 목소리가 들려왔다.

"여기서부터 외인은 들어갈 수 없소."

한데 왠지 모르게 잔뜩 긴장한 듯하다. 마치 외나무다리에서 강적이라도 만난 듯한 목소리가 아닌가.

"비켜줘요. 저는 전 공자님을 만나러 왔을 뿐이라니까요?"

곧이어 옥쟁반에 옥구슬 굴러가는 여인의 목소리가 회랑을 울렸다.

거의 동시, 사문천과 태주열과 마존쌍마가 방문 쪽으로 홱 고개를 돌렸다.

그 시각, 이층의 입구를 지키고 있던 사진옥은 이마에 땀방울이 맺혔는데도 닦을 정신이 없었다.

평생 처음 본다 할 정도로 아름다운 여인이 앞에 서 있다. 노란 궁장을 입은 여인이. 딱 석 자 앞에!

'제기랄…….'

이제 스물이나 되었을까?

배꽃 같은 피부, 만지면 분이 묻어 나올 것 같은 살결. 커다란 눈은 반달을 엎어놓은 것 같고, 오뚝한 코인데도 결코 오만해 보이지 않는다.

더구나 조금 두꺼워 보이는 입술을 벌릴 때마다 은은히 풍기는 화향. 어떤 꽃향기인지 알 수는 없지만 정신이 몽롱할 지경이다.

처음 있는 일. 눈을 둘 곳이 없다.

이 상태에서 칼을 뽑으면 썩은 호박도 자르지 못할 것 같다.

'미치겠군!'

냉혈냉심의 대명사 사진옥이 여인의 향기에 무너지기 직전이었다.

"그래도 진옥은 좀 버티는군. 후명이는 딱 두 마디에 길을 터주던데."

"저런 여자를 보고도 아무런 감정이 없으면 그게 어디 사람이야? 같은 여자가 봐도 가슴이 두근거리는데, 저 정도면 잘

참고 있는 거지 뭐."

예종과 소미하란이 사진옥을 높이 평가하며, 한쪽에서 비홍의 검수만 만지작거리고 있는 고후명을 바라보았다.

"정말 이쁘다."

그때 문득, 옆에서 반쯤 넋이 빠진 목소리가 들렸다.

고개를 든 예종의 눈에 입을 헤 벌리고 있는 상유상이 보였다.

픽!

순간 어디를 맞았는지 상유상의 눈이 튀어나올 듯이 커졌다.

하지만 예종은 모르는 일이라는 듯 시치미를 뚝 떼고 앞만 바라보았다.

동시에 방문이 부서질 듯 덜컹 열리고 사문천과 태주열이 밖으로 나왔다.

"아버지!"

환하게 웃으며 사문천을 바라보는 여인.

사진옥은 어색한 표정으로, 살았다는 내심은 감춘 채 슬그머니 그녀의 앞을 비켜주었다.

"네가 여기까지 오다니. 허어! 어찌 그리 아비 말을 듣지 않는 것이더냐!"

사문천이 짐짓 노성을 지르며 인상을 썼다.

그러나 그 정도로는 그녀의 딸, 사화련을 이기지 못했다.

"피이, 성고까지 데려왔으면 여기도 데려와야죠."

"어허, 그래도! 대체 누가 너를 이곳까지 데려다 주더냐?"

사화련이 새침한 표정으로 말했다.

"장원에서 여기까지 얼마나 된다고 호위를 데려와요? 더구나 여기에는 온통 본 궁의 무사들뿐인데 누가 저를 해친다고 걱정이세요? 그렇게 수하들을 못 믿으세요?"

사화련의 통렬한 반박에 사문천은 전무심을 돌아다보았다.

"그렇다는군."

그 말과 동시에 옆에서 헛기침 소리가 절로 터져 나왔다.

"크흠."

"허음……."

한데 그때다.

"그럼 그렇게 하는 걸로 알고 저쪽의 의견을 묻겠습니다."

전무심이 방을 나서며 사문천에게 못을 박듯 말했다.

협공을 당한 사문천이 전무심을 바라보았다.

하지만 그가 입을 열 기회도 없이 사화련이 노랑나비처럼 폴짝 날아 전무심의 앞을 가로막았다.

"전 공자님이시죠?!"

막 피어난 분꽃처럼 발그레한 얼굴.

그 모습이 전무심의 뇌리 깊숙이 잠들어 있던 하은설의 얼굴을 일깨웠다.

그래서였을까? 전무심은 사화련의 얼굴을 더 볼 수가 없었다.

무심히 고개를 돌리는 전무심을 바라보며 사화련이 얼굴을 붉혔다.

"전 공자님 덕분에 이렇게 건강해졌어요."

"내 덕분이 아니오. 나는 대가를 받고 표행을 했을 뿐이오."

"어쨌든 전 공자님이 신마성에 빼앗길 뻔한 물건을 지켜주셨잖아요."

"솔직히 말해, 나는 그것이 얼마나 사 낭자에게 감동을 주었는지 알지 못하오. 게다가 과례는 비례라 했소. 그 일에 대해선 더 이상 말하지 않았으면 하오."

무심하다 못해 냉정하게까지 느껴지는 말투다.

그런데도 막 피어난 분꽃처럼 발그레한 얼굴로 바라보는 사화련이다.

차갑고 무관심한 남자를 더 좋아하는 성격이라 하더니, 낙우릉의 말이 결코 거짓이 아닌 듯했다.

"험. 내 비록 입으로 말하지는 않았지만, 어쨌든 그 일에 대해선 나도 고맙게 생각하고 있다네."

사문천이 이때라는 듯 사화련을 지원했다.

전무심은 무심한 눈을 사문천에게 돌렸다.

"그래서 따님을 전쟁터가 될지도 모르는 이곳까지 데려오셨습니까?"

"어허, 데려온 게 아니고, 따라온 거라니까 그러는군! 어쨌든 나도 바쁜 사람 붙들고 말장난할 생각은 없네. 마존궁의 궁주가 이런 일로 옥신각신한다는 걸 알면 강호의 친구들이 얼마나 비웃겠는가?"

그러나 그 말에 고개를 끄덕이는 사람은 단 한 사람도 없었다. 심지어 태주열과 마존쌍마조차 무안한 표정을 지을 뿐이었다.

사문천은 아무렇지도 않다는 듯 전무심을 향해 흐뭇한 웃음을 지었다.

"좌우간 이만 가보겠네. 부디 좋은 결과가 나왔으면 좋겠군."

좋은 결과? 어떤 것에 대한 결과?

전무심이 대답할 틈도 없이 사문천이 사화련을 향해 고개를 돌렸다.

"전 단주는 바쁜 사람이니까, 너무 귀찮게 하지 말고 일찍 돌아오너라."

"걱정 마세요. 어두워지기 전에 돌아갈게요."

"조신하게 행동하고."

"당연하죠, 누구 딸인데요."

"그럼, 그럼. 허허허허……."

기가 막힌 장단이다.

전무심은 어이가 없어 사문천을 바라보았다. 하지만 사문천은 이미 돌아서서 걸음을 옮기고 있었다.

"부궁주, 우리는 가세! 준비해야 할 것이 많을 것 같군!"

성큼성큼 걸어가는 그의 입가에 잔잔한 미소가 번졌다.

'흐흐흐. 네가 무공에 있어선 나보다 강할지 몰라도, 뭐 그래 봐야 눈곱만큼 강할 테지만. 어쨌든 이런 일을 처리하는 것

만큼은 나를 당할 수 없을 거다, 전무심.'

'나중을 위해서 오늘은 그냥 넘어가리다, 사 궁주.'

전무심은 사문천이 계단을 내려가자 천천히 몸을 돌렸다. 하지만 방 안으로 들어가지는 않았다.

"저는 객잔이라는 데를 처음 와봐요. 와아! 별게 다 있네요? 저건 뭐예요? 벽에 걸려 있는 그림은 진짜가요? 어머! 저 화병은 정말 예뻐요."

자신보다 앞서 방 안에 들어간 사화련이 이곳저곳을 둘러보며 질문을 퍼붓고 있었는데, 그녀의 뒷모습을 보자 그동안 잊었다 여겼던 한 여인의 모습이 떠올랐던 것이다.

'은설……. 너는 나에게 너무 아픈 추억을 깊게도 심어놨구나. 이제는 다 잊었다 생각했는데…….'

그런 한편으로는 천가장의 천소령이 궁금해졌다.

'잘하고 있겠지. 예쁜 만큼 똑똑한 아이니까.'

천소령을 생각하자 그제야 하은설의 모습이 희미해지고 마음이 편해진다.

문득 전무심의 입가에 쓴웃음이 내걸렸다.

대체 천소령이 언제 자신의 머릿속에 그렇게 들어찬 걸까? 언제부터 그녀를 생각하면 마음이 편해졌던 것일까?

'훗, 나도 못된 놈이군. 여동생을 여인으로 생각하다니.'

결국 전무심은 사화련의 질문에 한마디도 대답하지 못한 채 다시 몸을 돌려야만 했다.

한데 형제들이 자신을 빤히 바라보고 있는 것이 아닌가.

전무심은 어색함을 감추기 위해 성큼성큼 발걸음을 떼었다.

"가지, 내가 한잔 살 테니까."

순간 사화련이 방 안에서 쪼르르 뛰어나왔다.

"저도 같이 가요!"

第六章
천사혈왕(天死血王)

1

혈곡의 총단을 공격했던 본 맹의 맹도들이 막대한 피해를 입고 서협으로 퇴각하고 있음. 사상자 오백 정도로 추산되나 정확한 상황은 시간이 지나야 확인될 거 같음. 지시 바람.

제갈경이 첩밀각에서 천왕교를 상대할 계책을 짜느라 여념이 없을 때였다. 전서당주 사공유가 들어오더니 한 장의 서신을 내밀었다.

서신을 본 순간, 제갈경은 아연한 표정을 지으며 서찰을 쥔 손을 부르르 떨었다.

"어떻게 그런 일이! 대체 그걸 말이라고 하는 건가?!"

"저도 도무지 믿어지지가 않습니다, 군사."

혈곡과의 싸움에서 오백에 달하는 무사들이 죽거나 다쳤다고 한다. 그것도 단 한 번의 싸움에.

결국 이천의 무사들이 출진해서 단 보름 사이에 반 토막이 났다는 말이었다. 막상 적의 총단에는 들어가 보지도 못한 채.

"왜 내 말을 듣지 않고 마음대로 움직였단 말인가?!"

"대기만 하라 했는데, 양 단주가 밀어붙이는 바람에……."

쾅!

제갈경의 주먹에 다탁이 주저앉았다.

처음 보는 제갈경의 분노에 사공유가 흠칫 몸을 떨었다.

제갈경이 사공유를 응시한 채 딱딱 끊어지는 말투로 명령을 내렸다.

"현재 양환은 어떻게 되었소?"

"부상을 입은 채 서협으로 후퇴했다 합니다."

"지금 즉시, 그를 압송하라 하시오! 말을 듣지 않으면, 무공을 폐지시켜서라도 말이오!"

사공유의 눈이 커졌다.

"군사!"

"그래도 반항하면 즉참하라 하시오!"

"군사! 그리되면 양 대협을 따르던 사람들이 모두 군사께 등을 돌릴지 모릅니다."

"그들은 없어도 상관없소! 나에겐 그들보다 나머지 수천의 맹도들이 더 중요하니까 말이오!"

워낙 완강한 제갈경의 태도에 사공유는 이를 지그시 깨물었다.

항상 우유부단하던 제갈경이다. 한데 저번 장안을 다녀온 이후로 사람이 변했다. 어떤 때는 너무나 냉정한 판단을 내려서 그조차 소름이 끼칠 정도다.

정천무맹이라는 거대 집단을 움직이려면 반드시 필요한 마음가짐이라는 것만은 분명했다.

그러나 문제는, 타 문파의 장로들이 그런 제갈경을 곱게 보지 않는다는 것이었다. 이제는 자신들 마음대로 움직일 수가 없게 되었으니까.

사공유는 그것이 불안했다.

'안 되겠어. 맹주님께 직고(直告)하는 수밖에.'

그래도 일단은 제갈경의 명령에 대답했다.

"알겠습니다, 군사."

사공유가 나가자 제갈경은 허탈한 표정으로 태사의에 주저앉았다.

"전무심이 왜 본 맹의 힘을 실제보다 약하게 봤는지 이제야 제대로 알 것 같구나."

비슷비슷한 세력이 모여 있다 보니 부작용이 없을 수가 없다.

맹주의 명이 절대적이라 하나, 그렇다고 자파의 존망까지 걸고 명을 따르려 하지는 않는다.

이해타산이 맞물려 있는 만큼, 따른다 해도 적극적이지를 않고 자의에 의해 행동할 때가 많다.

지금까지는 큰일이 없어 별 상관이 없었지만, 천왕교와 같은 대적을 상대할 때는 크나큰 약점일 수밖에 없었다.

오합지중(烏合之衆), 지금의 정천무맹이 딱 그 짝이었다.

의(義)와 협(俠)에 목숨 걸고 달려들 자가 현재 정천무맹의 무사들 중 몇 명이나 될까?

정의를 세우는 일에 온몸을 불사를 무사들이 얼마나 될까?

많을 것이다. 명색이 백도문파가 결집한 정천무맹이 아니던가.

반면에 몸을 사리는 자들, 명예욕에 앞뒤를 가리지 못하는 자들 역시 많은 것 또한 사실이었다. 문제는 그러한 자들로 인해 진정한 의협지사들이 의미없이 죽어가고 있다는 것이었다.

제갈경은 머리가 지끈거렸다.

그러나 아무리 머리를 싸매고 생각해도 결론은 매한가지였다.

'이 상황을 극복하지 못하면 천왕교를 이길 수 없다! 명령 체계를 바로 세워야 돼! 더 이상 의미없는 죽음을 방관해서는 안 된다!'

그러한 이유 때문에라도 제갈경은 신창 양환과 관계된 일을 진행함에 있어서 물러서지 않을 생각이었다.

'끝까지 압송을 거부한다면…… 양가와 원한을 지는 것도 마다하지 않겠다!'

그날 저녁. 조카인 제갈호가 그를 찾아왔다.

"숙부님, 소질이옵니다."

그는 제갈경이 아끼고 신뢰하는 조카 중 하나로, 둘째형인 제갈숭의 큰아들이었다. 나이는 이제 스물아홉에 불과했지만, 매사에 신중하고 행동이 조심스러워서 중한 일을 맡기기에는 제격이었다. 하기에 상대적으로 나이가 젊어 많은 사람의 반대가 있음에도 그에게 정보의 경중을 판단하는 위판당의 당주 자리를 맡겨놓은 터였다.

"무슨 일이냐? 가서 자지 않고."

"개방에서 서신이 하나 왔습니다."

개방? 서신?

단순한 서신이라면 이 시간에 찾아오지 않았을 조카다.

제갈경의 눈이 반짝 빛을 발했다.

"들어오너라."

방문이 열리고, 안으로 들어온 제갈호는 소매 속에서 서신 하나를 꺼내 탁자 위에 내려놓았다.

제갈경의 시선이 서신으로 향하자 제갈호가 말했다.

"개방의 삼족개 장로가 보낸 것입니다."

삼족개라는 말에 제갈경의 표정이 굳어졌다.

그는 아는 것이다. 삼족개가 지금 누구와 있는지, 어디에 있는지.

한데 서신의 상태로 봐선 뜯어보지 않은 듯했다. 위판당의 당주가 서신을 보지도 않고 가져오다니, 의외라면 의외였다.

"왜 읽어보지 않았느냐?"

"삼족개가 보낸 서신이라면, 아무래도 숙부님께서 먼저 보셔야 할 것 같아서 바로 가져왔습니다."

역시 자신의 기대를 저버리지 않는 제갈호다.

제갈경은 만족한 표정으로 서신을 집어 들고는, 봉투를 열고 서신의 내용을 확인했다.

순간이었다. 제갈경의 표정이 딱딱하게 돌덩이처럼 굳어버렸다.

보낸 사람은 삼족개지만, 서신은 삼족개가 쓴 것이 아니었다.

바로 그가 쓴 것이었다. 천사단주 전무심이!

서신을 뚫어지게 바라보던 제갈경이 고개를 든 것은 이각이 넘어서였다.

서신을 접어 봉투 속에 집어넣은 그가 불쑥 말했다.

"맹주님을 만나야겠다."

제갈호의 눈이 커졌다. 하지만 별다른 의문은 표하지 않고 고개를 숙였다.

"소질이 모시겠습니다."

허경 진인이 머무는 정천전의 내실.

서신을 내려놓은 허경 진인은 곤혹스런 표정으로 제갈경을 바라보았다.

"군사는 어떻게 생각하는가?"

"천왕과 제군이 섬서로 들어온 이상, 이제는 누구도 안심할 수가 없게 되었습니다. 저의 소견으로는 전무심의 의견을 받아들이는 것도 괜찮을 것 같습니다, 맹주."

"많은 장로들이 반대할 것이네."

"반대한다고 해서 할 일을 안 할 수는 없는 노릇이지요."

"음……. 솔직히 말하자면, 꼭 그렇게 하지 않아도 될 것 같네만."

제갈경의 눈이 허경 진인을 향했다.

탐탁지 않은 눈빛, 마도와 손을 잡는다는 것에 불만이 가득한 표정이다.

아마 장로들도 더하면 더했지 덜하지는 않을 터였다.

"그렇다고 맹도들의 목숨을 담보로 모험을 할 수도 없는 일이 아니겠습니까?"

"하면 전무심의 의견을 받아드릴 생각인가?"

"일단은 받아들이고 나서 상황을 보는 게 낫다는 생각입니다."

"장로들이나 각 문파의 원로들이 마도와 손잡는 거에 대해 말들이 많을 거네."

제갈경은 차마 해서는 안 되는 말을 해야 하는 사람처럼 딱딱하게 굳은 표정으로 말했다.

"맹주님께 말씀 드리지는 않았습니다만, 전무심이 저에게만 따로 보낸 서신이 하나 더 있습니다."

허경 진인이 주름진 눈을 들어 제갈경을 바라보았다.

제갈경이 말을 이었다.

"그가 저더러, 무슨 일이 있어도 협상을 성사시키라 했습니다. 혈풍이 구파의 본산을 휩쓸고, 오가의 본가를 잿더미로 만든 다음에는 늦다면서 말입니다."

순간 허경 진인의 몸에서 장중한 기세가 흘러나왔다.

"그 도우, 말을 너무 쉽게 하는구먼."

노기가 서린 목소리는 산악처럼 무거웠다.

그러나 제갈경은 이를 악물고 허경 진인에게서 쏟아지는 무형의 기세를 받아냈다.

"솔직히…… 저는 그의 말이 옳다고 생각하고 있습니다."

잇새를 비집고 흘러나오는 목소리는 가늘게 떨렸지만, 눈빛만큼은 그 어느 때보다 활활 타올랐다.

우유부단하던 제갈경의 평소 모습과는 많이 다른 모습. 그 모습이 의외인지 허경 진인은 기세를 누그러뜨리고 나직이 물었다.

"우리 무당이나 소림이 천왕교에 의해 무너질지도 모른다, 그 말인가?"

제갈경이 미미하게 고개를 끄덕였다. 서신의 말미에는 서너 곳이 한꺼번에 무너질지도 모른다 쓰여 있었다. 그러나 차마 그 말만은 할 수가 없었다.

"천하의 그 어느 곳도…… 단일 세력으로는 그들을 당할 수 없습니다."

사실이 그랬다. 그것은 허경 진인도 알고 있는 바였다.

물론 사문인 무당이 천왕교에 맥없이 당할 거라 생각하지는 않았지만, 정면으로 붙으면 현저히 밀리는 것 또한 사실이었다.

문제는, 그들이 구파오가의 본산본가를 공격하게 되면, 가장 가까이에 있는 무당을 먼저 노릴 거라는 것이었다.

　허경 진인이 제갈경을 지그시 응시한 채 말했다.

　"좋네. 일단 일을 진행시켜 보도록 하게. 하나 주도권을 놓쳐서는 안 될 것이야. 그것만이 본 맹의 원로들을 설득할 수 있을 터인즉……."

　그제야 안도의 한숨을 내쉰 제갈경은 두 번째 문제를 꺼냈다.

　"천왕교와 정면 승부를 하기 위해선 율령이 바로서야 합니다. 해서 드리는 말씀입니다만……."

2

　안강에서 이십 리 서쪽, 천왕장.

　장원의 중앙에는 우뚝 선 삼층의 대전각이 서 있었는데, 어스름이 밀려오자 전각 안이 마흔 여덟 자루의 팔뚝만 한 황촛불로 대낮처럼 환하게 밝혀졌다.

　은은한 황촛불 아래 석상처럼 앉아 있는 사람들은 모두 열아홉.

　자색 용포를 입고 제일 상석의 태사의에 몸을 묻은 천왕 사도궁헌, 눈처럼 하얀 백의를 입고 천왕 바로 옆에 앉은 제군 백리군악을 비롯해 그들은 천왕교의 전부라 해도 과언이 아닌 자들이었다.

　개중에는 천왕대전의 호법과 장로들, 귀왕전주 선우무혁과

새롭게 지옥전을 이끌게 된 영호우양, 그리고 사단의 단주 등 백리군악이 잘 알고 있는 사람들도 있었지만, 천왕가의 사람들을 움직이는 천왕오로 중 세 사람, 홍완동과 나란히 앉아 있는 두 명의 노인처럼 백리군악조차 천왕곡을 나오고 나서야 처음 본 사람들도 있었다.

침묵은 쉽게 깨지지 않았다. 바람조차 가라앉은 지 일각.

이어지던 침묵을 깨고 제일 먼저 입을 연 사람은 사도궁헌이었다.

"어떻게 할 생각인가?"

거대한 대전을 울리는 만큼 거암처럼 묵직한 저음. 사도궁헌의 물음에 백리군악이 조용히 입을 열었다.

"현재 우리가 주의해야 할 적은 모두 셋입니다. 그중 하나야 두말할 것도 없이 정천무맹이고, 다른 하나는 마존궁과 화산과 종남 등 수백 년간 섬서무림에 군림해 온 터줏대감들입니다. 하나… 그보다도 더 주의해야 할 세력이, 아니, 사람이 한 사람 있습니다."

대부분의 사람들 입에서 침음성이 흘러나왔다. 백리군악이 누굴 말하고자 하는지를 알고 있었기 때문이다.

암천혈왕. 마침내 그가 나타났다지를 않는가.

잠시 말을 끊은 백리군악이 사람들을 한 바퀴 둘러보고 말을 이었다.

"모두 아시는 거 같군요. 그렇습니다. 전설의 암천혈왕이자 천사단을 이끄는 천사혈왕 전무심, 바로 그를 말하는 것입니다."

천사혈왕(天死血王)!

천사단이라는 이름과 율이명이 죽어가며 남긴 마지막 한마디, 혈왕 강림이라는 말이 전해지자 천왕교의 사람들이 전무심에게 붙인 별호였다.

백리군악의 입에서 그 이름이 튀어나오자 사람들의 얼굴이 굳어졌다.

"어이가 없군. 천하를 쟁취하겠다는 본 교가 기껏 한 사람 때문에 골머리를 싸매고 계획을 수정해야 하다니!"

천왕가의 원로인 천왕오로(天王五老) 중 한 사람, 사도무연과 동갑내기 사촌 간이면서도 앙숙인 사도무진이 투덜거리며 고개를 저었다.

그러나 백리군악은 조금도 흔들리지 않고 말을 계속했다.

"그는 암천혈왕의 전설을 이은 자, 본 교에서도 상대할 수 있는 사람이 두어 명에 불과할 정도로 강합니다. 게다가 그가 이끄는 천사단에는 절대지경의 고수가 둘이나 끼어 있고, 절정의 고수가 수십 명이나 됩니다. 아마 제 생각이 잘못되지 않았다면, 머지않아 그의 주위로 더 많은 사람들이 모여들게 될 터, 상대하기가 더 어려워지게 될 겁니다."

"백리 군사가 하고자 하는 말은 뭔가? 설마 그에게 겁을 먹었다는 말은 아니겠지?"

또 다른 원로, 사도무궁이 카랑카랑한 목소리로 물었다.

백리군악은 두어 번 고개를 젓고 그를 바라보았다.

"그를 제거하지 않고서는 아무 일도 할 수 없다는 것을 말씀

드리고 싶은 것입니다."

그때 천왕 사도궁헌이 물었다.

"방법은 있는가?"

"방금 이곳으로 오기 전, 한 가지 소식이 들어왔습니다."

"소식? 무슨 소식?"

"마존궁과 정천무맹의 대표들이 모종의 협상을 하기 위해서 만나기로 했다고 하는데, 그 일을 성사시킨 게 전무심이라 합니다."

사도무궁이 힐난조로 물었다.

"그게 어쨌다는 말인가?"

백리군악이 그를 향해 강한 어조로 말했다.

"기회가 왔다는 말이지요. 전무심과 천사단을 제거할 기회가. 그리고 마존궁과 정천무맹의 주력을 일시에 부술 수 있는 기회가 말입니다."

사도무진이 눈을 번들거리며 고개를 끄덕였다.

"흠, 그들이 협상을 하기 위해 모이면 한꺼번에 두 마리 토끼를 잡겠다, 이 말인가 보군."

"바로 그겁니다. 성공하면 섬서는 우리 손에 들어온 거나 마찬가집니다."

그때 사도궁헌이 물었다.

"계획은 섰는가?"

"교주께오서 허락만 해주신다면, 구파오가를 치려던 계획을 늦추고 그 일을 먼저 해결할까 합니다."

3

전무심은 삼족개로부터 연락을 받자마자 사문천을 찾아갔다. 그리고 다른 모든 사람을 배제한 채 두 사람만의 밀담을 나누었다.

"그들과 작수에서 만나기로 했습니다."

"적당하군. 한데 맹주가 직접 온다던가?"

"아직 확실치는 않습니다만, 적어도 궁주님의 체면을 손상시키지는 않을 거라 생각하고 있습니다."

전무심의 담담한 말투에 사문천은 눈의 초점을 허공에 두고 잠시 생각에 잠겼다.

그렇게 한참이 지나서였다. 사문천이 전무심을 직시한 채 물었다.

"천왕교에서 보고만 있을 거라 생각하나?"

"그러지는 않겠지요."

"하면 어찌할 건가?"

전무심은 아무런 감정도 없는 눈으로 사문천을 바라보았다.

"솔직히 말하자면…… 저는 그들이 달려들기를 바라고 있습니다."

사문천의 눈빛이 싸늘하게 가라앉았다.

이때만큼은 사화련을 두고 농담조로 말하던 그가 아니었다.

그가 형형한 눈빛으로 물었다.

"혹시 자네는 이런 일을 바라고 정천무맹과의 만남을 주선한 것이 아닌가?"

전무심이 여전히 무심한 표정으로 되물었다.

"만일 그들이 이 기회를 노려 마존궁과 정천무맹을 치려 한다면 피할 생각이십니까?"

사문천이 곧바로 코웃음으로 대답했다.

"내가? 홍! 천만에!"

"그럼 그것은 그리 중요한 문제가 아닌 것 같군요."

순간 사문천의 눈이 가늘어졌다.

"그런 생각이 있긴 있었나 보군."

"싸움이 길어져 봐야 좋을 거 없다는 생각은 해봤지요. 더구나 지금처럼 천왕교의 힘이 정립되기 전이 아니면, 그러한 일을 시도해 볼 수도 없을지 모르니 말입니다."

"성공 가능성은 얼마나 될 거라 생각하나?"

"어느 정도 준비를 하느냐에 달려 있지 않겠습니까?"

전무심을 뚫어지게 노려보던 사문천은, 당연한 걸 묻는다는 듯한 전무심의 말투에 이를 지그시 깨물었다.

"으음, 그럼 상당한 준비를 해야 할 것 같군."

"아마 마존궁의 전력을 다 끌어내야 할 겁니다."

"기둥뿌리를 뽑을 각오를 하라는 말로 들리는군."

"아니면 기둥이고 뭐고 남는 게 없을 테니까요."

"으음……."

사문천은 결심을 하기가 쉽지 않은 듯 눈을 감았다.

그러더니 한참이 지나서야 눈을 떴다.

"정천무맹은 어느 정도의 힘을 투입할 것 같은가?"

"이번 기회에 타격을 주지 못하면 천왕교가 본산을 치기 시작할 거라 했지요."

"훗. 그러잖아도 손해가 막심하다 들었는데, 똥줄이 타겠군."

사문천이 그답지 않게 불쑥 저속한 말을 내뱉는다. 전무심은 오히려 그런 사문천이 조금은 친근하게 느껴졌다.

"사실이 그러하니까요."

전무심이 툭 던진 말에 사문천이 흠칫, 입가의 웃음을 지웠다.

"그들이 정말 구파오가의 본산을 공격할 거라, 이 말인가?"

"집중된 정천무맹의 힘을 분산시키는 데는 그 방법이 제일 좋지 않겠습니까?"

"오히려 역효과가 날지도 모르네."

"한곳을 친다면 그럴지도 모르지요. 그러나 서너 곳을 한꺼번에 친다면, 구파오가는 더 이상 정천무맹에 힘을 보태기가 어려워질 겁니다."

"구파오가 중 서너 곳을 한꺼번에 친다? 천왕교가 생각보다 막강하다는 것은 나도 이제 인정하네만, 정말 그 정도의 힘이 있단 말인가?"

사문천이 반신반의하며 묻는다.

하긴 태주열의 보고만 듣고서 그 강함을 어찌 알 수 있을까?

전무심이 끝도 보이지 않는 어둠 속을 향해 말하는 듯 나직이 답했다.

"곧…… 질리도록 느끼게 될 겁니다."

톡톡, 버릇처럼 손가락으로 탁자를 치던 사문천이, 어느 순간 손짓을 멈추고 하얀 눈을 빛냈다.

"좋아, 그러면 본 궁을 지킬 최소한의 인원만 남기고 모조리 이번 일에 투입하겠네."

패도를 추구하는 사문천이다. 아마 절로 피가 끓을 터였다. 다만 좀 더 확실한 계산을 하기 위해 잠시의 시간이 필요했을 뿐.

자신이 원하던 답이 나오자 전무심의 입가로 가는 선이 그어졌다.

"그리되면 정천무맹도 더 많은 것을 내놔야 할 겁니다."

"후후후, 당연히 그래야겠지. 명색이 그래도 구파오가를 비롯한 정파의 연합체가 아닌가?"

"준비를 마치려면 얼마나 걸릴 것 같습니까?"

"사흘 정도 걸리지 않을까 싶네."

"그럼 준비되는 대로 뵙지요."

할 말 다 했다는 듯 전무심이 자리에서 일어서자 사문천도 따라 일어났다.

마주 바라보는 두 사람의 눈에서 붉고 하얀 기운이 스치듯 떠올랐다.

마침내 천사지안과 철혈의 마안이 함께 움직이기 시작한 것이다.

4

사흘의 시간은 그리 짧지 않은 시간이었다.

그사이 개방을 통해 여기저기서 천왕교에 대한 정보가 흘러 들어 왔다.

─안강 일대가 완벽히 천왕교의 세력이 되었다.

─정천무맹과 혈곡의 싸움이 잠시 소강 상태를 보이고 있는 판에 혈곡과 화산이 한바탕 접전을 벌였다.

─공손세가가 주변 정리 작업에 들어갔다. 며칠 만에 석천 남부 이백여 리 내에 있는 중소문파 중 공손세가에 단순히 협 조하기로만 했던 십여 곳이 무릎을 꿇고 충성을 맹세했다.

별거 아닌 이야기일 수도 있었다. 그러나 결코 그렇지 않았 다.

"놈들이 강호인을 철저히 통제하고 있네. 심지어 우리 같은 거지들까지 함부로 돌아다니지 못하게 하고 있어."

삼족개의 말대로라면, 천왕교의 움직임이 장막에 가려져 있 다는 것과도 같았다.

전무심은 상황의 심각함을 짐작하고 즉시 설야광을 불렀다.

"이번에 나온 천왕교의 수뇌부에 은천비원의 사람이 끼어 있소?"

"그럴 것입니다."

"그들과 연락할 수 있겠소?"

처음부터 연락을 취할 방법을 만들고 나온 터였다. 설야광은 망설이지 않고 대답했다.

"가능합니다."

"좋소, 그럼 그들에게 연락해서 천왕교의 움직임을 수시로 전해달라고 하시오."

"예, 단주."

설야광이 나가자 전무심이 삼족개에게 말했다.

"저들이 지나갈 거라 예상되는 모든 경로에 개방의 제자들을 투입해야 할 것 같소."

"그 일을 하려면 수백 명을 동원해야 할 거네."

"수백 명이 아니라 수천 명을 동원하는 한이 있어도 꼭 해야만 하오. 지금부터는 정보와 시간 싸움이오."

"그러다 보면 동냥을 다닐 수 없을 텐데, 그럼 밥은 누가 주나?"

삼족개가 개방의 거지답게 먹는 것부터 걱정했다.

전무심이 걱정할 것 없다는 듯 말했다.

"그 일에 투입되는 제자들에게 미리 건량을 지급하시오. 건량을 구입하는 돈은 대주겠소."

"부자군. 그 많은 거지들을 먹여 살리겠다니."

"한 달이면 되지 않을까 싶소."

"그래도 은자 천 냥은 넘게 들어갈 거네."

전무심이 별거 아니라는 투로 말했다.

"마존궁에게 그 정도는 푼돈에 불과할 것이오."

한마디로 사문천에게 받아내겠다는 말.

삼족개의 걱정스럽던 표정이 환하게 밝아졌다.

"그럼 최대한 많은 아이들을 동원해야겠군. 춘궁기라 배고 픈 아이들이 많을 텐데 말이야. 흠, 장안의 아이들도 모조리 불러올까?"

그럼 적어도 이천 명은 될 터였다.

"좋을 대로 하시오. 많으면 많을수록 좋으니까."

그날 저녁, 고르고 고른 마존궁의 정예들이 성고에 도착했다.

모두 오백이 넘었다. 기존에 있던 무사들까지 합하면 무려 천팔백에 이르는 대병력. 마존궁 전체 무사들 중 칠 할이 성고로 몰려든 것이다.

그러나 전무심은 그들 중 반만 추려내도록 했다.

어지간한 일류고수들도 생사를 장담할 수 없는 터. 공연히 일반무사들까지 사지로 내몰 수는 없는 일이었다.

사문천은 전무심의 생각에 동의하고 즉시 무사들을 추려냈다.

그렇게 골라진 무사들만도 일천에 가까웠다.

다음날, 소리없는 움직임이 추영장 내에서 일더니, 사문천이 마존궁의 무사들을 이끌고 먼저 움직였다.

전무심은 천사단과 함께 두 시진의 시간차를 두고 성고를 떠났다.

*   *   *

화운곡이 전무심을 찾아온 것은 천사단이 성고를 떠난 지 이틀째, 양하에 이르렀을 때였다.

"사영이 앙강으 거너다 하니다."

아마도 흑화령주가 장강을 건넜다는 말인 듯했는데, 짧은 몇 마디조차 알아듣기가 힘들었다.

전무심은 화운곡의 천으로 감싼 목을 바라보며 물었다.

"어쩌다 목을 다친 거요?"

화운곡이 뒷머리를 긁으며 말했다.

"저에… 항수에서 노드리 앙강으 거너는 거 사피다 드켜서……."

아마 자신의 명으로 한수를 건너는 천왕교를 살펴보다 당한 듯하다.

그런데도 자신을 원망하는 마음은 눈을 씻고 봐도 보이지 않는다.

전무심은 그런 화운곡을 물끄러미 바라보았다.

부려먹기만 하고 아무것도 해주지 않은 자신이거늘, 눈곱만큼도 원망하지 않다니.

'미안하오. 이곳 일이 끝나고 나서도 내가 살아 있다면, 내 꼭 당신의 일부터 해결해 드리리다.'

그때 화운곡이 품속에서 천에 감긴 소전 하나를 꺼내 내밀었다.

"이거이 모글 뚜코……."

그의 목을 뚫은 화살인 듯했다.

전무심은 화운곡이 내민 화살을 받아 들고는 침중한 표정으로 말했다.

"목이 나을 때까지는 쉬도록 하시오."

하지만 화운곡은 고개를 저으며 억지로 목을 쥐어짰다.

"에가 사엉으 마나쓰며 하니다."

전장에서 벗어나 흑화령주를 만나러 가는 것도 괜찮을 듯했다. 게다가 마침, 장강으로 가려는 그에게 시킬 일도 있었다.

"그럼 그렇게 하시오. 그리고 가는 길에 무한의 철심장에 들러서 내 서신을 하나 전해주시오."

"에? 에, 아게쓰니다."

전무심은 즉시 진무악을 찾았다. 그리고 척우진과 함께 들어온 그에게 서신을 쓰도록 했다. 일전에 나눈 이야기를 실행에 옮기기로 결심한 것이다.

그들이 자신의 생각대로 움직일지, 아니면 무시할지 알 수 없었지만, 자신 역시 손해 볼 것 또한 없었다.

그렇게 진무악이 서신을 다 쓰자 척우진이 불쑥 나서서 옆에 서명을 했다. 그러더니 전무심에게도 서명을 하도록 종용했다.

"저놈을 믿을 수 없으니 할 수 없지 않은가? 우리라도 힘을 보태는 수밖에."

전무심도 미처 생각지 못했던 좋은 생각이었다.

대천도 척우진의 이름이 더해진다면, 철심장주도 나 몰라라 할 수는 없을 것이 아닌가 말이다.

그런데 척우진의 생각은 조금 달랐다.

당금 강호를 뒤흔드는 전무심의 이름이 적혀 있거늘, 누가 감히 무시한단 말인가!

어쨌든 화운곡은 사형을 만난다는 설레임에 밝은 얼굴로 양하를 떠나갔다. 가슴에 남풍을 불러올 서신을 품고서.

5

더 이상 복면을 쓰지 않은 다섯 사람이 침중한 표정으로 싸늘히 식은 빈 찻잔을 앞에 두고 둘러앉았다.

어렴풋이 서로의 정체를 알고 있었기에 별다른 놀람은 없었다.

먼저 입을 연 것은 이제 이십대 중반 정도 되어 보이는 잘생긴 청년이었다.

"일이 급박하게 돌아가고 있습니다."

낭랑한 목소리가 청년, 은천일호의 입에서 흘러나오자 긴장감으로 팽팽하게 당겨졌던 장내가 일순간 요동쳤다.

일호가 다시 말을 이었다.

"첫 번째 대규모 접전이 벌어질 것 같습니다."

말없이 앉아 있던 하천광이 물었다.

"천왕이 직접 움직였나?"

일호가 대답했다.

"천왕은 나서지 않고, 제군이 나설 거 같습니다. 그리고 안강과 공손세가에 있던 본 교의 무사들 중 일천오백이 이번 일에 투입될 듯합니다."

"으음… 거의 반에 이르는 무력을 투입하다니, 제군이 단단히 벼르고 있는 모양이군."

"개중에는 천왕대전의 호법과 장로들은 물론이고, 천왕가의 사람들과 천외비각의 노괴들도 끼어 있다 합니다."

"그들까지 투입되었다고?"

하천광이 굳은 표정으로 일호를 바라보았다.

천왕과 제군을 따라 밖으로 나간 사람이 넷, 이제 천왕곡 안에 남은 은천비원의 핵심 간부는 여섯이 전부였다. 그나마도 얼마 전부터는 구호가 보이지 않았다. 일호의 말로는 그의 건강이 좋지 않아 앞으로 나오지 못할 것 같다고 했다. 그럼 이제 네 사람이 모든 것을 이끌어야 한다는 말.

"이대로 이곳에 있을 때가 아닌 것 같군. 한 사람이라도 더 밖으로 나가봐야 할 거 같네."

좌측에 앉아 있던 덩치 큰 중년인, 사호가 곤혹스런 표정을 지었다.

"제군의 눈과 귀가 한시도 우리를 떠나지 않고 있습니다. 솔직히 이번 모임조차 위험하다는 생각이 들어서 오는 것을 망설여야 했을 정돕니다. 하물며 우리가 밖으로 나간다면 저들이 가만있지 않을 겁니다."

그때였다. 한마디도 하지 않고 조용히 앉아 있던 냉막한 표정의 중년인, 칠호가 말문을 열었다.

"여러분들은 이상하다는 생각을 해본 적이 없습니까?"

모두가 그를 쳐다보았다.

그가 말을 이었다.

"제군이 본 원에 대한 것을 알고 있을 거라는 것 정도는 모두가 알고 있을 겁니다. 그런데도 그는 우리를 그대로 두었지요. 그리고 그냥 천왕곡을 나갔습니다."

"정확한 정체를 몰라서 그냥 놔두었을 수도 있지 않은가?"

무뚝뚝한 표정의 중년인, 오호의 물음에 칠호가 천천히 고개를 저었다.

"그럼 제군이 아니지요."

얼음물을 뒤집어쓴 듯 장내가 조용해졌다.

그렇다. 상대는 제군 백리군악이 아니던가.

그라면 알고 있었을지도 모른다. 설령 정확한 정체를 몰랐다 해도, 그는 절대 등 뒤의 비수를 그냥 놔둘 사람이 아니다. 하다못해 의심되는 사람들을 모조리 잡아들여야 그다웠다. 그랬다면 그중 한두 사람은 그의 그물망에 걸려들었을 테니까.

한데 아무런 조치도 취하지 않고 그냥 밖으로 나가다니. 그것이 더 의문이었다.

"칠호의 생각을 듣고 싶군요."

일호의 말에 칠호가 자신의 생각을 말했다.

"무엇 때문이지는 몰라도 그는 우리가 움직이기를 바라고 있습니다. 그것이 자신감 때문인지, 아니면 다른 목적이 있어서인지는 몰라도 말이지요."

"그가 왜?"

"그걸 몰라서 입을 다물고 있었던 겁니다."

결국 원점으로 돌아가는 대답이었다.

그러나 한 가지만은 분명했다.

이유는 모르지만, 백리군악이 자신들을 놔두고 있다는 것.

하천광이 나직하고도 힘있는 목소리로 말했다.

"그럼 일단 움직여 보세. 움직이다 보면 그가 어떤 생각을 가지고 있는지 알게 되겠지."

사호가 물었다.

"밖으로 나갈 생각이십니까?"

"그래야 한다면 그래야겠지."

그러나 일호가 그의 뜻을 막았다.

"천왕가의 사람들이 칠 할 가까이 밖으로 빠져나갔다고는 하지만, 아직 남은 사람도 삼 할이 넘습니다. 그들과 말상대가 될 수 있는 분은 어르신밖에 없습니다. 그러니 어르신께선 이곳에 남아주십시오. 밖으로는 제가 나가겠습니다."

"자네가?"

"그러잖아도 안에서 보고만 받고 있자니 너무 답답하던 차였습니다. 이 기회에 바깥 구경도 할 겸 나가볼까 합니다."

일호의 담담한 말에 하천광이 고개를 끄덕였다.

"그것도 괜찮겠군. 그럼 나는 그동안 천왕가를 회유하는 일에 매달려 보겠네."

"좋습니다. 그럼 나가서 함께 나갈 사람들을 모아보도록 하지요."

일호가 결론처럼 말을 맺자 오호가 일어서며 말했다.

"어줍잖은 실력을 지닌 사람들은 아무리 많아봐야 소용없소. 사람을 뽑을 때 숫자보다는 실력을 더 중점적으로 생각해야 할 거요."

일호가 오호의 말을 받아 보충을 했다.

"게다가 우리의 뜻을 확실히 이해하는 사람이어야 하겠지요."

천왕곡에 남아 있는 무사는 이천 정도. 그중 일류 이상, 더구나 절정의 경지를 넘어선 고수는 그리 많지 않았다.

그러나 아주 없는 것도 아니었다. 문제는 자신들과 뜻을 같이하는 자가 그중에서도 얼마 되지 않는다는 것이었다.

'백 명이나 채울 수 있을지 모르겠군.'

제군 백리군악이 천왕을 적극적으로 따르는 사람들만 데리고 나간 것이 그나마 다행이라면 다행이었다.

그렇다고 해서 남은 사람들이 천왕의 반대파냐 하면 그것도 아니었다. 천왕은 인정하지만, 천왕율에 따라 밖으로 나가지 않겠다는 자들만 남은 것이다.

그때 하천광이 일어선 세 사람을 향해 말했다.

"최대한 회유시킬 수 있는 사람은 회유시키게. 확인이 안 된 정보라 아직 자네들에게 말하지 않았네만, 듣기로는 천왕이 사도궁헌이 아닐지도 모른다 하더군."

네 사람이 동시에 눈을 크게 떴다.

"그게 무슨 말씀입니까?"

"나도 말만 들었을 뿐이네. 좀 더 확인을 해보고, 나중에 정확한 것을 알려주겠네."

사도무연을 만나야 그 일에 대한 것을 정확히 알 수 있을 터였다. 하지만 만나기가 쉽지 않았다. 천왕가의 사람들 칠 할이 빠져나간 후로도 천왕가는 여전히 구중천이었던 것이다.

그러나 이제, 하천광은 모험을 해서라도 그를 만날 생각이었다. 은천비원의 핵심을 이루는 사람들이 모두 밖으로 나가려는 이상, 이제 더는 시간이 없는 것이다.

'그곳이 설사 지옥이라도……'

그렇게 하천광이 생각에 골몰하고 있을 때다. 은천일호인 청년이 이를 지그시 깨물고 말했다.

"만일 그게 사실이라면 상황이 많이 달라질 것입니다. 최대한 빨리 그에 대한 것을 알아보셨으면 합니다."

"나도 그럴 생각이네."

하천광은 싸늘한 안광을 빛내며 답하고는 일호를 바라보았다.

"조심하게. 자네의 어깨에 천왕교의 미래가 달려 있음이니……."

"걱정 마십시오. 저는 여러분들의 생각보다 강합니다. 그리 쉽게 당하지는 않을 것입니다."

하천광도, 이곳에 있는 누구도 은천일호가 얼마나 강한지 알지 못했다. 그의 뜻이 옳고, 게다가 비무까지 이겨 자신들을 승복시켰다지만, 그래 봐야 그 차이가 크지 않다 생각했다.

그들이 은천일호를 따르는 것은 그가 강해서가 아니었다. 은천일호의 나이가 젊다는 것, 그가 곧은 뜻을 지니고 있다는 것, 그것이 그들로 하여금 미래를 꿈꾸게 했다.

하기에 누구도 그가 무너지는 것을 바라지 않았다. 그가 무너지면 은천비원도, 천왕교의 미래도 끝장이니까.

은천일호는 자신을 걱정스런 눈으로 바라보는 세 사람을 향해 어깨를 으쓱 추켜올렸다.

"좌우간 마침내 그를 만나게 되는군요. 대체 혼자서 본 교를 농락한 자가 어떤 자인지, 꼭 만나보고 싶었는데 말입니다."

하지만 그는 미처 보지 못했다. 자신을 바라보는 하천광의 눈매가 왠지 모르게 떨리고 있다는 것을.

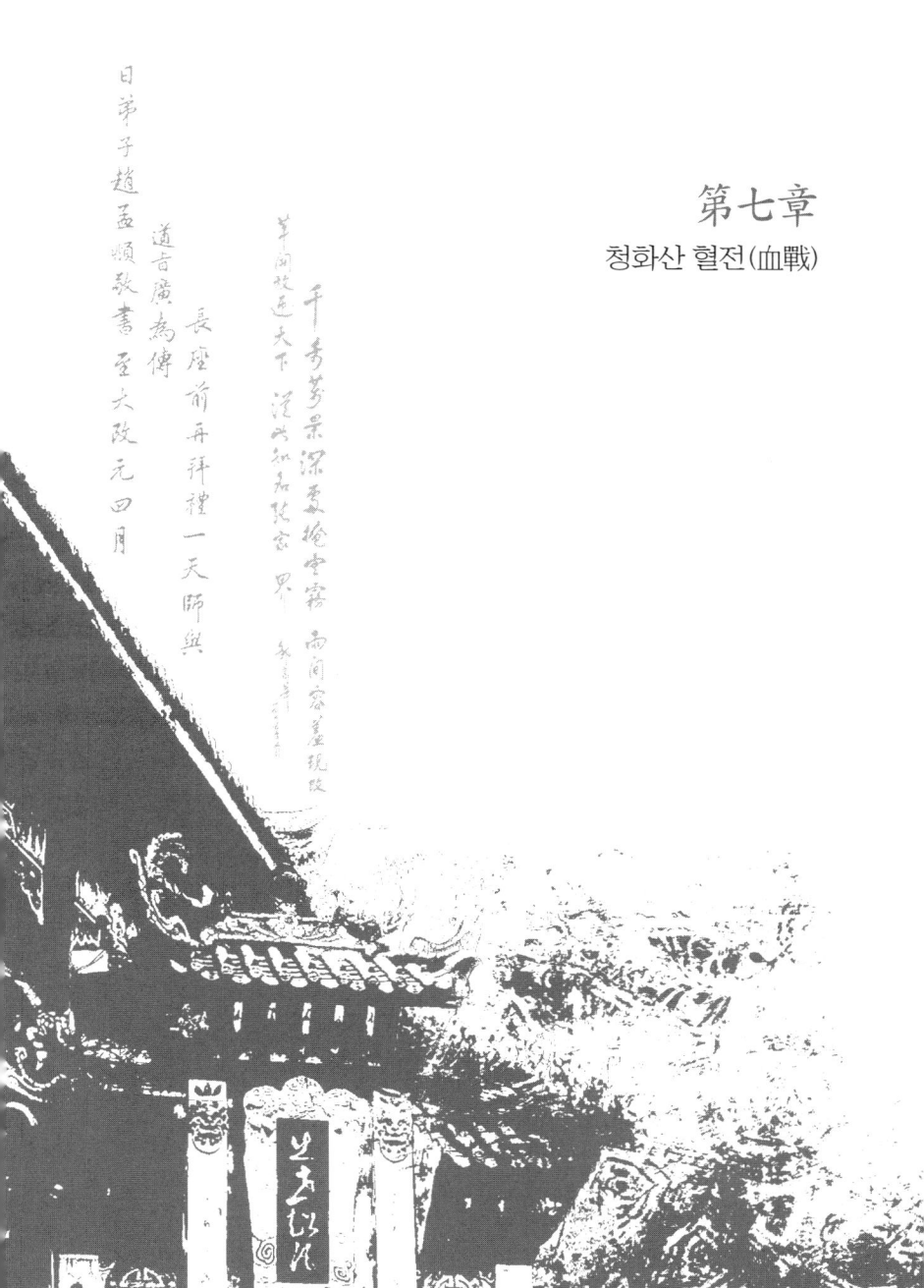

第七章
청화산 혈전(血戰)

死星
天血

1

    작수에 도착하기 하루 전부터 천사단과 마존궁의 무사들은 삼십여 개의 조로 나누어져 뿔뿔이 흩어졌다.

    그리고 약속 날짜 하루 전, 석양이 붉게 타 들어갈 무렵 작수에 들어섰다.

    천왕교의 시선을 피하자는 목적도 있었지만, 일천이 넘는 무사가 한꺼번에 작수에 들어갔을 때 일어날 일을 미연에 방지하기 위함이었다.

    그렇게 작수에 도착한 그날 저녁, 정천무맹이 전무심에게 장소와 시간을 통보했다.

    "회합 장소를 청화산의 청화사라는 곳으로 정했다 합니다. 시간은 내일 오시 정각입니다."

청화사는 오래된 사찰로 작수에서 이십여 리 떨어진 곳에 있었다. '우리를 만나려면 너희들이 와라' 란 뜻이 담긴 선택이기도 했다.

"흥! 정파 놈들 하는 짓이 그렇지. 여기서 하면 어디가 덧나나?"

뒤늦게 마존궁을 떠나 합류한 패도마신 정위한이 코웃음 치며 정천무맹의 작태를 비웃었다.

정위한은 마존궁 원로원의 원주로 사문천의 사숙이 되는 자였다.

그는 정천무맹도 마음에 들지 않았지만, 전무심도 마음에 들지 않았다. 새파랗게 젊은 놈이 감히 마존궁의 행사에 끼어들어 이러쿵저러쿵하다니.

'언제부터 마존궁이 저따위 젊은 놈에게 휘둘렸단 말인가!'

전무심의 무위가 천하제일을 다툴 정도라 하지만, 그것도 말 많은 놈들이 지어낸 헛소문처럼 들릴 뿐이었다.

"궁주, 이렇게 무시당하면서도 이번 일을 꼭 해야만 하는가?"

정위한이 불만 가득한 표정을 지으며 묻자 사문천이 대답했다.

"사숙, 정천무맹도 두려워하는 천왕교를 상대하는 일이외다. 조금만 참으시구려."

전무심도 정위한이 어떤 마음을 가지고 있는지 알고 있었다. 그러나 굳이 상대하지는 않았다. 마존궁의 궁주는 사문천이지 정위한이 아니었다.

"내일 아침에 무사들을 먼저 보내서 청화산 일대의 지형을 숙지시켜야겠습니다."

"시간이 촉박하겠군."

"하는 수 없지요. 모르는 것보다는 나을 테니 말입니다."

다음날, 날이 밝자 천사단과 마존궁의 무사들이 먼저 청화산으로 떠났다.

전무심과 사문천은 사시 무렵에야 작수를 출발했다.

그렇게 작수를 출발한 지 반 시진, 산 아래에서 전무심과 사문천 일행을 맞이한 사람은 십여 명의 중견 무사를 이끌고 온 황보진이었다.

황보진은 전무심을 보고는 밝게 웃음을 지었다.

"그동안 안녕하셨소이까, 전 공자."

"오랜만입니다."

한데 그 모습이 마음에 안 드는지 정위한이 콧소리를 내며 인상을 찡그렸다.

"킁! 어째 인사를 거꾸로 하나?"

그제야 황보진이 담담한 표정으로 사문천과 정위한을 향해 포권을 취했다.

"정천무맹의 황보진이라 합니다. 전 공자와는 제법 깊은 인연이 있지요. 아무래도 모르는 분보다는 아는 사람과 먼저 인사를 하는 것이 순서가 아니겠습니까? 실수라도 하면 당장 칼이 날아올지 모르는데 말입니다."

'말실수하면 칼을 먼저 들이대는 사람이 마도 아니냐?' 하는 뜻이 담긴 말이었다.

은근히 비꼬는 듯한 말투.

사문천이 자연스럽게 무형의 기운을 흘리며 나직이 되받아쳤다.

"어른에게 먼저 인사했다고 해서 누가 뭐라 하겠나? 정천무맹에는 그런 일로 기분 상하는 사람이 제법 많은 모양이군."

사문천의 기세를 황보진이 받아내기에는 무리였다. 단 몇마디를 나누는 사이에 얼굴이 굳어진다. 그래도 황보진은 안간힘을 다해 평정을 유지하고서 입을 열었다.

"목숨을 구해준 은인에게 먼저 인사했다고 타박하다니, 생각보다 마존궁의 마음 씀씀이가 좁은 것 같소이다, 사 궁주."

"정천무맹도 그리 넓은 것 같지는 않은 것 같군. 한시가 급한 판에 하루를 더 기다리게 하다니."

하등 도움이 안 되는 신경전을 벌이는 두 사람이다.

보다 못한 전무심이 제동을 걸었다. 방법은 간단했다.

"먼저 들어가겠습니다."

그냥 먼저 안으로 걸어가 버렸다.

사문천과 황보진은 어정쩡한 표정으로 전무심의 등을 바라보더니 어쩔 수 없다는 듯 몸을 돌렸다.

"험, 들어가시지요, 궁주."

"커험!"

산은 그리 높지 않았다. 그러나 굴곡이 심하고 갈래갈래 찢긴 산은 수십 개의 계곡을 주름처럼 드리운 채 그 길이가 수십 리에 뻗쳤다.

청화사는 그중 가장 높은 봉우리인 청담봉의 아래쪽에 지어져 있었다. 하지만 굴곡 심한 계곡 때문인지 멀리서는 보이지도 않았다.

수십 개에 달하는 청화사의 사찰전각이 눈에 들어온 것은, 일행이 일주문을 지나 삼백여 장을 더 안으로 들어갔을 때였다.

삼층의 미륵불상전을 제외하고는 고만고만한 전각이 제법 넓은 분지를 가득 메우고 있었다.

이끼 가득한 돌담, 색 바랜 석탑, 수십 채의 고색창연한 전각들.

그 옆을 걸어가는 것만으로도 마음이 평온해지는 기분이었다. 이런 곳에서 피비린내 풍기는 강호사를 논해야 한다는 것이 어색하게 생각될 정도였다.

뎅! 뎅! 뎅!

마침 오시가 되어서인지 맑은 종소리가 계곡을 울렸다.

전무심은 종소리를 들으며 사문천과 함께 승방에 들어섰다.

"천사단의 전무심 공자와 마존궁의 사문천 궁주께서 오셨습니다."

한 발 앞서 들어간 황보진의 말이 떨어진 순간이었다.

승방 안쪽의 기다란 탁자 우측에 나란히 서 있던 다섯 명의 시선이 방문을 향해 집중되었다.

한데 들어선 사람이 단둘이라는 게 의외인 듯 두어 명이 문 너머 쪽으로 눈길을 주었다.

그러나 더 들어오는 사람은 없었다.

쿵, 방문이 닫히자 그제야 제갈경이 일어서서 먼저 인사를 건넸다.

"제갈경이 궁주를 뵈오이다."

'흠, 밖의 덩치보다 낫군.'

흐뭇한 마음을 속으로 감춘 사문천이 두 손을 맞잡고 가볍 게 두어 번 흔들었다.

"반갑소, 사문천이라 하오."

그러자 제갈경이 옆에 앉아 있는 네 사람을 소개했다.

"본 맹의 대표로 오신 부맹주님과 세 분 어르신입니다."

단아한 풍모의 중노인이 두 손을 잡고 담담하게 입을 열었 다.

"남궁창훈이오."

"사문천이외다."

마주 포권을 취하는 인사를 하는 사문천의 눈에 놀람이 떠 올랐다. 맹주인 허경 진인이야 워낙 많이 알려져 있어서 갑자 기 눈앞에 뚝 떨어진다 해도 놀랄 것이 없었다.

그러나 남궁창훈은 달랐다.

제왕검존 남궁창훈.

오존 중 한 사람이며, 백오십 년간 잠들었던 남궁세가의 제왕검결을 삼십 년 전 서른둘의 나이로 완벽히 재현해 냈다는 검의 천재가 바로 그였다.

그는 두 명의 부맹주 중 한 사람이면서도 정천무맹의 대소사에도 거의 얼굴을 내밀지 않았다. 그러다 보니 정천무맹의 수뇌부들조차 일 년에 한 번 얼굴 보기도 힘들었다. 오죽하면 정천무맹의 부맹주는 한 명뿐이라는 우스갯소리가 나올 정도였다.

그런 남궁창훈이 얼굴을 내밀었으니 사문천이 어찌 놀라지 않으랴.

'이 인간이 기어나오다니, 정천무맹도 어지간히 다급했나 보군.'

사문천이 잠시 생각을 가다듬는 사이, 제갈경이 모호한 웃음을 지으며 나머지 세 사람을 소개했다.

팽가의 원로인 벽력혼천도(霹靂混天刀) 팽추린, 산서 섭가의 전대가주인 일장만붕(一掌彎崩) 섭화평, 그리고 소림의 장로 여공 대사.

셋 다 한때는 구마(九魔), 칠절(七絶)의 위명에 결코 뒤지지 않는 명성을 떨쳤던 사람들이다.

얼마나 많은 고수들이 산속에, 방구석에 처박혀서 나오지 않고 있는 걸까?

전무심은 정천무맹의 넓고 깊은 저력에 고개를 끄덕이는 한편, 일천이 넘는 제자들이 죽고 나서야 몸을 일으킨 그들에게

묘한 반감이 들었다.

그때 고개를 돌린 제갈경이 남궁창훈과 세 명의 원로에게 전무심을 소개했다.

"여기 젊은 분이 천사단의 전무심 단주입니다."

네 사람의 눈이 일제히 전무심을 향했다.

혼세칠마존을 죽이고, 별다른 피해도 없이 천왕교 오백 고수를 죽음으로 이끈 천사단의 단주. 위진천하의 주인공이 눈앞에 있는 것이다.

전무심은 네 사람을 향해 포권을 취하며 무심한 목소리로 입을 열었다.

"전무심이라 합니다."

남궁창훈이 전무심을 뚫어지게 바라보더니, 나직이 한숨을 내쉬었다.

"후우……. 나는 남궁창훈이라 하네. 쓸모없이 나이만 먹은 늙은이지."

천하에서 누가 감히 남궁창훈에게 쓸모없이 나이만 먹은 늙은이라 말할 수 있을까.

그런데 전무심이 말했다.

"제가 보기에도 그러신 것 같습니다."

난데없는 말에 잠시잠깐 침묵이 흘렀다.

심지어 사문천조차 실눈을 뜨고 전무심의 옆모습을 바라보기만 했다.

"조부뻘 되는 분에게 말이 심하군! 이름 좀 알려지니 보이는

것이 없는가!'

팽추린이 침묵을 깨고 격노한 어조로 질타했다.

하지만 전무심은 남궁창훈만 바라보았다.

"제 말이 심하다 생각하십니까?"

"아니네, 아주 적절한 말이었어. 정말 쓸모없이 나이만 먹었으니 말이야."

입가에 잔잔한 웃음마저 띠는 남궁창훈이다.

그런 남궁창훈을 보며 팽추린이 인상을 찡그렸다.

"형님!"

"허허허허. 팽 아우, 저 젊은이는 사실을 말했을 뿐이네. 한데 내가 뭐라 한단 말인가?"

"하지만……."

"한 가지 검결에 매달려 두문불출한 사이 수많은 젊은이들이 죽었네. 내가 세상에 좀 더 관심을 가졌다면, 적어도 백 명 이상의 젊은이들이 지금도 숨을 쉬고 있을 텐데 말이야. 어떤가? 그동안 정말 쓸모없는 늙은이가 아니었는가?"

팽추린이 입을 다물었다.

남궁창훈의 말대로라면 자신 역시 쓸모없는 늙은이에 불과했다. 그리고 정천무맹에 그런 쓸모없는 늙은이들이 적어도 수십 명은 있을 터였다.

이번에는 다른 의미로 침묵이 이어졌다.

그때 제갈경이 헛기침을 하며 운을 떼었다.

"험, 험. 한데 전 공자, 사 궁주 혼자만 참석하시는 거요?"

대답은 사문천이 했다.

"여러 사람들의 의견을 들어보는 것도 좋지만, 지금은 그러면서 낭비할 시간이 없소. 나 혼자면 충분하니 바로 본론으로 들어갑시다."·

패기 넘치는 목소리, 은은히 피어오르는 기세에 흐르던 대기가 멈춰 버렸다.

─나 혼자면 충분하다!

은연중 자신과 정천무맹 네 명의 원로를 뭉뚱그려 동격으로 만들어 버린 사문천이다.

조금 전과 달라진 사문천의 모습에 정천무맹 네 원로의 표정이 일제히 굳어졌다.

구마 중 세 손가락 안에 든다더니, 백안마군의 실체가 생각했던 것보다 훨씬 강하게 느껴진 것이다.

전무심은 단 한 번에 분위기를 바꿔 버린 사문천에게 감탄을 금치 못했다.

'과연 섬서제일패 마존궁의 궁주답군.'

그때 정신을 수습한 제갈경이 재빨리 나섰다.

"일단 앉으시지요."

사문천이 성큼 걸음을 옮겨 의자에 앉았다.

중립의 입장에 있는 전무심은 사문천과 한 자리 떨어진 곳에 앉았다. 힐끔 쳐다보는 사문천의 눈길에 아랑곳없이.

그리고 일 대 오, 정확히는 이 대 오의 협상이 시작되었다.

2

소리없이 밀려가는 그들은 검은 바람, 그 자체였다.

백리군악은 마차를 타고 그들을 따라가며 이를 지그시 깨물었다.

'드디어 시작된 건가?'

싸움이 얼마나 오래갈지는 아무도 모른다.

분명한 것은 두 번의 기회는 없다는 것이었다.

단 한 번, 건곤일척의 승부를 위한 초석은 만들어진 상태. 이제는 기둥을 올릴 때였다.

아마 기둥을 올리기 위해선 많은 사람의 피가 흐를 터였다. 그러나 그건 어쩔 수 없었다.

이기기 위해선. 자신의 목적을 달성하기 위해선.

천하 모두가 자신을 욕한다 해도!

'그 중심에 네가 있다는 것이 그나마 다행이다, 유옥.'

문득 마차의 진동이 사라졌다.

아마도 험로를 만난 듯하다. 자신을 경호하는 무종단의 무사들이 마차와 말을 통째로 들고 간다.

"운휴, 얼마나 남았는가?"

"오십여 리 정도 남은 듯합니다, 주군."

방운휴의 대답을 들으며 백리군악은 눈을 감았다.

'정말 넓군. 예상보다 훨씬 넓어.'

말로 듣고, 책으로 봤다.

그러나 그것은 아무것도 아니었다. 천하는 너무도 광대해서 말로, 책으로 설명할 수 있는 곳이 아닌 것이다.

천왕곡에서 천리도 더 떨어진 곳이, 기껏해야 천하의 일부분에 불과하다니.

'네가 왜 중원에서 싸우려 했는지 이제 확실하게 이해할 수 있을 것 같구나.'

백리군악의 감긴 눈이 잘게 떨렸다.

팔로로 나누어진 천왕교의 무사들은 하루 사이에 오백 리를 달렸다. 그리고 이제 곧 목적지에 도착할 터였다.

자신이 직접 지휘하는 첫 번째 격전이 코앞으로 다가온 것이다.

쿠르르!

그때 마차가 다시 진동하며 바퀴가 굴렀다.

백리군악도 눈을 떴다. 오석이 박힌 듯한 눈의 떨림은 이미 사라진 후였다.

'이제 피하지 않겠다. 어디 얼굴이나 보자, 유옥!'

"운휴, 천외비각의 어르신들과 얼마나 떨어져 있지?"

"좌우 삼십 리 정도의 간격으로 벌려져 있습니다."

"좋아, 곧바로 청화산으로 향하되 공격은 다른 곳과 보조를 맞춰야 한다 전해라."

"존명!"

*　　　*　　　*

반 각마다 소식이 전해졌다.

정보를 종합해 삼족개에게 알리는 임무를 맡은 독두개는 죽을 맛이었다.

차라리 밖에 나가 정보를 수집하는 임무를 맡을걸, 하는 후회를 오늘 하루만도 백번을 넘게 했다.

"놈들이 오십 리 지점에 출몰했다 합니다, 장로."

"썩을 놈들, 겁나게 빠르게 움직이는군. 놈들의 이동 경로는 몇 군데나 되지, 숫자가 얼마야?"

"에…… 모두 합하면……."

탕!

주섬주섬 손가락을 구부리는 독두개의 뒤통수를 철 바가지가 후려갈겼다.

"야, 이놈아! 네놈이 손가락을 세는 사이에 백 명도 더 늘어났겠다!"

벌써 열두 번째였다. 물어보는 것도, 철 바가지가 뒤통수를 후려갈긴 것도. 아마 머리가 단단하지 않았으면 뇌수를 쏟고 진작 골로 갔을 터였다.

그렇다고 반항할 수도 없었다. 그러면 연발로 두들겨 맞을 테니까.

"모두… 여덟 곳으로 다가오는데, 숫자는 팔백 명 정돕니다요!"

독두개가 악착같이 계산을 끝마치고 자랑스럽게 큰 소리로 외쳤다.

하지만 독두개의 말이 끝나기도 전에 삼족개의 신형은 이미 밖을 향해 달려가고 있었다.

"똑바로 해! 일각마다 보고하는 거 잊지 말고!"

독두개는 삼족개의 뒤를 향해 주먹을 쑥 내밀었다.

'아나, 이거나 먹어라.'

그때다. 삼족개가 갑자기 멈춰 서더니, 휙 몸을 돌렸다. 독두개가 주먹을 거두기도 전이었다.

"헉!"

헛바람을 삼키는 독두개를 향해 삼족개가 눈을 부라리며 물었다.

"놈들의 수뇌부로 보이는 자들이 어느 쪽으로 온다고 했지?"

독두개는 내민 주먹으로 재빨리 커다란 원을 그렸다.

"원평(圓坪) 쪽으로 옵니다요!"

"원평?"

척우진이 차갑게 굳은 눈으로 산 너머를 바라보았다.

삼족개가 급히 말을 덧붙였다.

"곧 작수에 들어설 거네."

"다른 놈들은?"

"이삼십 리 간격으로 넓게 퍼져서 온다고 하네."

"그럼 한곳을 쳐봐야 소용이 없다는 말이군."

삼족개가 이마에 주름을 만들고 고개를 끄덕였다.

"잘못하면 뒤통수를 얻어맞을지도 모르네."

협상이 진행된 지 벌써 두 시진째. 그동안 천사단의 주요 고수들과 함께 청화산의 곳곳을 둘러보았기에 어느 정도 지형도 숙지한 상태다.

생각 같아서는 산을 나가 놈들과 정면으로 붙고 싶지만, 자신이 생각해도 가장 유리한 곳은 청화산이었다.

"제길, 하는 수 없지. 일단 단주가 나올 때까지 기다리는 수밖에."

한편 그 시각. 청화사의 승방 안에선 사문천과 제갈경의 밀고 당기는 협상이 막바지를 향해 달려가고 있었다.

"천왕교를 물리친다 해도, 본 궁은 공손세가를 무력으로 지배할 생각이 없소. 그저 협력하는 관계로 족할 뿐이오."

"말이 그렇지, 실질적으로는 마존궁의 휘하나 다름없게 되지 않겠습니까?"

"공손위라는 아이가 매우 똑똑하다던데, 그 아이를 가주에 앉히면 되지 않겠소? 들자 하니 제갈세가에 머물고 있다 들었소만."

제갈경의 눈이 커졌다.

그러다 무슨 생각을 했는지 전무심을 바라보았다.

제갈경이 바라보자 조용히 보고만 있던 전무심이 입을 열었다.

"제갈세가와 외척이라 들었습니다. 그 아이라면 공손세가를 결코 마존궁의 휘하에 들게 하지 않을 겁니다."

제갈경은 그제야 공손세가에 대한 처리 방법이, 사문천이 아니라 전무심의 머릿속에서 나왔다는 것을 알고 침음성을 흘렸다.

그때 남궁창훈이 나섰다.

"어차피 더 이상의 방법도 없는 것 같은데, 그 일은 그렇게 하도록 하세."

"부맹주께서 그리 생각하신다면 그리하도록 하겠습니다."

제갈경도 다른 방법을 찾을 수가 없었다. 사실 마존궁에 공손세가가 넘어가지 않는 것만 해도 최선을 다했다 할 수 있었다. 물론 천왕교를 무너뜨린다는 가정하에서의 이야기지만.

"그럼 대충 된 것 같은데, 이제 적을 맞이할 준비를 해야 하지 않겠소?"

사문천이 묵직한 목소리로 협상의 종결을 제의했다.

두 시진에 걸친 협상의 골자는 크게 세 가지였다.

─향후 삼십 년간 특별한 사안이 없는 한, 정천무맹은 마존궁을 적대시하지 않는다.

─천왕교를 물리치는 동안, 정천무맹과 마존궁은 서로를 동료로서 대한다.

─천왕교를 물리치면, 정천무맹은 혈곡의 세력권을, 마존궁은 공손세가의 세력권을 자파의 세력권으로 편입한다.

자잘한 것이 몇 가지 더 있었지만, 대부분이 그 세 가지 속에 포함되었다.

그렇게 모든 것이 끝났다 여겼을 때였다.

"나 역시 한 가지 조건이 있소."

전무심이 무심한 목소리로 입을 열었다.

모두가 전무심을 바라보았다.

'웬 뜬금없는 말이냐'는 듯, '그럼 그렇지, 너도 뭔가를 바랄 줄 알았다'는 듯, 의아함과 비웃음이 섞인 복잡한 눈빛이었다.

그러나 전무심은 조금도 개의치 않고 할 말만 했다.

"본인이 이끄는 사람들 중 천왕교의 무사들이 있다는 것은 말하지 않아도 이미 알고 있을 것이오."

전무심 본인부터가 천왕교의 사람이다. 수하에 천왕교의 사람이 있다 해서 하등 이상할 것도 없었다.

"그들이 나를 따르는 목적은 오직 하나요. 전에 제갈 군사에게 말했듯이, 그들은 중원으로 나온 천왕교가 이전처럼 천왕곡 내에만 존재하는 천왕교로 돌아갈 수 있기만을 바랄 뿐이오."

"그러기에는 너무 많은 피가 흘렀어! 우리는 그놈들을 결코 가만 놔두지 않을 것이네!"

팽추린이 발끈해 나섰다.

전무심은 눈을 돌려 그를 직시했다.

"만일 그 약속을 지키지 않는다면, 더 많은 피가 흐를 것입니다."

"그깟 놈들 몇이 더해졌다고 겁먹을 본 맹이 아니네."

"그들이 등을 돌리고 천왕교에 힘을 실어주면, 지금보다 상황이 더 어려워질 텐데도 말입니까?"

팽추린의 입술 끝에 비릿한 조소가 물렸다.

"우리 역시 본산에 은거했던 고수들이 속속 산을 내려오고 있는 상황이지. 이제 상황은 전과 달라졌다는 것을 알아야 할 거네."

"글쎄요, 은거를 풀고 강호로 나오는 고수들이 얼마나 되는지는 잘 모르겠습니다만, 그래 봐야 몇십 명 아니겠습니까? 그들이 합류한다고 해도, 천왕교가 하나로 뭉치면 상황이 크게 달라지지 않을 겁니다. 결국 피가 강이 되고 시신이 산을 이룬 이후에야 싸움이 끝나겠지요."

고저가 없는 무심한 목소리. 듣는 것만으로도 눈앞에 그런 현실이 펼쳐지는 것만 같았다.

팽추린은 이를 악물고 냉랭히 코웃음 쳤다.

"흥! 지금 노부를 겁주겠다는 건가?"

"맞습니다. 겁주자는 겁니다. 그리고 귀하는 당연히 겁을 먹어야 합니다. 아니면 귀하의 판단 실수 하나로 수천의 목숨이 사라질지도 모르니까."

제갈경이 말릴 시간도 없이 팽추린이 벌떡 일어섰다.

"뭐라?! 네 따위가 감히!"

바로 그 순간이었다.

쾅!

전무심이 앉은 채로 우수를 들어 탁자를 내려쳤다.

후우우우웅!

기묘한 공명음이 탁자를 중심으로 휘돌더니, 하늘처럼 파란 빛을 띤 장강이 팽추린을 향해 주욱 밀려갔다.

폐옥에서 얻은 무천일수(無天一手)에 천강벽월의 힘이 실린 일장이었다.

"팽 아우! 물러서게!"

남궁창훈이 대경해 소리치고는, 두 손을 검처럼 휘둘렀다.

순간 전무심과 남궁창훈의 기운이 탁자를 매개체로 충돌하고,

쩌저저정!

얼음장 깨지는 소리가 울리며 탁자의 상판이 쩌저적 갈라졌다.

한데 그것이 끝이 아니었다.

상대의 기를 꺾기 위해 작정하고 펼친 전무심의 천강벽월은 남궁창훈의 수검(手劍)을 휘돌아 팽추린을 직격했다.

"조심해!"

섭화평이 밀려드는 기운을 향해 쌍장을 휘둘렀다.

원반처럼 둥근 장력이 새파란 빛을 뿜으며 밀려드는 천강벽월을 가로막았다.

그러나 막히는가 싶던 천강벽월의 기운이 그대로 섭화평의

장세를 뚫어버렸다.

"헉!"

쏘아진 살처럼 날아드는 시퍼런 강기!

팽추린이 헛바람을 집어삼키고 빼 든 도를 벼락처럼 내려쳤다.

쾅!

또다시 굉음이 터짐과 동시!

"크억!"

팽추린이 신음을 토해내며 뒤로 주르륵 밀려났다.

쿵! 쿵! 쿵!

남궁창훈도, 섭화평도 여력을 이기지 못하고 두어 걸음을 물러섰다.

일그러진 얼굴, 거세게 떨리는 눈빛. 당하고도 믿을 수 없다는 표정이다.

경악, 그리고 침묵이 이어졌다.

찰나간, 그야말로 숨 한 번 쉬기도 전에 일어나고, 끝나 버린 일이었다.

하지만 그 여파는 오래도록 사람들의 심장을 끓게 만들었다.

제갈경은 물론이고, 사문천조차 딱딱하게 굳은 눈으로 전무심을 바라보았다.

여전히 처음 모습 그대로 의자에 앉아 있는 전무심이다.

'맙소사! 대체 어떻게 이런 일이!'

강할 거라 예상은 했었다. 어쩌면 자신보다 강할지 모른다는 생각도 해봤었다.

그러나 이 정도일 줄은 상상도 하지 못했었다.

사문천의 눈빛이 번들거리며 빛났다.

들끓는 승부욕, 그리고 엉뚱한 욕심이 뒤섞인 눈빛이었다.

'어떻게든······.'

"아미타불."

그때 여공 대사의 처연한 불호 소리가 침묵에 짓눌린 승방에 울려 퍼졌다.

'여정 사형의 말이 사실이었다니······.'

듣고도 반신반의했었다. 아마 소림의 모두가 자신처럼 생각했을 게 분명했다. 그러나 이제 믿지 않을 수가 없었다.

여공의 불호가 침묵을 깨자 전무심이 입을 열었다.

"귀하들이 어떤 선택을 하든 상관없소. 하나 이것만은 알아야 할 거요. 천왕교는 귀하들이 상상하는 것보다 훨씬 강하다는 것. 그걸 무시하면, 하늘이 핏빛으로 물들 것이오."

그러고는 제갈경을 바라보았다.

"군사가 결정하시오. 나와의 약속을 지킬 것인지, 말 것인지."

제갈경이 입술을 질끈 깨물었다.

누가 뭐라 해도 그는 자신의 판단을 믿었다.

절대 적으로 돌려서는 안 될 사람, 그게 전무심인 것이다.

"나는··· 한 번 한 약속을 어기는 사람이 아니오. 내 목숨을 걸고서, 정천무맹의 군사로서, 약속을 지킬 것이오."

그제야 전무심이 자리에서 일어섰다. 그의 큰 키가 유난히 더 커 보였다.

"정말 무섭군, 무서워."

사문천이 고개를 저으며 전무심을 괴물 보듯 바라보았다.

여전히 충격이 가시지 않은 표정이었다.

그러나 누구보다도 충격을 받은 사람은 전무심과 부딪친 당사자들이었다.

남궁창훈은 공허하게마저 느껴지는 눈으로 자신의 손을 내려다보았다.

"허어, 이제 어느 정도 검을 알았다 생각했거늘, 그게 자만이었던 건가?"

"장법만큼은 누구에게도 지지 않을 거라 생각했는데, 내가 생각해도 웃기는구먼. 크크크……."

섭화평이 창백한 표정으로 실소를 흘렸다.

그래도 두 사람은 도를 지팡이 삼아 일어서는 팽추린보다는 나았다.

"괜찮은가?"

남궁창훈이 걱정되는 표정으로 물었다.

"젠장! 형님 눈에는 내가 괜찮은 걸로 보입니까?"

한 소리 내지른 팽추린은 철컥, 도를 소리나게 집어넣고 심호흡을 했다.

그렇게 두어 번 심호흡을 하며 몸을 가다듬은 그는 전무심을 뚫어지게 쳐다보았다.

죽기 살기로 싸우고 싶었다. 그것만이 자신의 무너진 자존심을 다시 세워줄 수 있을 것 같았다.

하지만 그것도 어느 정도 상대가 될 때의 이야기였다. 다 늙어서 젊은 놈에게 맞아 죽기는 그도 싫었다.

전무심을 뚫어지게 바라보던 팽추린은 한참 만에야 잇새로 말문을 열었다.

"제기랄, 다 늙어서 이런 꼴을 당하다니. 설마 자네 같은 고수가 천왕교에 또 있는 것은 아니겠지?"

"두어 명은 있을 거라 생각하고 있습니다."

천왕과 천외비각의 주인. 그들이라면 자신과 비슷한 무위를 지니고 있을지도 몰랐다.

그런데 그 말이 또 사람들에게는 충격이었다.

오존의 한 사람과 그에 비해 크게 떨어지지 않는 두 사람을 한꺼번에 물러나게 만든 전무심이 아니던가.

한데 그런 전무심과 비슷한 무위를 지닌 자가 또 있다니. 그것도 하나가 아니고 두엇이나!

하지만 사람들은 더 이상 놀라고 있을 시간도 없었다.

"제갈 군사께 아룁니다. 대천도 척우진 대협이 찾아오셨습니다."

밖에서 승방을 지키던 정천무맹의 경비책임자 유청우의 목소리가 들려왔는데, 왠지 다급한 듯 느껴졌다.

"들어오시라 하게."

곧바로 척우진이 방으로 들어왔다.

그는 방 한가운데 가루로 변해 무너져 내린 탁자와 사람들을 번갈아 보고는, 인사를 나눌 시간도 없다는 듯 전무심에게 눈을 고정시켰다.

"놈들의 일진이 착수에 들어섰다고 하네."

*　　　*　　　*

전무심은 작은 봉우리 위에 서서 산 아래를 내려다보았다.

은은한 안개가 산허리를 잡아 돌고 있었다.

마치 밀물이 밀려드는 기분. 그들이 가까워지는 게 느껴졌다.

알려지기로는 마존궁과 천사단, 그리고 정천무맹을 합쳐 일천오백 정도가 와 있는 것으로 알려져 있다. 그러나 실제는 이천오백의 정예가 곳곳에 포진하고 있는 상황이었다.

일천의 차이. 어차피 천왕교의 눈을 완전히 속일 수는 없다 생각한 터. 진실이 가미된 거짓만이 적을 속일 수 있을 뿐이었다.

물론 그리한다 해도 백리군악이 속을 거라는 어떤 확신도 없었다.

어쨌든 상관없었다.

사문천이나 제갈경이 알면 펄쩍 뛸지도 모르지만, 자신의 목적은 두 사람에게 말한 것과 조금 차이가 있었다.

하나는 천왕교의 진정한 힘을 정천무맹이 알게 하는 것, 그리고 두 번째는 천외비각의 고수들과 천왕가의 사람들을 이곳에서 어느 정도 제거하는 것.

그것은 비슷하면서도 큰 차이였다.

'많은 피가 흐르겠지. 온 산이 벌겋게 물들 정도로.'

천왕교 무사들의 숫자가 구백이라지만, 그것도 정확하지가 않았다. 공손세가와 혈곡의 무사들도 움직였을 터, 그 숫자에 적어도 오백 이상은 더해야 했다.

그러나 상대는 천왕교, 숫자의 차이는 큰 의미가 없었다.

"시작인가?"

전무심의 입에서 나직한 한마디가 흘러나옴과 동시였다.

"으아아아!"

첫 번째 비명이 메아리치며 들려왔다. 정천무맹이 맡고 있는 동쪽에서 터져 나온 비명이었다.

챙! 채챙! 콰광!

곧이어 굴곡진 계곡 곳곳에서 병장기 부딪치는 소리와 강력한 기운이 부딪치며 대기를 터뜨리는 소리가 들려오기 시작했다.

처음에는 전방에서, 시간이 지나자 사방으로 번졌다.

청화산 전체를 에워싸고 밀려드는 듯했다.

'내가 기다리고 있다는 것을 알고 왔겠지.'

전무심의 눈빛이 깊어졌다.

옆에 서 있던 척우진이 전무심을 향해 고개를 돌렸다.

"단주, 우리도 시작해야 하지 않겠나?"

전무심이 말했다.

"적을 죽이는 것도 중요하지만, 피해를 덜 보는 게 더 중요하다는 걸 잊지 마시오. 아직 갈 길이 머니까."

청화산이 아비규환의 지옥으로 바뀌는 데는 그리 오랜 시간도 필요없었다.

단 일각도 되지 않아 살기 가득 찬 고함과 처절한 비명이 청화산에 살던 짐승들을 숨죽이게 만들었다.

전무심과 천사단은 처음부터 같이 움직였다.

천외비각의 고수들이 몇 사람이나 왔는지 모르는 상황에서는 일단 함께 움직이는 것이 최선이었다.

그들을 상대할 수 있는 사람은 전무심과 척우진 등 몇 사람에 불과했다.

그나마도 전무심을 제외하고는, 척우진조차 진무악과 힘을 합쳐야 겨우 한 사람을 상대할 수 있을 터였다.

천사단이 적을 처음 만난 곳은 그들이 맡기로 했던 남쪽 계곡을 반쯤 내려갔을 때였다.

전무심은 적들이 백여 장 안으로 접근하자 천사단을 셋으로 나누었다. 자신과 사진옥을 비롯한 형제들이 전면을 치고, 좌측은 척우진이 이끄는 일대가, 우측은 설야광이 이끄는 이대가 치기로 했다.

그렇게 셋으로 나누어진 천사단이 계곡을 감싸고 산사태가 일어난 것처럼 밀려 내려갈 때였다.

계곡 아래쪽의 굴곡진 곳을 돌아 나오는 흑의인들이 보였다.

그들은 자신들을 향해 밀려오는 천사단을 보고 발걸음을 멈추었다.

하지만 천사단은 오히려 더 빠르게 그들을 향해 밀려갔다.

"지옥에 들어온 것을 환영한다!"

척우진이 기분을 이기지 못하고 한 소리 내질렀다.

상대도 냉랭한 코웃음을 치며 천사단을 향해 짓쳐들었다.

"흥! 놈들을 죽여라! 한 놈도 살려 보내지 마라!"

마침내 청화산을 피로 물들일 지옥의 향연이 펼쳐지기 시작한 것이다.

쾅!

"크억!"

전무심은 가슴이 뭉개져 날아가는 상대를 쳐다보지도 않고 옆을 향해 손을 썼다.

그의 손이 휘둘러질 때마다 천왕교의 무사들은 가슴이 뭉개지고, 머리가 터지고, 피를 토하며 튕겨졌다.

혼전 때문에 지옥혈심표를 쓰지는 못했지만, 공력의 소모가 거의 없는 회풍비천은 일반 무사들을 상대하는 데 더없이 유용했다.

게다가 단순한 바람처럼 느껴지는 회풍비천은 막기도 쉽지 않았다.

전무심은 순식간에 십여 명을 쓰러뜨리고 주위의 상황을 빠르게 살펴봤다.

적들은 천사단의 상대가 되지 못했다. 숫자도 숫자지만, 개개인간의 무위 차이가 워낙 커서 쓰러지는 것은 대부분이 천왕교의 무사들이었다.

그러나 전무심의 관심은 그들이 아니었다.

'없는가?'

절대지경의 고수가 보이지 않는다.

그들 중 몇 명은 청화산 안으로 들어왔을 것이 분명했다.

자신이 상대해야 할 자들은 그들이었다. 나머지는 다른 사람들이 충분히 상대할 수 있을 테니까.

한데 그들이 보이지 않는다는 것은 다른 곳에서 싸우고 있다는 말과도 같았다.

'다른 곳의 피해가 클지도 모르겠군.'

그렇다고 그들을 찾아 돌아다닐 수도 없는 일.

전무심은 일단 눈앞의 적들을 먼저 제압하기 위해 걸음을 옮겼다.

한데 그때였다. 무사 하나가 전무심을 뚫어지게 쳐다보더니 떨리는 목소리로 소리쳤다.

"처, 천사혈왕 저, 전무심이다! 천사단이야! 모두 도망가!"

전무심의 이름이 그의 입에서 터져 나온 순간이었다. 죽어도 물러서지 않을 것 같던 천왕교 무사들이 동요를 일으켰다.

그러더니 공포에 질린 표정으로 주춤거리며 물러섰다.

누구도 예외가 없었다. 척우진과 싸우던 적들의 수장마저 이를 악물고 후퇴하기 위해 애를 썼다.

척우진의 눈썹이 역팔자로 꺾어졌다.

"내가 바로 대천도 척우진이다! 감히 내 앞에서 도망가려고 하다니!"

하지만 상대는 척우진의 말은 들은 척도 하지 않았다.

은근히 열이 받은 척우진은 시퍼런 뇌전을 일으키며 상대를 몰아붙였다.

"에라이! 뒈져라!"

전무심은 척우진의 고함에 피식 웃으며 전면의 무사를 빤히 바라보았다.

"혈천단이군."

전무심의 담담한 목소리에 주춤 물러서던 자의 눈이 커졌다.

"어, 어떻게……?"

그는 전무심이 본 자였다. 천기선원에서, 삼 년 전에.

"나를 잊었나? 삼 년밖에 지나지 않았는데."

전무심의 말이 이어지자 무사의 눈이 커졌다.

모습은 달랐다. 그러나 그는 전무심의 말을 들음과 동시 한 사람의 얼굴이 떠올랐다. 두 사람의 얼굴이 겹친 순간!

그의 창백한 안색이 시커멓게 죽어갔다.

"서, 설마…… 천… 유옥? 혀, 혀, 혈사자?!"

동시였다.

콰직!

전무심이 무사의 목을 움켜쥐었다.

싸움이 벌어진 지 일각, 삼십여 명이 도망가는 것으로 싸움이 일단락되었다. 전체적인 힘의 차이가 워낙 커서 천사단의 피해는 극히 미미했다.

그러나 오늘의 싸움은 이제 시작에 불과했다.

그걸 모르는 사람은 천사단의 단원들 중 단 한 사람도 없었다.

사방에서 터져 나오는 비명, 자파의 무사들을 독려하는 누군가의 고함 소리.

피를 머금기 시작한 청화산이 공포에 질려 떨고 있는 것이다.

"갑시다. 이제 시작일 뿐이오."

전무심은 머뭇거리지 않고 또 다른 적을 찾아 움직였다.

적을 찾는 데는 그리 오랜 시간도 필요없었다.

좌측으로 두 개의 능선을 넘어가자 처참한 광경이 펼쳐졌다.

움푹 파인 골짜기의 넓이는 이십여 장 정도. 그곳에서 마존궁의 무사들이 천왕교의 무사들과 접전을 벌이고 있었다.

팔다리가 잘린 채 신음하는 자들.

악착같이 검을 지팡이 삼아 일어서려는 자들.

마지막 숨을 헐떡이면서 핏덩이를 뱉어내는 자들.

그들 주위의 봄날에 기지개를 편 연초록 풀잎들이 시뻘겋게 물들어 있다.

바닥에 쓰러진 사람들은 대부분이 마존궁의 무사들이었다. 언뜻 봐도 백 명은 되어 보였다.

일방적으로 당한 듯, 쓰러진 자들 중 적은 십여 명에 불과했다. 그만큼 적이 강하다는 말.

전무심은 말없이 신형을 날렸다.

천사단의 단원들도 상황을 인식하고 굳은 표정으로 전장을 향해 땅을 박찼다.

좌우에 척우진과 설야광이 날개를 펴고, 뒤에 사진옥과 형제들이 몸통처럼 뒤따른다.

적의 숫자는 백여 명. 처음에 만났던 자들보다 훨씬 강하게 느껴지는 자들이다.

개중에는 강맹한 기운을 뿜어내는 중년인들이 십여 명 섞여 있었는데, 그들을 본 순간, 전무심은 그들이 누군지 바로 깨달았다.

'천왕가의 사람들이다!'

그들에게서 천왕의 무공이 지닌 특별한 기운이 느껴진 것이다.

그렇다면 더 볼 것도 없었다.

천왕가의 사람으로서 천왕율을 어긴 자들!

'모두 죽이리라!'

치링!

날아가는 전무심의 좌수에서 지옥혈심표가 모습을 드러냈다.

그제야 심상치 않음을 느꼈는지 중년인들이 상대를 거세게 밀치고 몸을 틀었다.

순간이었다.

"천왕율에 따라 모두 죽일 것이다!"

나직한 일성이 움푹 파인 계곡을 뒤흔들고, 핏빛 붉은 광채가 귀곡성을 울리며 장내를 휩쓸었다.

쒜에에엑!

"웬 놈이 감히 천왕율을 들먹이는 것이냐! 본 교의 교도들이 적도로 변했다더니 네놈들이 그들이더냐?!"

천왕가의 사람들로 보이는 자들 중에서 육순가량의 노인이 튀어나왔다.

그는 대뜸 소리치고는 일검을 내려쳤다.

쩌엉!

지옥혈심표가 그의 일검에 방향을 틀었다.

그 바람에 잔뜩 긴장한 눈으로 천사단의 등장을 바라보고 있던 천왕가의 무사 하나가 방향을 튼 지옥혈심표에 목을 움켜쥐고 쓰러졌다.

쒜에에엑!

여전히 귀곡성을 발하며 붉은 광채를 쏟아내는 지옥혈심표가 크게 선회했다.

뒤늦게 지옥혈심표를 알아본 노인이 대경해 소리쳤다.

"지옥혈심표? 네놈은 누구냐! 누군데 지옥혈심표를 가지고 있는 것이더냐?!"

"그가 바로 전무심입니다, 숙부님!"

사도궁선이 뛰어나오며 전무심의 정체를 말했다.

"저놈이 천사혈왕?"

노인의 눈이 커졌다.

전무심은 노인과의 거리가 이 장으로 좁혀지자 조금도 망설이지 않고 일장을 밀어냈다.

노인도 마주 검을 휘둘렀다.

전무심의 장심에서 뻗친 천강벽월이 노인의 검강과 정면으로 충돌했다.

콰아앙!

굉음이 일며 주위 이 장여가 벼락이라도 떨어진 듯 터져 나갔다.

그 반동으로 삼 장을 솟구친 전무심의 눈에 이채가 떠올랐다.

비틀거리며 세 걸음을 물러선 노인이 몸을 바로 세우고 자신을 바라본다.

천외비각의 사람은 분명 아니다. 한데도 그들에 못지않은 무위를 지닌 노인이다.

'혹시 천왕오로(天王五老)?'

하지만 그가 누군지는 중요하지 않았다.

어차피 제거해야 될 자.

츠르릉!

허공에 뜬 채 전무심의 우수가 허리를 쓸었다.

백색 광채가 햇빛에 반사되어 눈이 내리는 듯했다.

동시였다!

단심절천세!

천라혈왕검이 펼쳐지며, 새하얀 벼락이 허공을 길게 갈라 쳤다.

"유리혈루! 정말 암천혈왕이었구나!"

노인의 경악성이 격전장을 울렸다.

동시에 노인의 손에 들린 검이 죽 자라난다.

은은한 묵광이 어린 검강에서 질식시킬 듯한 기운이 뿜어진다.

주위의 모든 것을 압도하는 천왕의 검!

마침내 무적천검이 그 모습을 세상에 드러낸 것이다.

찰나였다!

쿠구구궁!

둔중한 격돌음이 계곡을 울렸다.

"물러서! 단주 곁으로 다가가지 마!"

막 천왕가의 사람들에게 덮쳐들려던 척우진이 대경해 소리 쳤다.

군이 설명이 필요없었다. 전무심과 사도무진의 주위 삼 장이 들썩거리더니, 바위도 나무도 모든 것이 무너져 내린다.

전무심은 발이 땅에 닿기도 전, 미끄러지듯 사도무진을 향해 날아갔다.

가능한 한 빨리 결말을 지어야 했다. 아직 적들 중 절대지경의 고수가 두어 명은 더 있을 것이 분명했다.

문제는 남궁창훈이나 사문천이 그들을 이긴다는 보장이 없다는 것이었다.

암천뇌벽에 이어 천라관일!

절대의 검공을 줄줄이 풀어내는 전무심의 공격에 사도무진의 얼굴이 흙빛으로 물들었다.

완벽하지 않은 무적천검으로는 결코 전무심의 검을 막을 수 없었다.

순식간에 팔 초가 흘렀다.

머리가 풀어헤쳐진 사도무진의 입에서 핏물이 배어 나왔다.

악귀처럼 일그러진 그의 눈에 서서히 질린 기색이 떠올랐다.

콰과과광! 쩌저정!

주위 오 장이 완전히 평지가 되어버렸다.

전무심은 한시도 틈을 주지 않고 사도무진을 몰아붙였다.

절대지경에 달한 고수의 싸움이라 할 수 없는 무지막지한 격전!

천왕가의 사람들도, 천사단의 사람들도 언제 휘말려 들지 몰라 신경을 곤두세워야 할 정도다.

하물며 사도무진은 미칠 지경이었다.

노회함도, 경륜도, 임기응변도 아무 소용이 없었다.

힘 대 힘! 오직 그것만이 승부를 가늠할 뿐이었다.

어느 순간!

쾅!

"크억!"

사도무진의 몸뚱이가 훌훌 날아갔다.

전무심은 날아가는 사도무진을 덮치며 일장을 내쳤다.

퍼억!

"컥!"

안간힘을 다해 몸을 틀던 사도무진이 눈을 부릅뜨고 피를 뿜어냈다.

순간 전무심의 유리혈루가 사도무진의 심장을 훑고 지나갔다.

털썩!

이 장 밖으로 나가 떨어진 사도무진의 몸뚱이가 풀썩 솟구쳤다 다시 떨어졌다.

가슴 부위에서 솟구치는 피분수!

피안개가 흩어지며 혈향이 자욱하다.

"지, 지독한… 아수라 같은 노옴……. 아무리 암천혈왕이라 해도 그렇지, 감히 천왕가의 사람을……."

반쯤 고개를 든 사도무진이 마지막 끈을 붙잡고 노려본다.

전무심이 무심한 눈으로 그를 바라보았다.

"강한 자가 법이다! 그걸 잊었나?!"

사도무진의 눈이 거세게 떨렸다.

"죽어도 할 말이 없을 것이다! 그대들은 자의로 왔으니까. 안 그런가?!"

쐐아아아!

전무심의 전신에서 노도와 같은 기운이 흘러나왔다.

*　　　*　　　*

마차의 주렴 너머로 보이는 청화산은 산 이름만큼이나 푸르렀다. 간간이 들리는 병장기 부딪치는 소리와 비명과 악다구니 써대는 외침만 아니라면 절로 마음이 평온해질 정도로 선기가 어린 산이었다.

그러나 지금은 살기충천한 지옥의 입구가 바로 청화산이었다.

백리군악은 앞에 놓인 지도를 향해 고개를 돌리고 나직이 물었다.

"그가 어디쯤 있지?"

방운휴가 우수 검지로 한쪽을 가리켰다.

"이곳, 남서쪽 계곡에서 제삼로인 천왕가의 사람들과 마주쳤습니다."

"홋, 자존심으로 똘똘 뭉친 작자들이 오늘 혼 좀 나겠군."

"사도무진 어르신 혼자면 힘들겠지만, 삼십육 천강 중 열여

섯이나 섞여 있는데 쉽게 당하겠습니까?'

그 시각, 천왕오로 중 넷째인 사도무진의 숨이 끊어지고 있었다.

백리군악은 마치 직접 눈으로 보기라도 한 것처럼 확신에 찬 어조로 말했다.

"그들로서는 전무심과 천사단을 막을 수 없다. 그건 그렇고, 천외비각의 늙은이들은 동쪽으로 갔겠지?"

"예, 그분들은 동쪽과 남동쪽의 계곡에서 정천무맹과 싸우고 있습니다."

"상황은?"

"두어 명의 고수들이 협공을 하고 있지만, 그분들을 어떻게 할 수 있을 정도는 아닌 듯합니다."

"한데 이상하군. 들어온 정보보다 적들의 숫자가 훨씬 더 많은 것 같아."

자신이 죄를 짓기라도 한 양 방운휴의 고개가 푹 숙여졌다.

"미리 와 있던 자들이 있었던 것 같습니다. 아무래도 흑접이 잘못된 정보를 전한 듯합니다."

백리군악의 이마에 주름이 그어졌다.

"음, 그의 귀마저 속였다면 쉽지 않겠는걸?"

"하오나 천외비각의 어르신들이 계시는 이상 밀리지는 않을 것입니다."

"글쎄, 과연 그럴까? 내 말대로 여섯 정도가 왔다면 몰라도 셋으로는 어림도 없다."

그 말에 방운휴가 슬쩍 눈을 쳐들었다. 사실이 그럴지도 몰랐다. 천외비각의 노괴 세 명을 혼자서 죽인 전무심이 있는 이상은.

그러나 다행인 것은 전무심의 몸이 하나라는 것이었다. 아무리 전무심이 강하다 해도 혼자서 할 수 있는 일에는 한계가 있을 수밖에 없었다.

그가 한 사람을 물리칠 시간이면 적어도 정천무맹의 정예고수 수십 명은 죽일 수 있을 터. 승부를 논하기에는 아직 일렀다.

하지만 방운휴의 생각이 꼭 옳은 것만은 아니었다. 백리군악은 누구보다도 그걸 잘 알고 있었다.

그는 지도에서 눈을 떼고 마차의 방밖으로 눈을 돌렸다.

"운휴, 본 원의 사람들에게 항상 퇴로를 확보하고 움직이라 전해라. 너무 적극적으로 나서지 말라는 말도 함께 전하고."

"예, 주군."

"첫 싸움부터 밀리는 건 기분 나쁘지만 그렇다고 오기를 부를 수도 없는 일, 아쉬워도 하는 수 없지. 만일 천외비각의 늙은이들이 모두 패하고 물러서거든, 즉시 퇴각 신호를 보내라."

"알겠사옵니다."

방운휴가 다시 한 번 허리를 깊숙이 숙이고 밖으로 나갔다. 그제야 백리군악의 싸늘하게 식은 눈빛이 깊게 가라앉았다.

청화산을 공격한 팔로 중 많은 피해를 본 곳은 대부분이 천왕을 따르는 무사들이 집중된 곳이다. 자신을 따르는 사람들은 최대한 강자들이 모인 곳을 피해서 공격한 덕에 상대적으로 피해가 적었다. 자신의 계획대로.

'일단은 생각대로 되어가는군. 한데 유옥, 아무래도 우리의 만남은 다음으로 미뤄야 할 것 같다.'

                    *   *   *

천왕가의 사람들은 역시 강했다.

그들 중 십여 명은 척우진이나 진무악조차 세 명을 상대하기가 힘들 정도였다. 사진옥이 두 명의 적과 싸우며 크게 밀리지 않는 것이 대단해 보일 정도였다.

하물며 다른 사람들은 일 대 일로도 큰 이득을 보지 못하고 있었다.

그러나 그것도 전무심이 사도무진을 죽이기 전까지의 일이었다.

사도무진이 숨을 멈추고, 전무심이 움직이자 상황이 완전히 한쪽으로 기울기 시작했다.

천왕가에서도 강하기로 정평이 나 있는 삼십육천강이 하나둘 땅바닥에 널브러진다.

악에 바쳐 전무심에게 네 사람이 달려들었지만, 채 십 초가 지나기도 전에 두 사람이 목숨을 잃고, 두 사람은 질린 기색으로 뒤로 물러섰다.

"일단 후퇴한다!"

그때 사도궁선이 후퇴를 알렸다.

썰물처럼 빠져나가는 천왕가의 사람들을 천사단이 뒤쫓았다. 하지만 전무심의 명이 떨어지자 추적을 중단했다.

"도망가는 자들을 쫓는 것보다 위기에 처한 사람들을 돕는 게 먼저요. 갑시다!"

전무심은 무령풍을 펼쳐 동쪽으로 방향을 잡고 산능선을 넘어갔다. 처음부터 그쪽으로 움직이려 한 것처럼 조금도 망설임이 없는 움직임이었다.

동쪽에서 느껴지는 절대강자의 존재감. 초감각이 무의식중에 그 존재감을 잡아내고 전무심을 이끄는 것이다.

전무심은 어렵지 않게 그들의 정체를 짐작했다.

천외비각의 노괴들. 바로 그들일 터였다.

천왕가의 사람들일 수도 있지만, 정확히 어떤 것인지는 몰라도 그들과는 느낌이 달랐다.

전무심은 단숨에 칼날 같은 능선 두 개를 넘어간 뒤에야 신형을 멈췄다.

집채만 한 바위로 가득 찬 깊은 계곡이 내려다보이는 곳이었다.

계곡 아래에선 팽추린이 악다구니를 써대며 싸우고 있었는데, 그의 주위에는 수십 명의 시신에서 흘러나온 핏물로 하얀 바위가 벌겋게 물들어 있었다.

거의 대부분이 정천무맹 무사들의 주검이었다.

옆에 내려선 척우진이 계곡 아래를 바라보더니 딱딱하게 굳은 얼굴로 말했다.

"섭화평이 죽었군."

그의 말대로였다. 섭화평의 처참한 시신이 바위 사이에 끼어 있었다.

뻥 뚫린 가슴. 거꾸로 부러진 양팔. 산서제일장 섭화평의 죽음치고는 너무나 처참했다.

"먼저 내려가겠소. 그대들은 사람들을 이끌고 계곡의 입구 쪽을 맡아주시오."

입구 쪽에서는 천왕교 무사들에 맞선 정천무맹의 무사들이 처절한 혼전 속에 낫질당한 볏단처럼 쓰러지고 있었다.

전무심은 척우진과 설야광에게 명하고 지체없이 몸을 날렸다.

뒤늦게 도착한 천사단원들도 불나방처럼 전무심의 뒤를 따라 계곡 아래로 몸을 던졌다.

팽추린은 죽음을 각오한 채 도를 휘두르던 중 갑작스럽게 밀려온 기세에 등골이 오싹해졌다.

절망에 이른 상태에서 또 따른 두려움을 느껴야 한다는 것이 어이가 없을 지경이었다.

한데 바로 그때였다.

콰르르릉!

뇌성벽력이 일었다 싶은 순간, 염왕처럼 자신을 몰아치던 혈포노인이 튕겨지듯 물러서며 소리친다.

"웬 놈이 감히 노부의 일을 방해하는 것이냐!"

대답 대신 엄청난 기운이 혈포노인을 압박했다.

그 기세가 어찌나 삼엄한지 팽추린은 자신도 모르게 서너 걸음을 물러섰다.

찰나, 시퍼런 강기가 허공에서 그물처럼 떨어지며 혈포노인을 덮쳤다.

번쩍 고개를 쳐든 팽추린의 입이 쩍 벌어졌다.

"전…… 무심!"

그가 허공에서 걸어 내려오며 두 손을 휘두른다.

줄기줄기 뻗친 장강이 회오리바람처럼 휘돌며 그물처럼 떨어져 내린다.

콰아아아!!

십여 초 만에 섭화평을 죽이고, 자신을 죽음 직전까지 몰아넣은 핏빛 장포를 입은 늙은이가 그의 기세를 이기지 못하고 주춤거리며 물러선다.

앙다문 입, 핏발 선 눈!

믿을 수 없는 일을 당한 자의 표정이다.

가공할 기세!

팽추린은 보는 것만으로도 심장이 벌떡거리고, 전신이 바들바들 떨렸다.

"마, 맙소사! 저 정도였단 말인가?!"

"가서 다른 사람들을 도와주시오!"

그때 천둥처럼 고막을 뒤흔드는 전무심의 목소리.

그렇다. 지금은 남의 싸움을 구경하고 있을 한가한 상황이
아니었다.

팽추린은 이를 악물고 혼원도를 쥔 손에 힘을 주었다.

"부탁하겠소!"

전무심은 팽추린이 다른 사람을 돕기 위해 몸을 날리자 모
든 공력을 개방했다.

고오오오!

그의 쌍장에서 뿜어지던 천강벽월의 기운이 진정한 파천의
기세를 담고 혈포노인을 향해 쏟아졌다.

천강파천! 패왕의 현신이었다!

혈포노인도 두 손에서 채찍처럼 뻗친 핏빛 강기를 미친 듯
이 휘둘렀다.

콰과과광!

귀가 먹먹해질 정도의 굉음!

휩쓸리는 것은 모조리 부서져 나갔다.

그 한가운데에 버티고 서 있는 혈포노인의 모습이 오히려
괴이하게 보일 정도였다.

전무심은 오 장 정도 떨어진 곳에 내려서며 무심한 눈으로
혈포노인을 응시했다.

혈포노인이 푸들푸들 떨리는 입을 열었다.

"네놈이…… 전무심이란 놈이구나!"

"내가 누군지 알았으면, 그대가 왜 죽어야 하는지도 알겠
군."

"클클클, 건방진 놈. 아직 끝나지 않았다."

클클거리는 그의 입가로 가느다란 핏줄기가 실처럼 흘러내렸다.

작지 않은 내상을 입은 듯했다.

물론 전무심도 온전한 것만은 아니었다. 그러나 무심한 그의 표정은 도무지 그 속을 엿보기가 쉽지 않았다.

"이제 곧 끝날 것이다, 노괴."

더구나 무심한 목소리는 아무런 충격도 입지 않은 보이기까지 했다. 그 점이 혈포노인을 더 긴장시켰다.

"천사혈왕이라 불린다던가? 감히 나 혈유존자에게 내상을 입히다니, 그 점은 인정해 주마. 하나 천하에서 나의 죽음을 논할 수 있는 자는 오직 한 사람뿐이다, 전무심!"

"한 사람이라……. 천왕? 아니면 천외비각주? 한번 만나보고 싶군. 얼마나 강한 자인지."

"켈! 원하지 않아도 만나게 될 것이다. 그분께서도 세상으로 나오셨으니까!"

"그런가? 잘됐군."

동시였다. 무심하게 대답하던 전무심의 신형이 주욱 늘어졌다.

잠깐의 대화로 많은 것을 얻었다. 더 얻을 것이 있을지 모르지만, 그보다는 승부를 빨리 마무리 짓는 것이 더 급했다.

전쟁은 아직도 진행 중이니까.

츠릉!

그의 우수가 허리를 쓸어가는 순간, 유리혈루가 눈부신 백색 검신을 드러냈다.

검첨에 매달린 핏방울이 유난히 요요로운 광채를 발한다.

'전에 만났던 자들보다 월등한 고수! 이자만은 절대 살려 보내서는 안 된다.'

자신의 전력을 다한 삼초의 공격을 맞받아치고도 기껏 약간의 내상을 입었을 뿐이다.

지금까지 만난 자들 둘을 합친 것보다도 더 위험한 자. 살려 보낼 수는 없었다.

전력을 다한 천라혈왕구검은 정녕 가공할 정도의 위력을 발휘했다.

거기에 암천의 검마저 섞이자 방원 십여 장이 온통 백색 검강에 휩싸여 버렸다.

콰과과과과!!

"어림없다, 이놈!"

혈유존자의 손에도 어느새 핏빛 채찍이 하나 쥐어져 있었는데, 핏빛 강기로 감싸인 채찍은 절대 단순한 채찍이 아니었다.

혈유존자는, 오십여 년 만에 자신으로 하여금 혈편을 꺼내들게 만든 전무심이 진정으로 두려웠다.

각주를 제외하고 일백 평생 처음 느껴보는 두려움이었다.

"혈뇌사(血腦寺)의 무공인가?!"

전무심은 구초가 지나며 상대의 무공을 알아보았다.

장천궁에게 말로만 들었던 혈뇌사의 전설적인 마공, 혈유마

마공이 분명해 보였다.

핏빛 강기를 저토록 부드럽게 자유자재로 쓸 수 있는 무공은, 그가 알고 있는 한 혈유마마공밖에 없었다. 그리고 혈유마마공을 가장 효과적으로 펼치기 위해선 혈뇌사 제일기보라는 혈유만만편(血幽鰻挽鞭)이 있어야 한다 했었다.

한데 혈유존자의 손에 들린 혈편은 혈유만만편임이 분명했다.

"켈켈! 알았으면 그만 죽어라, 꼬마야!"

혈유존자가 더욱 기세등등해졌다.

천왕교에 한을 심어준 혈뇌사의 무공이 아니던가.

하기에 천외비각에서 혈뇌사의 무공을 얻은 후, 각주에 이어 이인자의 자리를 차지하고도 다른 사람의 눈치만 봐야 했다.

그러나 자신의 무공이 들통나 버린 이상, 이제는 더 숨길 것도 없었다.

반면에 전무심에게는 상대를 죽여야 할 또 하나의 이유가 생긴 셈이었다.

"그대는! 반드시 내 손에 죽는다!"

『천사혈성』 제8권 끝

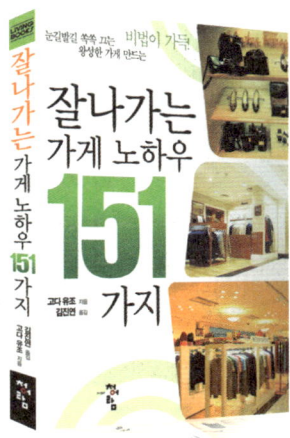

세상을 보는 또 하나의 창!
열린세상, 열린지식

INTB
인더북
www.INTHEBOOK.net

당당하게 글을 쓰는 사람, 멋있게 포장하는 사람,
감동적으로 읽어주는 사람이 있다면
언제든 어디든 인더북이 함께 하겠습니다.

2008년 봄 그들이 온다!!

권왕무적의 초우, 궁귀검신의 조돈형, 삼류무사의 김석진, 태극검해의
한성수, 프라우슈 폰 진의 김광수, 흑사자의 김운영, 송백의 백준 등

총 20여 명에 이르는 호화군단의 인더북 이북 연재 확정!!
그 외에도 많은 정상급 작가들의 이북 연재 런칭 예정!!

**포도밭 그 사나이, 새빨간 여우 등의 로맨스 정상급 작가
김랑의 작품을 이북 연재로 만나다!!**

오직 인더북에서만 독점 연재!!

아쉬움을 남기고 1부에서 막을 내린 **권왕무적 시리즈의 2부** 등 인기 작가들의 수준 높은
미공개 작품들이 시중에 책으로 출간되지 않고, 오직 인더북에서만 연재됩니다.

COMING SOON! INTHEBOOK.NET

1. 인더북의 이북 유료연재는 2008년 1월 말 ~ 2월 중순경 오픈
2. 인더북에 연재되는 작품들은 시중에 출판되지 않은 작품들로 엄선

이북 유료연재의 새로운 도전! 그리고 새로운 시작! 인더북!!
곧 새로운 모습의 이북 연재 사이트로 여러분께 다가가겠습니다.